U0567336

红楼夢

刘再复 悟读

共悟红楼

刘再复 刘剑梅 著

上海三联书店

目录

第二辑

第三辑

附录

总序

"他飞我不飞，我飞自有格"，这是我的写作秘密，也是我的内心绝对命令。我自幼喜欢《红楼梦》，也不知读了多少遍，但是出国前我对《红楼梦》不写专著，不专门写什么文章，因为那个时候阅读研究《红楼梦》的人很多，我说不出什么新话，所以就不说了，这就是"他飞我不飞"。出国之后，关于《红楼梦》，我的思想飞翔了，但我知道《红楼梦》阅读要走自己的路，即要自己独创的方法，所以我就利用海外的自由条件说出自己的红学语言。国内的朋友对《红楼梦》皆是考证和论证，我不走他们的路，而走"悟证"的道路，这就是"我飞自有格"吧。

所谓"悟证"，就是禅宗的方式，佛教大师慧能说："迷即众，悟即佛。"悟，其实就是直觉的方法，明心见性的方法，不借逻辑和思辨而抵达真理的方法。我一直认为，没有佛教的东传，就没有《红楼梦》。《红楼梦》本身就是一部大悟书，它佛光四射、禅意盎然，唯有"悟"能把握其核心命脉。我一再说，文学包括三个要素：心灵、想象力、审美形式。每一要素唯有靠悟才能获得，例如，贾宝玉的心灵内涵靠考证和论证都很难抵达，唯有靠悟证才能把握。

我已七十九岁，明年就八十了，最近又跌伤，手指骨断裂，所以往往力不从心。值得欣慰的是，我的《红楼梦》讲述赢得许多知音。上海三联书店和北京微言文化传媒有限公司的周青丰先生就是，他们决定出版我的"红楼五书"就是知音之举，我当然心存感激，有许多话要说，但也只能意长言短，说到此为止。

刘再复

2020 年冬

天上的星辰　地上的女儿

七八年前，我和梅做了第一次长篇的学术与心灵的对话，并结集《共悟人间——父女两地书》，在香港天地图书公司印刷了五版。之后，又在台北九歌出版社和上海文艺出版社各出了一版。去年秋天，我在马里兰探亲，她抓住这个瞬间，让我和她讨论《红楼梦》，并做了录音和记录。一年来，分头整理，便有了我们的第二部对话录，由我命名为《共悟红楼》。

梅在美国马里兰大学亚洲与东欧语言文学系讲授中国现代文学课和中国古典诗词。第一部英文著作《革命与情爱》（*Revolution plus Love*）在夏威夷大学出版社出版后，着手写作的第二部是关于庄子的现代命运，其中也涉及《红楼梦》。她和我一样，不喜欢《三国》《水浒》，而喜欢

《西游记》与《红楼梦》。1991—1992年她在 Boulder 的科罗拉多大学就读硕士学位时，就常和我讨论曹雪芹。当时她常说，最美的生命也最脆弱，最易凋残，这不仅是林黛玉的悲剧，也是许多女子的悲剧。到纽约哥伦比亚大学东亚系就读博士学位后，她热衷于女性主义批评，用女性视角分析中国现当代文学，也用此一视角重评"三言二拍"等古典小说，对《红楼梦》也不例外。她认定曹雪芹及其人格化身贾宝玉是一个"男性的女性主义者"，因此也是一个女性美的伟大发现者。在对谈中，我们都确认曹雪芹是别一意义的哥伦布，发现青春生命无尽之美的哥伦布。他把青春生命尤其是少女生命看得比什么都重，把青春美视为最高价值，可以说，《红楼梦》唯一牵挂的就是少女青春生命。一切皆空，唯此实在，套用康德"天上的星辰，地上的道德律"的语言方式，曹雪芹的价值观之核便是"天上的星辰，地上的女儿"。然而，与我不同，梅不像我如此绝对地肯定曹雪芹的审美理想，她从女性主义批评的立场，对曹雪芹做出学术提问：你为什么只肯定"女儿性"而不肯定"女人性"？嫁出的女子未必都成"死珠"和"鱼眼睛"，婚后的女子也有另一种魅力和美的价值。我喜欢梅的挑战，无论是针对《红楼梦》文本还是针对我的阅谈。当然，我也不会因为她是自己的女儿就会让步。我爱女儿，但更爱真理。就上述这一问题而言，我便回应她：重要的不是"女人性"的评估，而是曹雪芹看到中国的青春少女一旦出嫁便进入严酷的伦理系统，这一系统足以吸尽少女们生命的活力和个体的独立权利，从而使活生生的生命变成"死珠"似的呆物和死物，甚至变成怪物和毒物，如王夫人，原来也是"天真烂漫之人"（第七十四回），后来却变成城府很深的无情物，一手造成晴雯、金钏儿的悲剧。

一年来，梅在华盛顿边上，我在落基山下，她每星期都要打几次电话来和我讨论《红楼梦》。讨论之后，总要感慨一番这部伟大作品太奇特、太天才，绝对是中国文学的第一正典。无论用大观眼睛还是用小观眼睛，无论从史诗的宏观结构上看，还是从微观的诗意细节上看，都是前无古人。我们都确信，这部如同沧海似的作品，一千年、一万年以后还说不尽，所以我们的对话选择了《红楼梦》的大思路、大题旨，侧重思索曹雪芹的价值观、世界观、美学观、哲学观，分清小说文本所呈现出来的第一人生状态（世俗——生存状态）和第二人生状态（诗意——存在状态），相应地，也特别关注融入文本中世界原则与宇宙原则的冲突。曹雪芹的大思路既区别于《金瓶梅》《水浒传》《三国演义》等长篇的大思路，也区别于《卡拉马佐夫兄弟》（陀思妥耶夫斯基）的大思路。它吸收了中国的易、老、庄、禅等各家文化哲学，又超越诸家，自成一座奇峰。我们常一起赞叹，曹雪芹生活的年代，虽是乾隆盛世，但人文环境上，却是文字狱横行的最黑暗年代，鲁迅的《病后杂谈》等杂文就揭露这个时代的残忍凶险。但是，《红楼梦》恰恰产生于这一年代。曹雪芹在文臣墨客皆称"奴才"的时刻，灵魂却高高地站立于山顶，在最坏的岁月里却创造出太阳般的大辉煌。可是，文学天才都是偶然出现的个案，并非时代的必然、历史的必然，更非王朝政权的结果。曹雪芹身为贵族，深知宫廷斗争内幕，但他没有把《红楼梦》写成政治小说，而是选择一条呈现生命存在状态、憧憬诗意栖居的创作之路，并获得超越时空的永恒价值。梅在哥伦比亚大学攻读博士学位时，就屡次提醒我要注意俄国巴赫金的经验，他的理论不是抽象的。他通过对陀思妥耶夫斯基的思索与提升，总结出"复调"小说理念。这一提醒，使我更自觉地通过领悟和分析《红楼梦》而更深地认知文学的本性。也让我扬弃建构理论体系的学术姿态，把自己对文学的真切见解，熔铸在"悟语"中，"谈话"中，自由书写中。这也算是卡尔维诺在《写给下一个一千年的备忘录》中所期待的"以轻驭重"吧。而我和剑梅此次用讨论的形式来把握《红楼梦》，当然也算是"以轻驭重"的一次实践。

2004年《红楼梦悟》交稿并先后在香港三联、北京三联出版后，近三年我仍然沉浸于《红楼梦》中，并写作了《红楼悟语新作一百则》（已发表于《万象》）和《红楼人三十种解读》《红楼哲学笔记》。无论是与梅的对话录，还是另外两本书，都觉得自己是一边"立"，一边破。此次的"破"，是受《红楼梦》佛教哲学的影响而破一切"执"，化一切"旧套"，放下一切心灵之外的动机，包括在方法论上也不执于一念、一法，更不执着于一种意识形态。大约也是因为能够不断破执、化执，所以写作中常得到一种有所悟、有所觉的"禅悦"，这是一种内心的大快乐。这种快乐以前也有，但这两三年感受似乎更深切，觉得终极快乐不在别处，就在自己清明的心中和破执破妄的笔下。"破一切执，留一颗心"，这几个字常常在脑子里盘旋。心是世界的本质，心之外什么也没有，这是慧能的彻悟，也是贾宝玉最后发表的遨游人间一回的感想。（宝玉出走前对袭人说：我有心了，玉有何用？）慧能与宝玉打破心之外的一切执着，看破身外种种幻相，由色入空，帮助我放下许多杂念，也帮助我走出许多旧套。如果说，这本对话录和关于《红楼梦》的其他文章中有些新话的话，也是得益于曹雪芹化了的佛情佛思。

剑梅今年仍在讲授中国现代文学课，言必称鲁迅与张爱玲，此时能回过头来阅读《红楼梦》真让我高兴。我知道她正在选择更深厚的文学之路。从事中国文学"事业"的人，必须靠近《红楼梦》，深入《红楼梦》，因为它就是文学界的大自然，太阳、星辰、沧海、云霞、鲜花、草地、山脉、巨鲸、幼鱼、黎明、黄昏、雄鹰、飞鸟等一切"美"都在那里，而在大自然背后的神秘、空灵、飘逸、太虚、太极、形而上等一切"空"也在那里。向它靠近，就有欢乐，就有思想，就有心灵的充盈，就有文学的真感觉。

刘再复

2007年农历九月初七

自序二

青春共和国的领悟

和父亲在林间散步，老爱问"《红楼梦》梦什么"的问题。父亲的回应很有趣，也有很多层面。让我难忘的是他曾说："曹雪芹梦想一个少年的乐园，一个少女的乐园，一个有诗有画有情有思想的乐园，一个花朵不落、女儿不嫁的永恒的青春共和国。"父亲说得很轻松，可落在我心里却有点重。这除了感慨自己早已离开了青春共和国，就是陷入了多年来一直没有间断的"女性主义"思考：曹雪芹的全部天才都在礼赞少女，全部心灵牵挂的只有青春少女，呈现人间生命一切诗意的只有"女儿"。父亲全面认同曹雪芹的审美理想，甚至借用康德"天上的星辰，地上的道德律"的语言范式表述为"天上的星辰，地上的女儿"。《红楼梦》的这一绝对价值观、美学观固然精彩，固然有高度原创性，但是，曹雪芹认为女儿嫁后会变成"死珠""鱼眼睛"，这不是太贬低"女人性"了吗？女儿性如同天上的星辰，女人性就是地上的泡沫吗？嫁后的女人就没有美的魅力吗？"死珠"是结婚女子的宿命吗？青年母亲、中年母亲甚至老年母亲就不美吗？这难道不是以"青春"的名义把女性做了等级之分了吗？一连串问题推向父亲，他却不像我这么急，又只是轻松地说："中国古代的女子一嫁出去就没有自己了，就要从青春自由王国进入三纲伦理必然王国了。即使丈夫怜爱，婆婆也要吸尽她们的活力。这一点与西方文艺复兴后的女子不同，她们嫁后还有独立权利。"又是听时轻松，想时重。我又想起西方文学中的少女们、女人们，想到中西女子命运确有不同，但又想该怎么继续挑战父亲。可是，就在想挑战时，才觉得力不从心，自己对《红楼梦》读得不够、不熟、不透。这一年多，我一边和父亲对话，一边补《红楼梦》的课。想一想，觉得今年比去年有所长进。

2006年秋季父亲到我这里来的时候，他的《红楼梦悟》北京三联版刚刚寄到，我趁着阅读的热情还在，就抓住他讨论。他喜欢卡尔维诺在《写给下一个一千年的备忘录》中所提示的"以轻驭重"的大思想。和李欧梵做文学对话时又说，曹雪芹的写作也是以轻驭重，所以固然有沉重的眼泪与死亡，却又有许多欢笑和戏笑，更有一种前人未有的荒诞的笔触——用荒诞剧驾驭大悲剧，用《好了歌》把握人世的巨大荒诞内容和悲剧内容。人类的生存困境愈来愈沉重，智者除了要面对之外，确实还得有所超越、超脱，拉开一点距离，轻松一点，尤其是作家诗人，更需要一点飘逸与空灵，尤其需要一点冷静的观照世界也观照自身的清明意识。我明知"以轻驭重"的思路好，但实行起来却不容易。《红楼梦》是一部大书大经典，用对谈的方式去把握，实际上是用比较轻的方式去把握，即不像用严密逻辑论证那么沉重。但这毕竟是方法，而《红楼梦》本身的质量、分量、智慧量、信息量却很重，以致重如高山、重如沧海，于是，对于我，"以轻驭重"首先必须进入高山、进入沧海，要熟悉这一山高海深的巨大精神存在。与父亲对话之后，固然对《红楼梦》有了多一些的认知，但首先是更加认识自己，明白了自己离《红楼梦》的深邃世界还很远，要驭此重，可懒惰不得。父亲常说，在《红楼梦》之前就如同在宇宙的大明净与大辽阔之前，永远只能谦卑。父亲尚且如此，我更是应当如此。所以，此次与父亲对话，固然想挑战父亲，但更重要的是挑战自己，逼迫自己进入一个更富哲学感、宇宙感的精神大深渊。

父亲在国内时，人生状态和写作状态总的说来过于沉重，他的方式常常是以重对重，使得我们一家人也跟着沉重。出国后能悟到应当"以轻驭重"是他的一大变化和一大进步。不仅生活如此，治学也是如此。他现在认识世界首先就是一种超越的轻盈，而且也比以往冷静得多。观赏《红楼梦》，以往常常"以我观红"，现在则悬搁自我，更多是"以红观红"，或"以空观红"。他曾开玩笑似的对我说，以往他是以"痴情人"的心态读《红楼梦》，现在则是以"冷眼人"的心态阅读，有一种拉开距离的冷观、凝思和审美。我听了则说：你是以"颖悟人"的心态阅读。他略点点头，并不否定。所谓"痴情人""冷眼人""颖悟人"都是《红楼梦》文本中出现的"共名"。父亲已写完《红楼人三十种解读》，对小说中三十种"共名"进行解说，我读过其中的"卤人""冷人""怯人""玉人""槛外人""通人""可人"等，觉得很有意思。父亲说他的方法除了"以轻驭重"之外，还很喜欢余英时先生所概括的"以通驭专"和"由博返约"的方法。文学研究、文学批评是父亲的"专业"，探讨《红楼梦》更是专中之专。但是如果仅仅以专治专，就《红楼梦》谈《红楼梦》，或仅用小说、诗词等文学视角来把握《红楼梦》，就很难跨越前人水平，而如果打通文、史、哲，打通中西方，以更广阔的视野和更强大的参照系来领悟《红楼梦》，就会有别于他人、前人，就会对红学之专有所补充。父亲和我谈论钗黛之争以及贾政、贾宝玉父子两代人的矛盾冲突时，用世界原则与宇宙原则的冲突去描述，用第一人生状态（世俗状态）与第二人生状态（诗意状态）去阐释，还用"重伦理、重秩序"和"重自然、重自由"的灵魂悖论去把握，而这种对"专"把握的背后是"通"。我很喜欢他对妙玉、宝钗的"心灵悟证"（与原典考证、身世考证相对应的另一种方法）。他说宝钗是冷而不冷，内心太热所以才需要用"冷香丸"去调节，情欲太盛才需要冷水去扑灭，这种自我压抑的生命悲剧，其深刻性绝不低于林黛玉的悲剧。而妙玉，她那样净染分明，贵贱分明，尊卑分明，把刘姥姥用过的杯子视为已染的脏物，与贾宝玉的不二法门及打破尊卑之界的慈悲心灵全然不同，因此她的意识绝非禅宗意识，倒可能是唯识宗第六识的路数。还有，父亲把史家的一老一少（贾母史太君与侄孙女史湘云）都归入名士文化，湘云的归类早有人道破，而贾母的归类则别开生面，并很有道理。在对其他人物的品评中，说起王熙凤与探春这两个"法家文化"人物的差别，他认为王熙凤更符合马基雅维利《君主论》的政治标准，即同时拥有狮子般的凶心和狐狸般的狡猾，绝对把道德扬弃于政治之外；而探春虽然也有法家风度，甚至也有点霸气，但毕竟是"正人"，不搞阴谋，没有权术，也没有凶心。父亲讲完后，我再读一遍《君主论》，真是不寒而栗，觉得王熙凤真是马基雅维利所期待的那种干才。父亲说余英时先生的"由博返约"与禅宗的明心见性、击中要害相通。读了许多书，掌握许多知识，最后还得有所悟，有所穿透性的见解见识，言简意赅地表述穿透知识之后的真思想。博难，约更难。会读书的人不在于读多，而在于读通，博是因为通之后才进入约的。不通而约，就会变成简单化。也许是受到"约"的启迪，父亲才写了那么多简约的"悟语"，三五百字之中总是藏有一点精神之核，我阅读时一定要找出它的文眼文心。在与我的对谈中，我绝对不会走神，因为我一心都在捕捉他的"明心见性"之语。

七八年前，与父亲做了第一次对话，结集为《共悟人间》，此次做第二次对话，父亲命名为《共悟红楼》。两次对话相隔多年。我自己也从"三十而立"之年进入了"四十不惑"之年，可是，正是这个时候，我才悟到孔夫子界定"四十而不惑"的不妥。就在这个年岁，我感到不知不觉不悟的书籍和问题太多，即"惑"太多，仅《红楼梦》，就让我感到自己永远只能是一个大海沙滩上捡贝壳的小孩（牛顿语）。

刘剑梅

2007年12月，马里兰

第一辑

第一章

《红楼梦》阅读法门

一、学与悟的分野

梅：爸爸，趁你来探亲，我又在假期中，抓住这一个多月的时间，我想和你讨论《红楼梦》。我的专业重心虽在中国现当代文学，但是作为一个学人，如果缺少古典文学修养，那就难以深厚，尤其是作为中国人，如果缺少对《红楼梦》的深度阅读和理解，恐怕更是不行的。

复：你有这种认识，非常好。在讨论中，你多提点问题。《红楼梦》你应当"天天读"。坚持下去，天天有所悟，你就会是一个真正的"文学中人"。你对中国文化、中国哲学、中国思维方式有兴趣，也应以《红楼梦》为基础去了解和深化。永远不要离开《红楼梦》，永远不要离开这一最伟大的宝藏。

梅：我读《红楼梦》，度过一个"玩"的少年阶段，到了海外，便进入"学"的阶段，把它作为学问对象或学问参照对象。你这回提出"悟"的方式，对我触动很大。我提出的第一个问题是："学"与"悟"是否可以结合？如何结合？

复：你的这个问题其实在一千多年前就已经提出了，至少可以推到公元5世纪。著名诗人谢灵运，他死于公元433年。在这之前，他写过《辨宗论》，和当时的佛学大师竺道生所提出的"顿悟成佛"进行论辩。道生这个人很了不起，在一千五百年前就敢指出流行的经典语言文字其实是"筌"，即鱼笼子，必须"忘筌取鱼"，方可言道。也就是说，语言完全是牢笼，必须首先放下概念，去掉概念之隔，才能悟道。后来慧能的"不立文字"而"明心见性"，也是这个意思。这一点对我启发很大。谢灵运也信佛，他的意见和道生有相同处也有不同处。他认为释迦牟尼的"道"不是靠顿悟赢得的，而是靠"学"、靠"积学"、靠"渐修"功夫才得到。后来禅宗分化，南宗（慧能）与北宗（神秀）的分歧也在于此。北宗的观点与谢灵运相通。谢灵运的《辨宗论》，这部著作收入《大藏经》第五卷，你可以找来读读。他并不是简单的否定顿悟，而是认为中国的孔子恰恰侧重于顿悟，不同于释迦牟尼善于积学。他把两者调和起来，认为积学乃是一种准备功夫，最后终须一悟方能把握"无"的真谛。尽管我很不赞成谢灵运把孔子说成是"顿悟"的典范，把释迦牟尼说成是"积学"成道的佛祖（我的意思是正相反，认为释迦牟尼是善于顿悟的开山禅师，而孔子则是以学为本的教育家）。但是我赞成谢灵运化解学与悟的对立和化解"渐"与"顿"的二极化，也觉得顿悟与一个人的"积学"——积累积淀——有关。个人天生的悟性固然差别极大，但终究很难凭空而悟。我们悟《红楼梦》，也是因为有了广泛阅读中西文学经典的基础，如果我们的记忆中没有积淀下从荷马史诗到陀思妥耶夫斯基的《卡拉马佐夫兄弟》，如果不是积淀下从《山海经》到《金瓶梅》《水浒传》，我怎能产生关于《红楼梦》的那么多思想。

梅：这么说，"悟"是一种大方法论，是从佛教那里传入，又经禅宗发展的方法论。你对"方法"一直很敏感，此次又想从"方法"上有别于前人，以"悟"法阅读《红楼梦》。

复："悟"是一种大方法，又不仅仅是大方法。"悟"能产生思想，产生哲学。从这个意义上说，它是方法。但是"悟"在禅宗中地位很高，禅宗认定"迷则众，悟则佛"。一旦了悟，也就成佛。禅宗甚至整个佛教，其实是无神论。它以"悟"代替神，以"觉"代替上帝。从这个意义上说，

"悟"的位置相当于其他宗教中神的位置，即不仅是方法，而且是本体，是对佛的把握并成为佛。但我们还是先把它作为一种大方法论来看待。这是禅宗，尤其是慧能对我的巨大启迪。行健把慧能界定为思想家甚至大思想家，他认为慧能的巨大贡献是创造了另一种思想可能性，即没有逻辑、没有实证与分析也可以思想的可能性，西方思想家未充分意识到的可能性。的确如此。"悟"的方法产生于佛教，却在中国得到很大的发展，它从宗教进入了文学、哲学、思想，从严羽的《沧浪诗话》到曹雪芹的《红楼梦》都是"悟"的文学成果。关于悟与学的区分以及禅对佛教方法论的贡献，冯友兰先生在《中国哲学史》上有一段简要的说明，我念给你听听：

> 以同一之观点言之，则道生顿悟成佛之说，至禅宗之顿门而造极。中国所谓禅宗，对于佛教哲学中之宇宙论，并无若何贡献。惟对于佛教中之修行方法，则辩论甚多。上文谓南北朝时，道生主张"忘筌取鱼""顿悟成佛"之说。谢灵运以为"学"之所得，与"悟"不同。佛教中所说修行之最高境界，可以一悟即得；即积学之人，亦须一悟，方能达此最高境界。此意至后日益推衍，遂有谓佛法有"教

外别传"。谓除佛教经典之教外，尚有"以心传心，不立文字"之法。佛教之经典如筌，乃学人所研究。然若直悟本人之本心即是佛之法身，则可不借学而立地成佛。中国之禅宗中之顿门，即弘此说者也。

　　梅：冯友兰先生认为禅对佛教哲学的宇宙论没有什么发展，倒是对修行方法论有贡献，而这一贡献又影响到中国的治学方法甚至文学方法，这一判断应当是正确的。

　　复："悟"作为一种成佛的方法，扬弃"学"，特别是扬弃概念、范畴、逻辑的介入与参与，而直接把握生命的当下存在，这给我极大的启发。但是，到了今天，禅宗的发展历史已有一千多年，它本身又成为研究对象，成为一门学问。如果把它作为一门"学"，则必须把握它的两大要领，一是它的空无本体论，二是它的顿悟方法论。它的心性本体直通宇宙，直通"第一义"。所谓本来无一物，这个"无"是第一义，是天地的第一义，也是人的"第一义"，佛的"第一义"。《红楼梦》一开篇的十六字诀"因空见色，由色生情，传情入色，自色悟空"，从"空"到"空"，中介是情，而情存于心。在十六字诀里，情宇宙化了，心性宇宙化了，这未尝不可视为对佛教哲学宇宙论的发展。至于方法论，禅宗特别是慧能把悟的方法彻底化了，提出"不立文字""明心见性"的方法，把"学"完全悬搁、完全扬弃了。

梅：“学”是必要的准备，必要的积累，但“学”的一切功夫，最后还得有一悟，要有所发现。"众里寻他千百度，蓦然回首，那人却在灯火阑珊处。"读了千部书、万部书，寻了千百度、千万度，还得有蓦然回首的顿悟。

复：学不一定就能悟。学常常会愈学愈迷，如鱼被困在筌中，迷在笼中。知识可能有益于悟，也可能产生障碍。有概念障、知识障，就堵塞了通道，让你落入迷津。所以学之后还得穿越“学”，从“筌”中跳出。我们下功夫学了之后，关键就在于学之后是走向迷，还是走向悟了。就“学”而言，慧能恐怕比不上神秀，但禅的南北两宗，最后还是南宗高于北宗，赢得了整个时代，也赢得了我们这些后人。慧能不识字，但有天才的悟性。我相信他从根本上启发了曹雪芹。《红楼梦》整个文本佛光普照，是一部伟大的悟书。

梅：你刚才说，佛教创始人释迦牟尼本身就是个大禅师，以前倒未听说过，你能说明一下吗？

复：不错，他是个大禅师。你再领会一下《金刚经》，想想他到舍卫城中化缘之后回到给孤独园，食毕，收衣钵，洗足，然后端端正正坐下，大比丘（弟子）们围绕着他，长老须菩提问他如何抵达“无上正等正觉”的境界。他拈花微笑，说明世上的万物万相都是空的，没有实在性，人们以为实在的东西，不过是概念而已。事物的真相——实相，乃是无相。不迷恋诸相，远离诸相，便是"无住"。能悟到诸相皆空而放下妄念，抵达"无住"之境，便是解脱。慧能的全部出发点就是听到"应无所住而生其心"，林黛玉的"无立足境，是方干净"，讲的就是"无住"之境，即无妄念、无执着、无分别之境。无论是慧能还是曹雪芹，他们的大彻大悟，都发端于释迦牟尼。释迦牟尼对1250个大弟子（大比丘）的传教方法是启悟方法，不是读经典的方法。所以我说慧能是得了佛教的真髓，而释迦本身就是第一大禅师，换句话说，释迦牟尼是以禅的办法启迪弟子、启迪众生的第一个伟大导帅。

梅：你一再说，没有禅宗，就没有《红楼梦》，我领会的意思是说，如果没有禅宗，曹雪芹就不可能有如此对于悟性的自觉。曹雪芹很有学问，但决定《红楼梦》的成功的，不是他的"学"，而是他的"悟"。

复：不错。曹雪芹是百科全书式的作家，他的历史知识、文学知识、艺术知识、宗教知识、社会风俗知识、传统文化知识都丰富得非常惊人，但是，如果没有禅的启迪，没有大彻大悟，《红楼梦》对宇宙人生的认知就不可能如此透彻。禅帮助曹雪芹在自己的作品中切入了最根本的东西，这就是"觉"，就是对世界真相的彻悟与把握。也正是这样，对于《红楼梦》，不能只有学问式的阅读，还应有感悟式的阅读。

梅：我慢慢理解你的阅读法了，不过我在读《红楼梦》时，又发现你在悟的过程中，也有"证"，即对你悟到的、发现到的"要义""要害""文心""文眼"，你也有一种知识的基础。我还找不到一个恰当的概念来描述你的方法。

二、心灵悟证与身世考证

复：这种方法也许可以称为"悟证"，或者叫作"心灵悟证"。彻底的佛和彻底的禅是不讲"证"的。我们是学院中人，不证人家不信，所以我干脆把自己的方式称为悟证，与考证、论证等两种实证方法明确地区别开来。蔡元培先生的索隐法，俞平伯先生的"辨"，胡适的考证，周汝昌先生的新证，都是家世身世考证。刘心武的原型研究和文稿探佚也是考证。他们下了很多功夫，在"学"上有价值。我的兴趣不在作者的家族谱系与小说人物原型的身世，而在其心灵与性情上。但阐释性情与心灵也不能笼统地用真性情和假性情去加以区别，更不能贴一贴"封建"与"反封建"的标签就完了事。《红楼梦》的主要人物贾宝玉及其少女少妇群，其性情都十分精致，而且差异很大。要准确地说明每个人的心灵真实内涵及其性情特征，不仅需要悟，而且需要悟证，即说清悟处的理由。

梅：你通过感悟追寻每个人物心灵的深层奥秘，可以说，就在求证每个人物心灵所蕴含的真正的哲学之谜与文化之谜。你也写过一些阐释《红楼梦》的论文，做过论证。现在你把兴趣投入悟证，是不是觉得有些难点是考证与论证难以解决的？

复：不错。例如"意淫"，这就难以实证，既无法考证，也无法论证。连曹雪芹也通过警幻之口说明："'意淫'二字，惟心会而不可口传，可神通而不可语达。"（第五回）意淫是一种想象性的心理活动，其特点是隐秘的、无边的、反规范的，根本无法找到证据与论据，只能感悟它的内涵。脂砚斋把意淫解释为"体贴"，恐怕不贴切。《红楼梦》中有许多精神细节和情感细节，都无法实证。例如，第八回宝玉与宝钗并肩坐着时闻到一阵香味，宝钗说这是"冷香丸"的香味，实际上是体香，这是可以实证的。但是，第十九回中宝玉又"闻见一股幽香，却是从黛玉袖中发出，闻之令人醉魂酥骨"。宝玉问这香是哪里来的，黛玉道："连我也不知道。"这一细节是曹雪芹的神来之笔，以往的"评红"者也有人注意到，但也只是从实证的思路上想，连脂砚斋也在黛玉所言（"连我也不知道"）之下做这样的评点："正是。按谚云'人在气中忘气，鱼在水中忘水'，余今续之曰：'美人忘容，花则忘香。'此则黛玉不知自骨肉中之香同。"脂砚斋认定这是黛玉的骨肉之香，而我则觉得这是黛玉的灵魂之香。黛玉的前身是绛珠仙草，其灵魂之香也是仙草之香。这是我的领悟，说仙草之香是魂香，这是悟证。我说宝玉和黛玉是天国之恋，和宝钗是世俗之恋，这两种香味的区别，体香与魂香的区别，也是一证。

梅：这是非常有意思的悟证，我从未想到过这是灵魂的芳香。佛教创建之初，释迦牟尼的"拈花微笑"，也是在启发信徒们进行心灵悟证。

复：悟证不是佛教所独有，它可以成为一种普遍性方法。即使特别重视学问的朱熹，他宣扬尊德性也是为了证本心，所以他要求学生半日读书，半日静坐，上午读书，下午领悟，希望学生能跳出章句教条，以圣人之心证己之心。这也不是考证、论证，而是悟证。

梅："证"是需要逻辑的，无逻辑便无所谓证。论证最讲逻辑，我在西方学院里的训练也是逻辑的训练。佛学的方法，悟证的方法，是不是刻意反逻辑？

复：佛学也有逻辑，因果就是它的逻辑。教我进入佛学之门的虞愚老先生就是佛教逻辑学——因明学的专门家。但是佛教有些宗派逻辑太机械，禅宗的功绩便是彻底打破佛教的机械逻辑，另立以心传心、明心见性的方法，这便是悟证。这不是形式逻辑的方法，甚至可以说是反形式逻辑，但还是有一个心灵逻辑、情感逻辑。例如妙玉，她有自己的一套心灵逻辑。

梅：你对妙玉，一直在悟证。她在佛门里的心灵所属是禅宗还是唯识宗？这不属于史学，也不属于考古学，也绝对无法像考证曹雪芹卒年那样细密查考，但是，却也需要求证。她的分别相，她的极品趣味，她的神秘感，背后都有哲学，都有文化，都有自己循行的宗教选择，这需要悟证。

复：不错，像妙玉这样一个"畸人""槛外人"，其内心就极为丰富复杂。宝玉、黛玉其实也是槛外人，他们都是异端，活在正统的门槛之外。但宝黛与妙玉又很不相同。妙玉住在栊翠庵中，算是进入准佛门。可是，她对众生却充满了"分别相"，内里藏着严格的尊卑、贵贱界限，所以她把刘姥姥用过的杯子扔掉，认定她是卑贱之人。妙玉的外形如同仙女，气质非凡，这一点与贾宝玉相似，但她就没有宝玉的慈悲精神，也没有宝玉的不二法门和平常心。对此，我们就得提问一下，她属于佛教的哪一宗，遵循哪一法门。这也算求证。如果有"学"的准备，我们大约可悟到她不属于禅宗，而属于唯识宗。唯识宗讲八识，第六识（意识）是分别识。妙玉的第六识大约特别发达。在佛学中，"妙"字是无分别的意思，妙心即无分别之心。可是妙玉名实不符，分别心很重。宝玉的大慈悲精神恰恰在于他没有分别心，以平等的态度对待一切人。禅宗对众生只讲"觉与不觉"，不讲"贵与贱"，在妙玉的心目中，下层人刘姥姥显然是卑贱的下等人。

梅：佛教的各派学说，唯识宗最难进入。眼、耳、鼻、舌、身、意、末那、阿赖耶等八识。第八识阿赖耶识，解为藏识，是不是包括潜意识？至今我还是不敢判断。

复：唯识宗系玄奘所创立，他的《成唯识论》集中了唯识要义。唯识宗的致命缺点是概念过于密集，过于烦琐，其要义恐怕只有玄奘和他的几个弟子才真明白，所以此宗进入不了社会，与禅宗无法相比。禅宗正是从唯识宗这种经院佛学中解放出来而获得成功的教派，它把佛推到世俗社会的最底层。我说妙玉可能属唯识宗，一是宝玉在解释妙玉为什么给他送生日拜帖时说："因取我是个些微有知识的，方给我这帖子。"这里贾宝玉说他稍稍有点和妙玉相通的"知识"，不可能是禅的知识。若论禅，宝玉可以滔滔不绝，不会只是"些微有知识"。妙玉掌握一种他人难以进入的知识，即有难度的知识，这恐怕只有唯识宗才算得上。还有一个理由，就是刚才说过的，妙玉太具分别性，太具凡圣尊卑之别。曾有论者质疑唯识论："若唯有识，都无外缘。由何而生种种分别？"玄奘答道："颂曰：由一切种识，如是如是变。以展转力故，彼彼分别生。论曰：……此颂意说，虽无外缘，由本识中有一切种转变差别，及以现行八种识等展转力故，彼彼分别而亦得生，何假外缘，方起分别？"（《成唯识论》卷七，《大正藏》第三十一册，第39—40页）后来天台宗崛起，其要典《大乘止观法门》（如来藏）才除灭分别性（即除分别性，入无相性；除依他性，入无生性；除真实性，入无性性）。你不必勉强研读唯识学，不要被佛学概念所纠缠，但要了解各宗的基本区别。我的悟证，也有这些"学"的基础。曹雪芹博大精深，他笔下的妙玉，除宝玉外，没有一个人能与之相通，其心灵带有很大的神秘性，我的感悟也未必能抵达她的心性深处。

三、悟证抵达深渊

梅：身世考证与心灵悟证，有内外之分。前者属于外，带历史性质；后者属于内，更带文学性质。身世考证除了要仰仗档案资料之外，还得具有研究者的毅力和分析力，而心灵悟证则需要研究者的学识基础与智慧。两者都有难点。例如刘心武对秦可卿的身世考证和对妙玉的情爱关系考证已突破了前人的认知，不管你相信不相信，但他自圆其说，而其解说，又并非闲说，而是拥有许多实据。但是秦可卿心灵深处的奥秘，她有怎样的孤独感、悲凉感或满足感？她的心灵属于谁？她对宝玉有几分爱？她对贾珍有几分情？情中几分真、几分假？她为什么会把王熙凤引为知己？她的卧室布置反映了她的怎样的价值观与人生观？等等，一切都是谜，都引发我们悟证的兴趣。

复：还有一些人物，如薛宝钗，其内心也非常丰富，如果用某种理念去衡量她、评价她、分析她，总是有点"伪"，作为情感存在、心灵存在，她是很丰富很复杂的存在。以往有些评论者把她划入封建营垒中，认定她是封建主义者，其实她也是一个被压抑者，一个被封建理念所压抑的牺牲者。她那么美，那么有学问、有才情、有风度，可是她无法言爱，不敢恋爱。她劝宝玉走向仕途经济之路，在心灵的深处，在潜意识里，可能只是出于对宝玉的关怀，未必是喜欢那套八股文章和选拔制度。称她为"冷人"，她的内心，真的冷吗？如果真的冷了，为什么还要吃"冷香丸"？吃"冷香丸"透露出她身心深处怎样的信息？这种信息无比丰富，难以用概念描述，但完全可以判断，她的内心，不仅不冷，而且很热。这种热，是与生俱来的热，是青春少女天性人性的热，是生命自然的热，但是，她把热硬是压抑下去，"冷香丸"便是帮助她压抑和调节的药方。一个活生生的、美慧聪颖的诗意生命，来到地球一回，屈服于世俗的目光和理念，就这样把青春生命的火焰埋藏在心底、压抑在心底，一燃烧就自我扑灭，这是怎样的悲剧呢？这是青春生命自我摧残的悲剧，从某种意义上说，她比林黛玉经受了更深的悲剧。林黛玉还有痛快表露爱、宣泄情的瞬间，而薛宝钗则始终被压抑，被围困。在阅读《红楼梦》的过程中，我每次感悟薛宝钗这一悲剧性的生命，心情都难以平静，每次都觉得有一种用语言无力表达的极为深刻的悲剧内容。

梅：面对薛宝钗，确实心情会十分复杂，很难做"喜欢不喜欢"这种二极性判断。宝钗姓薛，谐音为"雪"，一听到她的名字就觉得冷。第五回作者给她的判词是"金簪雪里埋"，也暗示她本是火炼出来的金簪，却被冷雪所包裹。"冷"是她的外壳。脂砚斋评说她"不疏不亲，不远不近"，"可厌之人亦未见冷淡之态形诸声色，可喜之人亦未见醴密之情形诸声色"。（第二十一回评语）天真少女时代，就懂得与人保持距离，失去自然。"好风频借力，送我上青云"，她本来也有一番抱负，却用"冷香丸"来化解。细究冷香丸的配制，看到竟是取四季的白色花蕊为药材，真让人惊心动魄。花蕊就是花朵之心，就是女儿心灵的符号。这就暗示，薛宝钗是在"抉心自食"（鲁迅语），她哪里是治病，完全是在扑灭自己的青春热情。最后宝玉离家出走，虽然是一种自救，自我实现，可是却留下宝钗来承受更大的悲剧。宝钗这么年轻美丽，就得守活寡，就得独自养大宝玉和她共同的孩子，这是多么凄清的结局啊！这是更深刻的悲剧。《红楼梦》中的许多少女少妇，也有宝钗似的人情压抑与性压抑，例如妙玉、李纨等，但有"热毒"而刻意用药压下的则只有宝钗，她的确是另一类型的悲剧人物。通过你的悟证，也许今后我会更深地走进宝钗的心灵深渊，包括潜意识深渊。

复：《红楼梦》的人物，尤其是若干主要人物，心灵极为丰富复杂，不可能用简单的、本质化的概念去描述它，把握它，确实需要不断去悟，即使是二级主要人物，如袭人、李纨、紫鹃等，其心灵深层的真实，也不是可以一目了然、几个概念可以说明的。就以袭人来说，她和宝钗一样，老是劝宝玉用功读书，走仕途经济之路，也因此曾被一些学者认为她是女性封建奴才，实际上，她对宝玉的劝导，其思虑也是丰富的、多方面的。这里面包含着对宝玉无可怀疑的痴情，也包含着对自身未来的考虑。谜底是理性，是功利，还是情感，这确实需要悟证。

梅：悟证不是实证。不可能像自然科学，也不可能像考古学、版本学那样进行实证，但可以通过对作品文本的细读和比较，以更加接近对象的深层真实。悟证主要的根据是文本，但也需要与文本相关的知识。例如你说妙玉折射唯识宗文化，当然就需要有佛教各宗的知识尤其是唯识宗、禅宗的知识。你说探春折射法家文化，当然也需要具有法家的历史知识。但是求证探春的心灵奥秘，却又不是法家概念可以完全涵盖的。你说她与宝玉的冲突是功利与美的冲突，一个是算计性思维，一个是非算计性思维，确乎如此。但是，我们对探春又必须有一种理解的同情，或者同情的理解。因为宝玉是快乐王子，不考虑家族的兴亡，不承担任何责任，而探春与宝钗、李纨主持家政时，必须承担责任，不算计怎么行？也就是说，这种算计不是自私的，而是对家族命运的关怀，从某种意义上讲，也是一种爱，一种对家族对父母兄弟姐妹的爱。至于她是不是想出风头，想表现自己的才华和抱负，这也可能，因为她自己就宣称过她如果是男人，定会做出一番事业。总之，推动她兴利除弊改革的第一动因是什么，她的心底蕴含着怎样的秘密，不是一下子可以说清的，需要我们不断悟证。

复：对《红楼梦》确实要细读，不可一目十行，要做文本细读。用妙玉的话，要"品"，不可"牛饮"。同样是诗，《三国演义》《水浒传》《西游记》中的诗都是打油诗，《红楼梦》中的诗却是真正的诗，每位诗人的诗从语言到境界都不同。所以《红楼梦》除了具有"质的密度"之外，我还想补充的四个字，叫作"诗的含量"，你可用这四个字去衡量一下其他的文学作品，这不是要求文学作品中都要作诗，而是要有诗的意境，诗的细节，但又不可刻意营造诗相或让诗歌意象过于密集。最近我读刘心武的《红楼梦》心解，读到他对迎春的一个诗意细节的分析，很受启发。这就是第三十八回写的"迎春又独在花阴下拿着花针穿茉莉花"。以往《红楼梦》的仕女画都没有注意这一细节，我也没有留心过。对于这一细节，心武做了这样的评论阐释：

　　你闭眼想想，该是怎样的一个娇弱的生命，在那个时空的那个瞬间，显现出了她全部的尊严，而宇宙因她的这个瞬间行为，不也显现出其存在的深刻理由了吗？最好的文学作品，总是饱含哲思，并且总是把读者的精神境界朝宗教的高度提升。迎春在《红楼梦》里，绝不是一个大龙套。曹雪芹通过她的悲剧，依然是重重地叩击着我们的心扉。他让我们深思，该怎样一点一滴地，从尊重弱势生命做起，来使大地上人们的生活更合理，更具有诗意。那些喜爱《红楼梦》的现代年轻女性们啊，你们当中有谁，会为悼怀那些像迎春一样的，历代的美丽而脆弱的生命，像执行宗教仪式那样，虔诚地，在柔慢的音乐声中，用花针，穿起一串茉莉花来呢？

《刘心武揭秘〈红楼梦〉》第二部，

东方出版社，2005年，第190页

梅：刘心武的书是《红楼梦》的原型研究。这是小说学的重要课题，探讨作家如何把生活中的"原型"转变为小说中的艺术形象。这不仅需要史学的考证功夫，而且要有文学的鉴赏功夫，刘心武不仅下了许多考证的功夫，而且做了文本的细读，因此不仅对原型来历有新的发现，对文本中的细节也有新的捕捉和阐释。像迎春这种诗意细节就是以前的研究者忽略的。一个最弱小的生命，都有自己生命的向往和尊严，这种阐释也很有诗意。

复：实证要求一个结论，悟证则很难有一个结论，它应是一个不断领悟、不断接近真谛的过程，不可能一次性完成。每个人物在言语和行为中透露着心灵信息，我们通过心灵信息来感悟心灵的存在内容，这一过程才是真正重要的。一般人物的心灵信息，相对地说较为简单，也较容易把握，而主要人物，尤其是贾宝玉、林黛玉、薛宝钗这三个主要人物，其心灵信息就太丰富太复杂了。他们的心灵信息不仅在言谈中，在行为中，而且在诗歌中，在梦游中，在眼泪中，在情状中，甚至在无言的沉默中，像贾宝玉，他的呆状、痴状、狂状等都含有信息。开始见到林黛玉时一句"这个妹妹我曾见过的"有多少信息，为黛玉起名起号又有多少信息，把玉摔砸于地有多少信息，那块玉的落地之声又有多少信息，更不用说他最后出走的无量信息了。所以，我们才说《红楼梦》说不尽，光是人物的心灵信息就开掘不尽，阐释不尽，自然也是任何悟证都无法穷尽的。

梅：光是贾宝玉和林黛玉这两个主要人物最后的行为语言，一个焚烧诗稿，一个离家出走，就包含着无量心灵信息。他们从大荒山无稽崖青埂峰下，从西方灵河岸上三生石畔，来到人间走一遭，现又要回去了。一来一往，一生一世，他们有何感受？心中是爱？是恨？是失望？是绝望？最后的行为语言都告诉我们了，但这些语言是无言。这就留给我们开掘其心灵秘密的无穷可能性。所以才需要悟证，而你所做的其实不仅是悟，也是在证。

复：《红楼梦》文本中，本身就有"心证意证"的概念。第二十二回贾宝玉的禅偈，就是"你证我证，心证意证。是无有证，斯可云证。无可云证，是立足境"，讲的是情感这种东西要得到印证是很难的。相爱的双方，如果都要对方拿出爱的证据，只能自寻烦恼。只有到了放下这种企图，无须外在的他物他人检验之时，才谈得上情感的大彻大悟。这一意思，我们也可以解释为心灵靠实证是不可能的，只能如我们所说的靠自身去悟证。

梅：《红楼梦》的主人公林黛玉，其心灵可以说是一个深渊，一个神意的深渊。我们的语言文字永远也不能抵达它的最深处，从这个意义上说，它是不可言说的。禅宗大约意识到这点，所以干脆放下文字，追求另一种方法，就是明心见性的方法，这种方法其实是借直觉探索心灵最深处的奥秘。

复：也可以说是通过直觉进入潜意识深层。林黛玉与贾宝玉相恋时双方都在猜想对方的潜意识，都刺激对方把潜意识转化作意识，转化作言说。但是言说总是无法表达潜意识深渊中无量情感，因此总是不满意总是要争吵。我们作为读者，在阅读中也可能抵达其心灵的某一层面，感悟到其中的一部分信息，不可能捕捉全部信息。我们说主要人物的心灵是个深渊，而某些次要人物何尝就不是一个深渊。例如小红，这个伶俐人，就被宝钗称作"眼空心大"，很有心机。据脂砚斋的评点，贾府崩溃落难，最后倒是这个不显眼的小丫头帮了大忙。她是大管家林之孝的女儿，极为精明。宝钗说她"心大"，到底有多大？也无法实证。我们也只能从文中有限的描述中去悟证。聂绀弩在世时，写过评小红的文章，感慨这个丫头不简单，但对她的"眼空心大"，也无法实证。所以还是用悟证的办法好。在此，所谓悟证，是对文本提供的全部信息进行归纳和判断。依据的是文本的已知信息，并非空想。

四、悟证与知识考古学

梅：福柯的知识考古学，不是通过文物进行考古，而是对已有的知识进行清理、辨别，也算是一种考证。他的知识考古学为我们展示了现代社会的内部规范机制和边缘地带的抵制倾向，质疑启蒙的理性话语，认为这种理性话语压抑了历史长河中的多元性、差异性和离散性。不过知识考古学还是一种实证方法；而悟证却不是实证，因此也不同于知识考古学，它是另一种方法，一种对心灵气息进行寻觅、追踪、辨析和判断而接近心灵实在的直觉方法。这是你正在尝试的方法论。

复：以往《红楼梦》的考证大体上有三大类。第一类是原典考证，这包括文稿探佚和版本考证；二是原作者家世考证及其所派生的曹学研究；三是原典（小说）人物的原型考证。旧索隐派侧重于历史，但确实如胡适所批评：太多附会。没有进入考古学，也不算知识考证，不属于福柯的知识考古学的范围。过去《红楼梦》研究中，"论"的一脉倒是涉及一些知识，但太局限于政治经济学，即只是笼统地说明作品产生时代的政治经济状况，其缺点是只把小说（包括小说中的生命、命运、悲剧、荒诞剧）放在"时代"上，而没有放在"时间"的永恒维度上。《红楼梦》把时间视为不割的大制，把过去、现在、未来视为一个整体，不将不迎。社会学批评，未注意到这一特点。放下这一点先不说，就以"时代"而言，也不应只注意政治经济，还有一些特别的社会情状可下考证功夫。例如《红楼梦》

所涉足的双性恋、同性恋问题，就涉及许多社会学知识、人类学知识和心理、生理学知识。《红楼梦》的同性恋描写，规模不小，延伸三个区域：一是贾府私塾学堂的同性恋风波；二是薛蟠与柳湘莲，贾宝玉与秦钟、蒋玉菡等几对男性同性恋故事；三是戏班子中的藕官与药官、蕊官等女同性恋情节。此外，贾宝玉被戴上"绛洞花主"的封号，又是大观园女儿国的唯一成员，他是不是双性人？这里涉及历史知识与生理知识问题。王德威在探讨《品花宝鉴》时曾指出：

> 我们必须承认，断袖余桃在中国古代艳情文化中，一直是个活跃的组成部分。晚明和清代男伶戏班的突然兴盛，并非出于（多数）中国男性性爱好的改变，而是出于政府严令禁止官绅嫖妓的结果。明清两朝的政治制度都严禁士大夫出入教坊，狎妓自娱。男伶因此应时而生，成为妓女的代替。虽然在清朝的法令中，有关鸡奸的法律愈益苛严，但是却不曾像严禁女子卖淫的律令那样强制执行。《品花宝鉴》第三十三回，刚刚走马上任的朝廷命官便因出没青楼，而遭严惩；相形之下，歌舞谈笑、调戏男伶者，在小说里却多可逍遥法外。

王德威：《被压抑的现代性》，

麦田出版社，2003年，第100页

从晚清的《品花宝鉴》等小说看，清代的同性恋尤其是戏子的同性恋，相当盛行，可以说，宝玉、薛蟠等只是风气中人，并非性变态者。还有，宝玉对"女儿"如此迷恋，怎么又对秦钟如此倾倒？对后者的倾倒涉及怎样的性与情内容，这是需要考证的。还有一些微观知识，也可考证，如薛宝钗关于"冷香丸"的制作，关于绘画中的用墨用水，黛玉的琴谱与琴艺等等，都属知识考古范围。我所说的心灵悟证，与禅宗的纯感悟有些差别，就是还确认知识对悟证的潜在作用。但我又觉得佛教哲学所说的"转识成智"很有道理。只停留在知识层面，没有对智慧的领悟，仍然会离《红楼梦》很远。

梅：原典考证，原作者家族系谱考证，我不想去做。但知识考证，还是有兴趣。另外，你对《红楼梦》的研究，除了"悟"之外也有"论"。这是考证、悟证之外的论证。我毕竟是学院中人，能够选择的主要研究形态，还是论。

复：我们当然需要论，除此之外，还需要思想，尤其是需要有哲学视角。找到一个新视角就可开辟一片新天地。王国维用叔本华的哲学视角看《红楼梦》，看出《红》是一部被"欲"所造成的悲剧；毛泽东用马克思的历史视角看《红楼梦》，读出《红》是一部贾、史、王、薛四大家族的兴衰史；如果我们用弗洛伊德的眼睛看《红楼梦》，则可读出（引申出）《红楼梦》是一部"性发动""情发动"的大书。全书相当于总序的第一回的第一段话就说明："……以至今日一技无成、半生潦倒之罪，编述一集，以告天下人：我之罪固不免，然闺阁中本自历历有人，万不可因我之不肖，自护己短，一并使其泯灭也。"说得很分明，《红楼梦》是为闺阁中人而写，即缅怀闺阁女子的情是小说的第一原动力。书中的恋情又是全书的主脉。弗洛伊德认定文学是性压抑之后所浮现出来的梦。《红楼梦》以梦作为书名，全书中有一梦系统，有小梦、中梦、大梦，有潜意识的梦，还有审美理想意义上的显意识大梦。但是，《红楼梦》也有大悖于弗洛伊德之处。小说没有恋母情结，只有叛父情结。书中固然有亲情，有世情，有恋情，但恋情大于亲情，男女之爱大于父母之爱。

梅：西方"论红"的文章，许多涉及弗洛伊德的视角，但我们还可以深化。

复：不仅可以深化，还可以进行理性批判。例如曹雪芹写作的第一动力到底是性压抑还是良心压抑就可以讨论。为一些闺阁女子而写，这是情。说是性发动，似乎无可争议。可是性发动是否就是情发动？我觉得曹雪芹的情主要是欠债感，欠闺阁女子的情债，写作是为了还债还泪，也就是说，写作的第一动力是良知的乡愁，是良知压抑。我觉得用"良知压抑"之说解释《红楼梦》的发生更为准确，比"性压抑"准确。

梅：你和林岗在《罪与文学》中也讨论过这个问题，说中国近现代作家的写作动因虽也有性压抑，但主要是"良知压抑"。"论"确实需要不断更换视角。王国维用叔本华的视角解释《红楼梦》是一个突破。但是一百年过去了，总不能还是停留在叔本华的悲剧论上。所以我支持你用存在论的视角去审视。

复：《红楼梦》蕴含的大乘佛教哲学，尤其是禅哲学，帮助我破一切"执"，也包括帮助我在方法论上破了许多"执"。王国维虽有突破，但毕竟太执于叔本华的一说一念。我们敬佩王国维，也无须执于王国维的悲剧视角，而应当在肯定这一视角时另外开辟新的视角。视角新，论才能新。存在论是我选择的一种视角，但我也不会执于此论此说。现在海德格尔很时髦，本想回避这一时髦，但回避不了。《红楼梦》本身有两大层面，除了生存层面，还有存在层面。如果用海德格尔的存在论去看《红楼梦》，确实可以看出另一番深邃内容。至少可以揭示几项以往所忽视的意思：一，曹雪芹和海德格尔一样，直面死亡，"纵有千年铁门槛，终须一个土馒头（坟墓）。""风月宝鉴"的正面是美色，背面是骷髅。直面土馒头，直面骷髅，即直面死亡才能把握生的意义，才能把握人生的真价值。孔夫子"未知生，焉知死"的命题被曹雪芹、海德格尔扭转成反命题：未知死，焉知生。因为确认死的必然，才有色空的大理念，才有放下追逐财富、功名、权力的终极理由。二，存在者只有在死亡面前，其存在意义才能充分敞开，这一点，曹没有直接表述，但与海德格尔相通。但是，《红楼梦》又不同于海氏，海德格尔的哲学是赴死的哲学，曹雪芹的哲学却是恋生的哲学，它揭示另一条真理：存在在情爱面前才充分敞开。贾宝玉、林黛玉的丰富内心、精彩灵魂、诗意存在全在彼此的爱恋中充分展开，一旦失去相互依存的一方便无意义，连诗稿也可付之一炬。

第二章

《红楼梦》精神内涵的四维结构

　　梅：今天想和你讨论王国维的《红楼梦评论》，这是你研究《红楼梦》的一个出发点。王国维写作这篇论文时才二十七岁，真是天才。你对王国维的《红楼梦评论》已做了不少分析，对这篇论文的突破性贡献做了很高的评价，通过你的评论，现在我已明白《红楼梦》大于家国境界和历史境界的宇宙境界，也明白其悲剧是"共同犯罪"（共同关系）的结果，但也明白王国维只讲悲剧、未讲荒诞剧的阙如。另外，我还特别感兴趣的是，你还用类似结构主义的方式，把握了《红楼梦》的精神内涵是"欲""情""灵""空"的四维结构，王国维太偏重"欲"的维度，对其他维度则有所忽略。我很希望你从这四个维度出发，再评述一下王国维的得失。

一、欲向度

复：四维结构也可以更明白地说具有四个向度。先讲一下"欲"的向度。"欲"是个大概念，二十年前我在《性格组合论》中曾把"欲"作为一个系统加以分解，并做了图表。日本的竹内实先生特别写了文章，评介我的情欲论的意义。我们不应当停留在欲的概念上，而应当针对王国维的解说进行再解说。王国维第一次把叔本华的哲学视角引入《红楼梦》评论，让人们大开眼界。叔本华哲学受佛学哲学影响很深，而《红楼梦》又被佛教精神所覆盖，因此，引入叔本华便显得很自然，对应度很高，并不是用先验的哲学框架去硬套《红楼梦》，这是王国维的《红楼梦评论》还站得住脚的原因。佛教认为人生的本质就是痛苦，人生之海就是苦海，而痛苦的原因就是人的身体具有无休止的欲望。我讲解《金刚经》时就说，《金刚经》发现人的身体是人的终极地狱。身体产生欲望，欲望产生"四相"（我相、人相、众生相、寿者相），产生种种妄念、烦恼与痛苦。叔本华也抓住这一点，认为人生下来就是个错误，就带有深刻的悲剧性，因为生下来就有欲望，欲望永远难以满足，悲剧便永远无法落幕。王国维发挥叔本华的悲剧论，根据谐音，认为宝玉、黛玉的"玉"便是"欲"，因此他们的悲剧是欲望无可克服的悲剧。其悲剧既是共同关系的结果，也是自作孽的结果。王国维依据佛教原理所做的悲剧解释，其优点是从人性根蒂去寻找悲剧原因，有很大的真理性。但是，王国维所讲的这一面只是佛教对人生本质（也是世界本质）的认识，佛教还有另一面，就是对欲的破除，其破除的内容就是灵的内容、空的内容。王国维虽然也探讨"解脱"，但太简单。尤其是对于"情"，王国维的论述更为薄弱。

　　梅："欲"和"情"这两大范畴，《红楼梦》的重心是"情"。红楼中人都有欲，但始终在"欲"里打滚，迷恋功名、权力、财富、美色的名利之徒，"国贼禄鬼"，如贾赦、贾蓉、薛蟠等，只是一部分人，这是泥浊世界的主体，欲望的化身，他们的悲剧倒真的是被欲望烧得执迷不悟的悲剧；而贾宝玉、林黛玉以及那些诗意女子却是蔑视欲望、看不起名利之徒的净水世界的主体，他们是从欲望中升华了的情感生命。

　　复：不错。《红楼梦》中有生命升华的大中心内容。整部《红楼梦》为什么那么美，正是它有两种大提升。一是外自然的人化；二是内自然的人化。石头是外自然，《石头记》就是一块石头通灵后化成人的传记，这是外自然的人化。而"欲"是人的内自然，动物也有欲，有食欲性欲，但《红楼梦》又呈现了欲向情提升的诗意过程。贾宝玉周岁时别的不要，就抓住胭脂钗环，这是欲。他喜欢吃丫鬟脸上的脂粉，也是欲。他见到宝钗的身体丰满，想到她的肉移一点给林妹妹就好，也是欲。但是，宝玉在黛玉的精神与情感的导引下，不断把欲提升为情，也从泛情逐步转向专情。这是《红楼梦》的根本性内容。李泽厚一辈子讲美学，讲美的根源和美的本质，就讲自然的人化，讲人与大自然关系的变迁，特别是讲内自然（欲望）的人化。王国维讲欲时，未讲欲向情的提升即未讲内自然的人化，是一个很大的不足。

梅：李泽厚的美学书我也读，却没想到石头——自然的人化，欲的情化，你这样解说，我觉得很新鲜，也很有道理。《红楼梦》的重心确实在于欲向情的转化和提升。林黛玉、贾宝玉的悲剧并不是"欲"不能满足的悲剧，而是"情"无处存放的悲剧。

复：出国之后这十七八年，我一直迷恋《红楼梦》，并觉得它佛光普照，从根本上帮助了我，不是别的，恰恰是这部巨著破欲、破执、破妄的大精神启发了我。贾宝玉、林黛玉的形象光辉乃是看透欲望、看透色相的生命光辉。尤其是贾宝玉，我说他是知识分子，至少是我的"救星"，是因为在他身上有一种破一切执，化一切迷，放下一切世俗欲望即功名、财富、权力等欲望的大超脱精神。他和林黛玉的悲剧不是放不下欲望的悲剧，而是放下而让人视为傻子视为异端的悲剧，是反抗欲望而失败的悲剧。破一切执着，这才是《红楼梦》的伟大之处。王国维未能充分地看到这一点，只讲"欲"，未讲破欲，只讲"执"，未讲破执，这是他的局限。

梅：你把破欲、破执、破妄这一点道破了，讲透了，《红楼梦》的精神意义就突显出来了。贾宝玉作为一个贵族公子，他没有贵族相，没有公子相，没有仕途功名欲望，全因为他天生就有一种佛性。他对性欲也追求，但能够把"欲"向"情"提升，而且最后能够看破。

二、情向度

复：欲的情化使人成其为人，而欲的灵化空化则使人成其为佛。欲是色，不是情，但情又是一个很复杂的系统，它也有两个方向，一是通过"滥情"沉迷于色欲，一是通过灵——感悟而上升为空，即所谓始于痴，止于悟。情必须有情悟，有提升，才有境界。脂砚斋透露《红楼梦》遗稿中有一情榜，说明情有许多类型也有许多不同的境界，这中间有灵的作用。灵是慧根、慧眼，它帮助人走向空，即帮助人看破、放下、解脱，这也是《红楼梦》的大内容。

梅："欲""情""灵""空"四个层面在《红楼梦》中融合为一个大整体。为了阐释，我们不得不分解。王国维说"生活之本质乃是欲"，把欲视为本源，视为悲剧之因，认为贾宝玉、林黛玉等都有"自作孽、自加罚"的悲剧原因。这种解释如果放在世俗生活状态中，可以涵盖很多现象，像贾瑞、王熙凤以及泥浊世界中的主体，确实是欲望燃烧的主体，确实为欲所左右，所主宰。"欲"确实是他们的根本，他们的生命动力与生命目的，也就是说，他们是为生存而活着。但是，《红楼梦》的基调，它的心灵指向、精神指向，却是对"欲"的嘲讽，对"欲"的冷观，对"欲"的荒诞呈现。而小说中的主人公贾宝玉、林黛玉恰恰是对"欲"的超越，对"欲"的蔑视。你说贾宝玉有一个摆脱"欲"的提升过程，开始还想吃鸳鸯的胭脂，向往宝钗丰满的"肉"，但在林黛玉的"指引"下，他不断向"情"向"灵"向"空"飞升。他并没有把"欲"视为生活的本质，而是把情把灵视为根本。这一点王国维确实忽略了。

复："欲"带有动物性，食欲性欲都是动物本能，而人的确立，文化的产生，则是欲的文化化，有了情，人才与动物拉开距离。我说"石头记"是石头这一自然"人化"的史记，更具体些说，是石头被情化、灵化的诗意故事。过分强调欲，把"欲"的位置放到最根本的位置上，认为欲才是悲剧之源，这显然是不妥当的。王国维显然没有看到《红楼梦》呈现两种不同质的生命状态，没有看到生存状态向诗意状态的提升。王国维在百年前能用叔本华哲学来解释《红楼梦》，很了不起，我们不能苛求他，只能沿着他的发现往前走。当年他看到欲的痛苦，未看到欲的提升，今天我们则要充分看到并充分阐发情和灵对欲的超越，这种超越才是《红楼梦》的诗意源泉。但是，在曹雪芹的笔下，"情"也有很多层面，情本身也有冲突，也有困境。以往的《红楼梦》的论述，多数是看到"爱情"，强调其爱情悲剧。周汝昌先生则注意到，《红楼梦》的"情"内涵，是大于"爱情"的"亲情"、血缘之情、世俗之情。李泽厚似乎对此特别欣赏，他很少谈《红楼梦》，但也谈了这一点。他说：

> 我曾一再征引纳兰性德"当时只道是寻常"：你的日常世俗生活中的种种滋味，其实并不寻常。一部《红楼梦》之所以为中国人百读不厌，也就因为它让你在那些极端琐细的衣食住行和人情世故中，在种种交往活动、人际关系、人情冷暖中，去感受那人生的哀痛、悲伤和爱恋，去领略、享受和理解人生，它可以是一点也不寻常。

李泽厚：《实用理性与乐感文化》，

生活·读书·新知三联书店，2005年，第85页

《红楼梦》确实不仅是写爱情生活，而且还写大量的日常生活，大量的衣食住行和人情世故，这里面也确实蕴含着人际温馨和不寻常的情感。"儒"的亲亲、亲情布满整部小说，这也许是中国人超越年龄界限都爱《红楼梦》的原因。如果它仅是一部爱情小说，那它就只是年轻人的文学了。但是，我总是觉得，《红楼梦》的卓越，《红楼梦》的深度，不是它对寻常世俗生活世俗情感的呈现，而是它跳出了这一层面的生活。用我们此次讨论的核心概念来表述，就是它不仅精彩地描述第一状态的生活，即世俗状态的生活，而且精彩地呈现了第二状态的生活，即诗意状态的生活。

梅：我比较靠近你的说法。李泽厚这一见解也很有启发，《红楼梦》中的日常生活状态本身也蕴含着诗情，哪怕猜猜灯谜，吃吃螃蟹，也有诗情。但世俗生活（包括世俗亲情）中也有很黑暗的一面，也包含着专制、嫉妒甚至血腥的一面，包括爱恋，也有太多的自私与排他性。其实，《金瓶梅》的人情世故、衣食住行等日常状态也写得很逼真，其人际的紧张，残酷的关系也写得很有功力，那里也有人生的痛苦与哀伤。但是《金瓶梅》呈现的只有现实生活的第一状态，没《红楼梦》的超越日常的灵性诗意状态。

三、灵向度

复：《红楼梦》中的情本身是一个异常丰富复杂的系统。其中有爱情，有友情，有亲情，有世情，有悲情。还有情的温馨，情的灾难，情的困境，情的冲突。情产生欢乐，产生诗意，也产生嫉妒，产生邪恶。王熙凤设计谋杀尤二姐，是邪恶，但她何尝不是为了争一个"情"字。即使像林黛玉这种诗意生命，为了一个"情"字，也总是要吃醋，要与他者产生冲突。《红楼梦》了不起之处，是在充分地展示性情之后，又呈现出情的各种风貌与境界。"灵"的维度，便是从性情上升为"性灵"的维度。说贾宝玉和林黛玉的情爱不是世俗之情，而是天国之恋，这一方面是说他们的前身——神瑛侍者与绛珠仙草在无数年代以前就有一个类似"伊甸园"时期的恋情；另一方面是说他们的恋情是灵魂相通、灵魂共振的爱情，带有某些神秘性，甚至可以说带有某些神性。"木石之盟"和"金玉良缘"相比，前者显然是对后者的超越，它带有更多的性灵。贾宝玉为什么对黛玉怀有比对宝钗更深邃的情感，也怀有出自内心的敬意，这是理解《红楼梦》精神内涵的关键。换一种说法，木石之盟与金玉良缘乃是两种不同质的恋情。为什么宝玉把木石之盟看得比金玉良缘重要得多，并以整个身心投入其中？这里的奥秘便是木石之盟是灵魂之盟，是比情高一个层次的灵的内在契约。这也是尽管宝钗美丽端庄温柔敦厚但宝玉更爱黛玉的原因。宝玉自己说得很清楚："戕宝钗之仙姿，灰黛玉之灵窍。……戕其仙姿，无恋爱之心矣；灰其灵窍，无才思之情矣。"（第二十一回）与宝钗也有情，但未能进入灵的精神高度与深度。灵窍的向度是《红楼梦》精神内涵的强大维度，是《金瓶梅》《水浒传》《三国演义》等小说望尘莫及的。所以我们应当把灵向度作为《红楼梦》精神结构的重要一维。这不是我们杜撰的，而是小说文本中固有的。

梅：宝玉也爱宝钗，但爱的深度不同。这里确有"仙姿"与"灵窍"之别。"心有灵犀一点通"毕竟是最重要的，宝玉与黛玉是真的心灵息息相通，灵魂处处共振。宝玉见到宝钗雪白丰泽的肌肤，不觉动了羡慕之心，暗暗想道，这个膀子若长在林姑娘身上多好（第二十八回）。这是宝玉的欲念，但也可知宝玉爱恋的重心还是在林姑娘身上。第二十九回说，宝玉和黛玉从幼时开始就耳鬓厮磨，"心情相对""两个人原本是一个心"。你曾对我说，《红楼梦》比王阳明的"心学"还心学，大约也是指小说的灵魂维度。

复：不错。灵魂维度就是心维度，心灵深处的内在维度。我说《红楼梦》也是心学，是说它是有血有肉的心小说，其中蕴藏着比王阳明还彻底的心哲学、灵哲学。曹雪芹和王阳明一样，把心看作世界的本质，"心外无物"，心之外什么也没有。情如果不进入心的深渊，不抵达心的真处，情便是假的。在《红楼梦》中，心觉是最高的觉。应当特别注意的是，《红楼梦》的灵，并非抽象的灵，它是充满生命气息的歌哭，是血肉之躯的喜怒哀乐，其心觉，是活生生的觉。

梅：如果泛泛讲情，或只讲情不讲灵，忽略灵的维度，就难以把握《红楼梦》最深刻的内在意蕴。林黛玉的"灵窍"，除了她的心灵指向之外，是不是还有一个来自天国的神秘？她和宝玉的前身之恋以及还泪之说都相当神秘。

复：确实还有这一面，这是"灵窍"的纵深度，有点神秘。中国哲学本身就有许多神秘经验，只可体悟不可言说的意会，本身就很神秘。"道可道，非常道，名可名，非常名"，这种道，就很神秘，很难定义，"恍兮惚兮"，似有似无。林黛玉和贾宝玉的恋情有世俗的一面，有大悲情，但又有超世俗的一面。他们的第一次见面，两人似乎都有点天国的记忆。林黛玉用禅语对贾宝玉的提示，都是不可言说的启悟，难以用概念与逻辑去把握，非常神秘。贾宝玉与晴雯的情，也超越了世俗之恋。《芙蓉女儿诔》把晴雯当作芙蓉仙子，把晴雯的性情提升为性灵，使晴雯带上了神性。还有那些警幻仙子、警幻仙姑，也是有情有灵。《红楼梦》的"灵"是中国哲学中那种模糊的"灵明"，不是西方宗教世界中那种"纯灵""神灵"。总之，不是神。我说林、贾有天国的记忆，这天国也只是形而上的假设，并不是西方圣经世界里的那种绝对天国——与人世完全不同质的天国。所以，《红楼梦》的灵，只能说是性灵，是性情飞升后切入了灵魂的形上情感，带有宗教性质的情感。

梅：与《红楼梦》相比，《金瓶梅》中的女子潘金莲、李瓶儿、孟玉楼、春梅等，性欲很强，性情也不能说没有，但性灵就说不上了。

复：《金瓶梅》中的人物固然有性欲、性情，但都未能切入灵魂。明末的散文也有真性情，但灵魂的维度不够强大，它所以无法与先秦诸子的散文相比，关键就在于此。文学中的人物形象，性情写得很丰富，便可成功。《红楼梦》中的王熙凤虽谈不上性灵，但很有性情，尽管性情中太多邪恶。性情之外还有性灵，这种人物就更有深度，更为"立体"。秦可卿、林黛玉、薛宝钗、史湘云、妙玉等都属于有性灵层面的女子。晴雯、鸳鸯、尤三姐也有。我很喜欢莎士比亚笔下的女子，诸如苔丝狄蒙娜、克丽奥佩特拉、奥菲利亚等，都有性灵的光辉。托尔斯泰的《复活》，在一个被世俗眼睛视为妓女的情欲化身玛丝洛娃身上开掘出尊严与性灵，使这部伟大的忏悔录具有巨大的深度。《红楼梦》中的少女们多半兼诗人，其实，诗就是性情加上性灵。有性情的女子不一定会作诗，有性灵才可以做诗人。

不过，非诗人也可以具有性灵，如平儿，她不是诗人，但有性灵，晴雯也是如此。

梅：《红楼梦》的性灵不仅体现在林黛玉等少女身上，也体现在贾宝玉身上。他真是通灵宝玉，既通情又通灵。视他为多情种，有真性情，这还只是看到表层。他的堪称伟大的齐物之心、平等之心，他的大慈悲、大同情心，才是他的深层存在，这便是他的性灵。

复：不错，贾宝玉满身佛性，不仅是性情中人，而且是性灵中人。他的性灵，不是小性灵，而是大性灵。性灵小则表现为聪慧灵气，大则表现为与天地相融、与万物同心的浩然之气、齐物之气、大慈悲之气。《红楼梦》的性情、性灵都呈现为一种精神气象，领悟《红楼梦》就要领悟出这种看不见的但可以意会到的大气象。贾宝玉身上就是有这种气象，所以我把他视为准释迦、准基督。贾宝玉的"性灵"内涵异常丰富，永远开掘不尽。

梅：说《红楼梦》是另类人间宗教，有一个理由，就是其中有一个基督、释迦似的人物。

复：不过，你要注意，我说的是准基督、准释迦，是未成道的基督与释迦牟尼，是不负拯救使命的基督与释迦牟尼，并不是真的神，也未成佛。释迦牟尼出家前是什么样？就是宝玉这个样。宝玉修炼成道后是什么样？就是释迦牟尼这个样。我说宝玉是准基督、准释迦，这只是比喻性说法。王国维在《人间词话》中称李后主（李煜）如"释迦、基督担荷人类罪恶"，也是比喻性说法，指涉的是大慈悲，并非认定李煜就是释迦、基督。我们讲第三类人间宗教，也是比喻性说法，指涉博大的精神境界，而大性灵也正是由性情提升起来的博大精神境界。

四、空向度

梅：欲、情、灵、空四维度，那么"空"的内涵是什么？

复：《红楼梦》空的力度很强，这是前边讲的破一切执的力度。《红楼梦》的哲学是色空，是对色的破除。但"空"的维度又有很复杂的一面，这涉及有和无的认知。"空"本是佛教大概念，也可以说是佛教哲学的基本范畴。佛认定，人的出生等于人掉入无边苦海，没有意义。其立足的世界，万有万物万相，也没有实在性，一切"色"都是假相，都是幻影，色即是空，四大皆空。王国维借用的叔本华哲学，也深受佛学影响，也认为人最大的错误是你出生了。叔本华把佛教的观点哲学化也彻底化，所以就认定人一出生便注定被欲望所纠缠，也注定陷入无休无止的痛苦。王国维受叔本华影响，也用"色空"的观念来读《红楼梦》。他的《红楼梦评论》一开篇就引述老子、庄子的话。老子说："吾所以有大患者，为吾有身。"庄子说："大块载我以形，劳我以生。"这一思想与佛释思想相通，都认定生即错误，生即痛苦，唯有出家修行，断其痛苦的轮回才是出路。《红楼梦》受佛家、庄禅思想影响很深，确实以一切皆空的理念来对待生死，因此便生死无分（轮回而已）、善恶同体。这种世界观、人生观涉及贾宝玉、林黛玉等幻化入世，到地球上来走一回对不对，是不是一个根本的错误，是不是有意义等哲学问题。《红楼梦》是文学，不是宗教，它不重结论，而重过程，因此，它没有结论，但我们可以在过程中感悟到它的暗示，靠近结论。《红楼梦》通过茫茫大士、空空道人的隐喻，通过主人公的入世与遁世，通过妙玉、惜春、紫鹃、芳官的遁入空门，构筑了《红楼梦》的大精神框架，也形成了《红楼梦》的巨大哲学内涵。《红楼梦》不仅有欲、情、灵三维，还有"空"这一维度，它才成其"哲学的""宇宙的"。（王国维语）

梅：你在"红楼悟语"和《〈红楼梦〉哲学论纲》中说色空也未能概括《红楼梦》的全部哲学内涵，空之后还有空空，无之后还有无无。无无乃是"妙有"，潜在之有，是看破之后、幻灭之后的有，经过"空"洗礼后的"大有"，所以贾宝玉对晴雯、林黛玉、鸳鸯等的死亡才有大悲伤。既然有悲伤，就说明还有对生的依恋，就不能说生是个错误。贾宝玉到地球上来走一回，当然非常失望，看透了那些荣华富贵背后的大黑暗、大荒诞，但也看到了天地精华凝聚成的美好生命，对她们的消失总有大哭泣，这说明他是矛盾的。

复：所以我们在讲《红楼梦》哲学时不能简单地把《红楼梦》哲学等同于佛家哲学。应当说，佛家的"色空"是这部小说的哲学基调，但它还兼容中国各家哲学而铸成独一无二的哲学大自在。例如对"儒"哲学，《红楼梦》就有双重态度，一方面完全拒绝儒的治国平天下的仕途经济之路，拒绝"文死谏，武死战"的忠君道统，但是，在重亲情这一点上又与儒相通。从哲学上说，儒与释不同，儒认为否定生是不可能的，明明生了，只能正视生，拥抱生，它的主要哲学问题是如何生。把情看得那么重，把死看得那么重，说明曹雪芹还不是百分百的"释"，也不是百分百的庄禅，明明还有儒的那种对生的依恋。我说《红楼梦》的内涵包括四个维度，第四维度的"空"，便是指小说把握"有"与"无"、叩问终极真实的哲学内涵。对于读者来说，阅读时不仅要关注"欲""情""灵"，还要从整体上对《红楼梦》进行哲学把握。

梅：世界的本源是"有"还是"无"，人生是虚幻的还是实在的，这些大哲学问题在《红楼梦》中纵横交错，够我们思索一辈子。我很想借助对《红楼梦》哲学的思索，把中西文化的基本区别弄得更清楚一些，相通点也能有所把握。就是说我们刚刚讨论的世界与人生的虚幻感，中国的老庄还有从印度传入的释都有。这世界就像太虚幻境，我们到地球上走一回，就像"宝玉神游太虚境"，所见的金陵十二钗正册、副册、又副册，好像是真又好像是假。生下来的错误感、虚幻感，属于东方哲学。犹太教、基督教就不是这样。你说是吗？

复：不错。犹太教、基督教是"有"的宗教。在它们的教义里世界并非虚幻，而是上帝创造的实在。不能说人生下来是错误的。不是错误，而是先天带有罪（在伊甸园里背离"父亲"的意旨偷吃智慧果）。是罪感，是恐惧感，不是错误感、虚幻感。罪是先天的，即使最优秀的人，生下来也带有原罪。因此，为了赎罪，必须受苦，必须背上十字架。《旧约》特别强调原罪，认定肉身带着罪，情欲是最大的罪。你读读奥古斯丁的《忏悔录》，就知道他把肉欲视为最大的罪。他把灵与肉严格分开，认定为了灵的得救，就要忍受肉的痛苦。受苦受难的过程，就是救赎的过程。这种思想发展到极致，便是把苦难本身当作拯救本身，于是，受难者便在受难中得到崇高的体验、纯洁的体验，甚至得到高亢的快乐。理解这一基本教义，我们才能理解陀思妥耶夫斯基，才能理解他的忍从的哲学。他的"肉"是实实在在的"有"，他脑中的天堂也是实实在在的"有"。鲁迅所以无法走入陀思妥耶夫斯基的世界，就是他无法接受这种把苦难作为通向天堂阶梯的哲学。他无法忍受肉的折磨、地狱的折磨，无法忍受在天堂名义下的压迫。如果以陀思妥耶夫斯基为参照系，我们就能更深地了解曹雪芹的思想。通过《红楼梦》，我们便会明白，曹雪芹显然认为情欲无罪，肉的欢乐无罪，至少是无是无非，无善无恶。也可明白，他不能忍受地狱般的苦难，不能忍受对生命的摧残。曹雪芹的解脱之路是遁入空门的路，而不是忍受折磨的路。他对任何诗意生命的毁灭都不能忍受，都为她们伤感和痛哭。

梅：“解脱”是不是也是一种救赎，或者说是一种自我救赎？

复：佛教既然认定“空”是万物万有的本体，那么，其他的一切“色”，都是“空”，都是瞬息生灭的幻相。情欲、情感，也不过是幻相。既然一切皆空，得救不得救，就没有意义。所以佛教只讲看破，破一切执、一切妄，破了就解脱。我认为这包含着自救的意思。《红楼梦》受佛家思想影响很深，“色空”观念很重。小说一开始就讲十六字诀“因空见色，由色生情，传情入色，自色悟空”。这是作者的主题宣言，也是哲学宣言，我们不能回避。但是，我们要问，既然你认为“情”也是“空”，那么，你为什么对情还那么执着？那些可爱的少女死了，你并非无所谓，并不“鼓盆而歌”，而是大哭泣、大伤心、大流泪，这是为什么？从这种矛盾现象中我们可以知道，《红楼梦》

的哲学基调虽是色空，但又有中国儒家的情深情重夹在其中，全书的哲学并非单一的佛家哲学。

梅：清楚地意识到人必有一死，进入坟墓变成骷髅是任何力量无法改变的必然，相应地，人生的盛宴终有一散，再多的荣华富贵也终会烟消云散，《红楼梦》这些哲学意蕴，这些喻世明言，是不是说，活着没有意义？如果有意义，这意义又是什么？

复：这是一个真哲学问题。读《红楼梦》很可能会读出人生的无意义。"浮生着甚苦奔忙？盛席华筵终散场。"我们日日夜夜这么辛苦，这么繁忙，到底为了什么？为了谁？意义何在？曹雪芹这一诗句是对人生意义的终极叩问，值得我们思索一辈子，但曹雪芹并没有做出理性的、逻辑性的回答，只是叩问。对于这一真问题，曹雪芹以著作做了回答，这答案说，意义便是意识，便是清醒意识、清明意识，便是清楚地意识到权力、财富、功名等乃是幻相，并非人生的根本。意识到这一点就是意义，如果进而能把所感所悟充分表达甚至转化为审美形式，那就更有意义。所以我们看到，贾宝玉的人生本身和他的诗，少女们的人生与她们的诗，个个都在呈现意义。这就是说，意义之有乃是对天地万物本体之无的大彻大悟。我阅读《金瓶梅》与《红楼梦》，明显地觉得前者所描述的功利栖居与后者的诗意栖居极不相同。《金瓶梅》用现实主义手法把当时男男女女的功利栖居描写得淋漓尽致，但缺乏对这种生存状态的反思，这就是它缺少"空"的眼睛，未能以空见色，只能以色比色，由色通色。

梅：《金瓶梅》就没有"空"的维度，没有哲学。尽管全书充满因果报应的味道，尽管西门庆的遗孤入佛门清修，但都是世俗的功利算计。疯狂享乐是功利追求，求助佛门也是功利追求，离"空"很远。《红楼梦》中的贾敬，炼丹炼得走火入魔，只求"长生"的功利，并不"空"，他是曹雪芹嘲讽的对象。这种修道其实是否定道，归根结底还是对"死"的畏惧，对生死没有彻悟。中国一些古代小说，包括《金瓶梅》，明明极其骄奢淫逸，明明描写得污秽不堪，还要来个果报的结局，以赢得"劝善"的美名。西门庆的结局好像也是好淫者得祸报。这种果报观念离"空"十万八千里。

复：作为一个文学批评者，我给《金瓶梅》相当高的评价，确认它是现实主义的真正杰作，但还是觉得它与《红楼梦》相去很远。而作为生命个体的审美需求，我并不喜欢《金瓶梅》，这大约是我生来就有一种精神洁癖，不会欣赏粗糙的男人与女人，并觉得人生的诗意绝对不在无休止的情欲中。

第三章

《红楼梦》的题旨选择

梅：今天想和你讨论一下《红楼梦》的大主题、大基调的选择，不是人们常说的微观性的叙事艺术，而是宏观性的艺术选择。

复：哲学和大文化，都带有宏观性质。微观是入乎其中，宏观是出乎其外，两者都需要。王国维说《桃花扇》是家国、历史境界，《红楼梦》是宇宙、哲学境界，这是宏观把握。我对王国维做了补充，说《红楼梦》不仅是悲剧，而且是荒诞剧，这也是宏观把握。但这种把握又是建立在微观阅读的基础之上，并非杜撰。无论是"文心"还是"文体"，都有宏观方法与微观方法之分。文心的宏观内容是主题、主旨，微观内容则是作品的精神细节；文体的宏观内容是作品框架，微观内容则是叙事方式和表达技巧等等。你说的大主题、大基调即作品立什么"心",确立什么大主旨,这是作品成败的关键。这不是主题先行,而是写作方向、写作题旨的基本选择。例如,是把作品写成政治小说,还是人性小说?是写成社会批判小说,还是写成个体命运小说?都是属于"立心"范围。选择好文心,还必须有相应的框架。在这方面,曹雪芹提供了巨大的艺术经验。

一、立名的选择

梅:那就从立名——书名的确立——讲起吧,这涉及大主题、大基调。

复:《红楼梦》一开篇就有"作者自云",说:"因曾历过一番梦幻之后,故将真事隐去,而借'通灵'之说,撰此《石头记》一书也。"一番苦心,仅文中提到的名字除了《石头记》之外,还有《情僧录》《风月宝鉴》《金陵十二钗》。乾隆四十九年甲辰(1784)梦觉主人序本正式题为《红楼梦》。在此之前,一般都称作《石头记》。20世纪《红楼梦》的版本研究非常发达,你不必陷入其中。但要了解版本的两个脉络,一是由"脂砚斋"做评点的"脂本"系统,这是八十回抄本,二是由程伟元于乾隆五十六年(1791)以活字排印的"程本"系统。我们现在所谈的一百二十回本，便是以程本为底本。这种本子的后四十回，到底是谁写的？众说纷纭，但有两种意见较为重要：一是认为高鹗所续；一是认为曹雪芹写到一百一十回（或一百零八回），因为八十回脂批《石头记》中有脂说"后三十回"。好了，我不再多嘴多舌了，一说下去就会冲淡我们的论题。我所以要简单地说一下书名与版本，归根到底是要说明《红楼梦》所立的书名和主旨。小说的主题、主旨、基调与全书标题有关。第一回作者的自叙中，曹雪芹所扬弃的《情僧录》《风月宝鉴》《金陵十二钗》等三个书名都显得太轻。唯有《石头记》《红楼梦》两个名字最切合全书主题主旨。一是"记"，一是"梦"；一是"传记"，一是梦幻。有实有虚。首先是"记"。《红楼梦》是部家谱式的小说，也可说是传记式的小说（鲁迅称为自叙传），其传记固然有家族身世的外部传记，又有作者内在的灵魂传记，既是家族史，又是心灵史。这是"记"的大概意思。但《红楼梦》是小说不是报告文学，也不是传记文学，它又以"记"为基础而进行虚构，把"真事隐去"，赋予"梦幻"的构架，尤其重要的是，带入了作者关于人间世界的"梦"，即审美理想。《红楼梦》的立题有"记"又有"梦"，这是《红楼梦》的双向宏观构架。

梅：余英时教授所作的《红楼梦的两个世界》，讲的也是地上的两个世界，大观园是曹雪芹的梦世界，理想世界；大观园外是曹雪芹的俗世界，现实世界。

复：余先生讲得很好。《红楼梦》写了以男人为主体的泥浊世界，也写了以少女为主体的净水世界。净水世界就是大观园里的女儿国，这个女儿国是诗国，是曹雪芹的"理想国"。也可说是曹雪芹的"乌托邦"，曹雪芹的"梦境"。太虚幻境是梦境，大观园也是梦境。人生本是一场梦，整部小说所写的一切，也可以说全是梦境。

梅：从柏拉图的"理想国"到庄子的"乌有之乡"，到陶渊明的"桃花源"，到康有为的"大同世界"，都是梦境，都寄托着作者的憧憬和理想。你觉得曹雪芹的理想国与柏拉图的理想国有什么相同之处与不同之处？

复：我在《红楼梦悟》中已简略说过。今天可以说得更详细一点。柏拉图的"理想国"是古希腊贵族的社会理想，但它是一个等级社会。这一国度由三种不同等级的人员组成，一是用金子造的统治者，二是用银子造的武士，三是用铜铁造的自由民。统治者具有智慧之德，武士具有勇敢之德，自由民具有节制之德，三者各安其位，形成理想结构。在此设计中，哲学家因为有智慧、有理性可以成为统治者，诗人却因为喜欢歌吟欲望、对柔弱心灵产生不好的道德影响而不受欢迎。于是，诗人和戏剧家都应受到贬斥，甚至应被驱逐出理想国。马克思在《资本论》第一卷中曾说，在柏拉图的共和国中，分工是建立国家的基本原则，因此，这种共和国不过是埃及的等级制度在雅典的理想化。曹雪芹出身贵族，却是另一种理想。他的理想同柏拉图的理想相比，有三点巨大区别：一，它拒绝等级划分，完全向往平等国度；二，其理想国是非功利的国度，不排除诗人，反而以诗人为主体；三，它没有统治者，即没有权力运作系统。

梅：你曾称大观园里的诗国为诗意生命合众国，是一个完全诗化的国度，没有任何权力角逐、任何心机心术，也没有柏拉图那种金、银、铜铁之分的等级。国家主体少女少妇所作的诗，都是金子。

复：人类具有两种栖居状态，一种是诗意栖居，一种是世俗栖居。大观园的诗国，是诗意栖居状态。基督教的理想国是天国，但天国在彼岸，而《红楼梦》的天国既在天上，也在现实的地上。大观园里的诗社、诗国便是地上的天堂，是泥浊世界中的净土，黑暗中的一线光明。

梅：柏拉图的理想国，也是此岸的理想国，但它是哲学家的理性理想国，所以要排斥非理性的诗人与戏剧家，而曹雪芹的理想国则是诗人的感性情性理想国。也可以说，柏拉图的理想国还是现实功利性的国度，而曹雪芹的理想国则完全是心灵性的国度。要说梦，这才是真正的梦。

复：曹雪芹的理想国也可以说是审美国度，一个完全超功利的审美国度。它除了排除功利，也排除神和任何偶像。要说信仰，唯有"美"是诗人们的信仰。因此，又可以说，这是一个以审美代替宗教的国度。如果要称它为另一类宗教，那它就是美的宗教，崇尚美感、美德、美才华的宗教。人类社会的终极理想和终极快乐，也许就是这个样子。

梅：你是说，大观园的女儿国、诗国包含着人类未来的信息？终极理想信息？

复：对。《红楼梦》有两种预示，一种是末日的预示，这就是"盛筵必散"的预示，"骷髅"与"土馒头"——死亡必然的预示，还有第五回的收尾《飞鸟各投林》的总离散总消失的命运预示（"为官的，家业凋零；富贵的，金银散尽；有恩的，死里逃生；无情的，分明报应。欠命的，命已还；欠泪的，泪已尽。冤冤相报实非轻，分离聚合皆前定。欲知命短问前生，老来富贵也真侥幸。看破的，遁入空门；痴迷的，枉送了性命。好一似食尽鸟投林，落了片白茫茫大地真干净！"）。还有一种便是未来的预示。黛玉的"人向广寒奔"，飞向天宇深处，是未来预示；巧姐儿的返回乡村净土，也是未来的预示。《周易·系辞上》说："安土敦乎仁，故能爱。"巧姐儿的复归于土，也是一种出路。如果说，贾宝玉是佛式的出路，那么，巧姐儿可以说是儒式的出路。俄国贵族的民粹主义理想，不是宝玉的方式，而是巧姐儿的方式。这一点，以往的《红楼梦》

评论未曾论及，其实非常重要。作为人物形象，巧姐儿太单薄，但作为一种理念载体，一种未来信息象征，她很重要。总之，《红楼梦》有警钟，也有曙光；有绝望，也有希望。

梅：读《红楼梦》不会消沉，原因大约也在此。还是有出路，有未来。尽管泥浊世界让人窒息，但净水世界和人间诗国又让人感受到黎明新鲜的气息。

复：人无论处于何等艰难困苦的环境，无论命运给予多大的打击，都得有点梦，有点审美理想，这是支撑生命、支撑灵魂的火把，这是谁也剥夺不了的内心火把，除非我们自己把它扑灭。

梅：可惜人间的诗国只是梦，它最终瓦解了，消失了。

复：《红楼梦》的悲剧也正是诗意生命的毁灭，诗国的毁灭，梦的破灭；尽管毁灭，但它留下永恒的梦痕。《红楼梦》的荒诞意旨则是诗国难以生存，泥浊世界则依然存在。

梅：第五回的题目叫作"游幻境指迷十二钗　饮仙醪曲演红楼梦"。"石头记"是大标题，"红楼梦"也是大标题。曹雪芹真是畅饮了仙酒的天才，才"曲演""笔写"出《红楼梦》，它的立名除了"记"之外，还有特别重要的"梦"。

复：《红楼梦》的梦，是一个系统，有大梦，有中梦，有小梦，有梦中之梦。我们刚才所说的是"诗意栖居"的总梦，展望"理想世界图式"的总梦，也是诗国常在、女儿常在、诗意生命常在的大梦、根本梦。大梦、总梦之外，也还有许多具体的梦。第四十八回香菱学诗，苦心琢磨一天之后，夜里梦得八句，之后还请教林黛玉，在沁芳亭里，宝钗告诉姐妹们，说香菱"梦中说梦话"。脂砚斋在此句下便说"梦"乃是小说的大题旨（见庚辰本）："一部大书起是梦，宝玉情是梦，贾瑞淫又是梦，秦之家计长策又是梦，今作诗也是梦，一并风月鉴亦从梦中所有，故曰'红楼梦'也。余今批评亦在梦中，特为梦中之人特作此一大梦也。"脂砚斋的说法可做旁证，说明《红楼梦》的大框架拥有双重支柱："记"与"梦"。

梅：脂砚斋说"一部大书起是梦"，与弗洛伊德的学说不谋而合。可惜东方伟大文学不在弗洛伊德的视野之内，如果他阅读过《红楼梦》，这部小说便是他最好的例证。弗洛伊德把文学定义为梦，这是与曹雪芹相通的第一项；弗洛伊德把"性压抑"视为文学的起源，也与曹雪芹相近。《红楼梦》的第一页就说他的写作是为了纪念"闺阁中历历诸女子"，类似性压抑，不过，正如你所说，曹雪芹的缅怀主要还是良知压抑，觉得欠了债，为还债还泪写作。

复：你不妨写写文章论证一下。

梅：对"女儿"的缅怀，对心爱者的思念，为放下良知的负累，这绝对是曹雪芹写作的第一推动力。心爱者已消失，只能做梦了。曹雪芹很伟大，他让梦超越了个人的情爱，赋予梦极为深广的内涵。

二、立旨的选择

梅： 昨天我们讨论了《红楼梦》实（记）与虚（梦）的宏观构架，讲的是小说的立名。曹雪芹选择《石头记》与《红楼梦》作为书名，即小说总题目，是很费苦心的。今天再讨论一下"立心"，看看曹雪芹如何确立大题旨。

复： 一个作家在经历了磨难与沧桑之后，身心感受的经验极为丰富。当他决定要写一部家谱式的、回忆式的自叙小说时，就面临第一个最重要的选择，那就是把小说写成什么类型的小说。是写成谴责性小说、宣泄性小说、控诉性小说，还是写成唯美性小说、闲散性小说？可以有许多种选择。曹雪芹极为敏感，对当时宫廷内外的政治斗争一定非常了解，当时最根本的选择是要不要写成一部政治小说，或一部社会批判小说。曹雪芹经历了家庭的大动荡、大变故、大败落，亲自目睹政治、家族、朝廷残酷的沧桑浮沉，也一定有自己的政治立场和政治态度。在当时的境遇下，他很可能选择写一部政治谴责小说或社会批判小说。如果曹雪芹做此选择，那就没有伟大的文学作品《红楼梦》。但是，曹雪芹很了不起，他一开篇就声明，自己不写政治小说，用他的语言表述，便是不作"理朝廷、治风俗"的书。这是一个天才的抉择，关键性的抉择。不干预政治，不以社会批判为写作前提，那么要写什么、怎么写呢？他接着又极为明确地声明，就写"几个异样女子"，也就是说，不写政治而写个体生命。这一选择，由空空道人总结出来，这恰恰是小说之"心"，曹雪芹选择的大主旨。这段话，我们再完整读一遍：

> 空空道人遂向石头说道："石兄，你这一段故事，据你自己说有些趣味，故编写在此，意欲问世传奇。据我看来，第一件，无朝代年纪可考；第二件，并无大贤大忠理朝廷治风俗的善政，其中只不过几个异样女子，或情或痴，或小才微善，亦无班姑、蔡女之德能。我纵抄去，恐世人不爱看呢。"

梅：这是空空道人的"读后感"，也是《红楼梦》的"真面目"。的确，如果曹雪芹选择以政治为基调，那就可能全盘皆输。

复：晚清《官场现形记》《二十年目睹之怪现状》《孽海花》等谴责小说，首先就是在"立心""立旨"上离开了文学。曹雪芹这位天才，没有落入政治陷阱，没有预设社会批判前提，扬弃"春秋笔法"。他在经历了家族兴衰与苦难磨炼之后，对人生人世有了透彻的了解，但他没有因此而陷入是非功过判断，也不陷入善恶伦理判断和其他社会功利判断，而是从这些世俗判断中抽离出来，超越出来，以一个旁观者的身份，冷眼地看过去看人生看世界，不做裁判者，只做观察者和历史见证人，不愤不怒，不褒不贬，"从容道来"，把要写的人物恰如其分地放在适当的位置上，没有什么大好大坏，也没有大奸大恶。第二回开头有首诗云：

　　一局输赢料不真，香销茶尽尚逡巡。
　　欲知目下兴衰兆，须问旁观冷眼人。

　　你看，这"旁观冷眼人"，既是冷子兴，也是曹雪芹自我界定的角色。一个作家就应当是这样的角色，冷眼旁观者的角色，艺术呈现者的角色，而不是政治活动家的角色，社会造反派的角色，也不是道德裁判者的角色。

　　梅：做冷观者的角色，才能超越党派，超越意识形态，超越是非，也才能避免滥情、煽情。这种"旁观冷眼人"，实际上就是我们现在常说的"边缘人"，作家诗人本就是边缘人的角色。一旦想进入中心，想扮演中心角色，就会失去冷静，削弱艺术。

复：曹雪芹的冷眼旁观，使他超越了许多层面，超越政治，超越意识形态，超越道德法庭，超越压迫者与被压迫者的划分，大忠与大奸、大仁与大恶的划分，胜利者与失败者的划分。他站在高处，用道眼、天眼，即大观的眼睛，悲怜地看世态看世人，扬弃习惯性的世俗尺度，把握人性整体和世界整体，真实地呈现历史，真实地见证人生的困境，获得文学的永恒价值。

梅：他扬弃的习惯性价值尺度，就是功利的尺度。文学艺术一旦和功利连在一起，就很难有深邃的心灵活动。曹雪芹真的打破许多我们习以为常的理念壁垒，真正是文学观照、文学呈现。

复：我们是从事文学事业的人，对文学的本质本性应当有一个真切的了解。以前我为了向习惯性思维做些让步，说得不够透彻。今天必须说，文学绝不是功利活动，更不能是介入现实的政治功利活动。文学的本性是心灵活动，是对功利活动的冷观、审视、反省。作家不是功利活动、政治活动的裁判者，而是审视者、反思者与呈现者。

梅：以往的《红楼梦》论述，曾有不少人认为《红楼梦》的主题是对"四大家族"（贾、史、王、薛）的批判，是对封建社会和封建文化的批判，也就是说，他们认为这才是《红楼梦》的"文心""文旨"，这种说法有道理吗？

复：《红楼梦》确实呈现四大家族的兴衰，确实触及中国封建社会制度与封建文化，对其中的许多内容也确实提出质疑，所以，从精神内涵上说，《红楼梦》是一部异端之书，不是正统的书。但是，曹雪芹的天才选择，恰恰是他不把《红楼梦》写成四大家族的政治史小说，不触及宫廷的政治斗争，只把四大家族作为小说的背景。他不把暴露政治黑暗作为创作的出发点，也不把社会批判与文化批判作为创作出发点。一旦把暴露与批判作为创作出发点，整个作品的重心就会发生倒置，就可能发生晚清谴责小说那种严重的教训：在政治情绪和社会批判激情的驾驭下，要么溢美，要么溢恶，只有义愤，没有真挚之情，结果只能轰动一时，却没有永恒价值。

梅：20世纪的很多中国作家把政治介入与社会批判当作创作前提，也以此为作品立心立旨。在《红楼梦》研究中，也用这种眼光来阅读，但《红楼梦》的基本点确实不是造反的、革命的，它虽有对正统的挑战，但毕竟是一部充分个人化、情感化的小说。

复：文学应当介入政治，应以社会批判为前提、为主旨，几乎成为文学界的"通识"，甚至成为文学公理，不幸的是《红楼梦》也被"拉下水"，被作为证据。其实，《红楼梦》恰恰在立心、立旨上为我们做出伟大范例。曹雪芹不把《红楼梦》写成政治小说和社会批判小说，而写成人的小说，呈现人类生存困境、人性困境和心灵困境的小说。它只呈现两大题旨，一是人的尊严，二是人的诗意栖居。它为天地立的心是"女儿"，立的旨是青春生命的美与尊严。

梅：也就是说，《红楼梦》的主题并非政治与社会批判，而是个体生命的命运。

复：不错，曹雪芹选择以个体生命的命运为轴心，而不是选择政治兴衰为轴心。鲁迅说《红楼梦》是自叙传，不是说曹雪芹与贾宝玉的身世完全相等，但贾宝玉确实是曹雪芹的人格投影。小说写的主人公命运史，又是作者的心灵史、情感史。这种史里有深刻的社会、文化内容，有和社会及文化传统的冲突，有挑战性，有异端性，但"这一个"是独异的、活生生的，并不是时代的号筒，也不是社会批判与文化批判的号筒。

梅：曹雪芹没有把《红楼梦》写成政治小说，也没有写成历史小说，所以王国维认为《桃花扇》是政治的，也是历史的、国民的，《红楼梦》与这三种性质都不同。

复：王国维讲的是大历史，不是小历史。我说《红楼梦》是个体的命运史、心灵史，这是小历史。而大历史，是指现实的政治史、权力斗争史，《红楼梦》不是这种历史，也不是四大家族的历史。它扬弃了现实的有限时间，把现实时间变成自由时间。《红楼梦》的时空是内心时空，没有边界，这才是真正的文学时空。除此之外，王国维说它不是"历史",也可理解为它不仅超越了政治,而且超越了习惯性、流行性的历史观念。中国的所谓"历史",从来是权力者的历史,胜利者的历史,男人的历史。而《红楼梦》超越了这种"大历史"的眼光。曹雪芹眼中的历史,是"人"的历史,尤其是女子的历史。中国宫廷、官方所作的二十四史,都是权力历史。历史中没有心灵,没有具体的生命。文学家不是历史家,但他却留下心灵史、生命史,这不是大历史,却是最真实、最可靠的历史。《红楼梦》也留下了最可靠、最丰富的时代痕迹。

梅: 文学"见证"才真正可信,也最有生命力。官方权力操作下的史籍,一个版本接着一个版本,但那不是活的历史,也不是真的历史。行健在《灵山》里说历史是"鬼打墙",大约正是指这种权力话语。福柯所说的历史是权力者话语的历史,意思也相近。曹雪芹见证的那个时代的人的生存条件与生存状况,正如《伊利亚特》见证的古希腊时代欧洲的状况,最真实,也最经得起时间的冲洗。

复: 中国的历史书,我指的是钦定的史籍,那是无"人"之史。在这种史书中,人不是具体的、有血有肉的个体生命,不是贾宝玉、林黛玉、薛宝钗、王熙凤、贾母、贾政这种具体的生命。钦定史书中的"人",是秩序中人,结构中人,被权力(包括政治权力与话语权力)掌握者打扮改装过的人,是大忠大奸大贤大恶等被两极化描述的人,也就是忠孝仁义道德体系中被编排好位置的人。这种被"大历史"大写的人，并不真实。

梅：不仅中国的钦定史书，其实，中国的若干大文化也是无人文化。以儒文化而言，其孔孟的原典，虽把人的位置提得很高，但是到了程朱理学，到了"存天理，灭人欲""饿死事小，失节事大"等理念统治一切的时候，"人"就被消解了，妇女更是被消解，被消解在三纲五常的价值体系中。"子"消失在"父纲"中，妻消失在"夫纲"中，臣消失在"君纲"中，在这种文化体系里，哪有个体生命的位置？这种文化确实是无人文化。鲁迅在《狂人日记》中说这种文化是吃人文化，虽然尖锐，但也道破了中国文化消解个体生命的真理。你现在说得温和一些，也在说明中国文化的大缺陷。

复：中国文化的精华，其伟大性我们要有一个透彻的了解。从《山海经》《道德经》《南华经》《六祖坛经》到《红楼梦》都有说不尽的宝藏，儒家、法家中也有精华，但有些大文化理念和它所派生的行为模式及道德模式，确有问题，这就是没有对个体生命尊严的无条件尊重。五四新文化运动的不朽意义，正是它打破国家偶像和其他文化偶像，呼唤个体生命的尊严，把无人文化变成有人文化，因此，它的历史功勋不可抹杀。而曹雪芹恰恰是"五四"文化改革的先驱者，是先知先觉，大智大觉。《红楼梦》的立旨，既超越政治，又超越权力操作的大历史，而立足于个体生命，立旨于呼唤生命尊严。它写的重心是个人的命运。从《山海经》写起，即从中国文化源头写起，然后写个人命运和生存条件，又把中国文化最重要的东西凝聚其中，即集中国文化精华的大成，加以消化升华，这样，我们一面读到伟大的小说，一面又读到伟大的文化经典、思想经典，而且是有人有心灵有生命尊严的经典。

梅：通过《红楼梦悟》，你把《红楼梦》的定位提高了，提高到人类文学世界经典极品的地位，提高到超小说的哲学与文化集大成者的地位。我想，这不是拔高《红楼梦》，而是它确实如此重要。

复：《红楼梦》本来就处于中国文学和人类文学的制高点，也处于中国思想和哲学的制高点，只是我们并未充分发现，今天发现了，还它以本来制高点的地位，这不是拔高，而是还原。

梅：听你这么一讲，我便了解你前不久所写的"红楼悟语"了。你说《红楼梦》的主旨可用"尊严生命，诗意生活"八个字来概括，也就是两大主题：一是追求生命的尊严，二是追求诗意的生活。这便是《红楼梦》的主旋律。

复：不错，这就是曹雪芹的伟大智慧下的根本选择：不把《红楼梦》写成政治小说，而写成生命小说，充分开掘个体生命的人性内涵和精神内涵。正是这样，我们不应当用政治价值尺度来丈量《红楼梦》和它的人物，不应当把贾宝玉、林黛玉解释成具有先验意识形态的反封建主义的自觉战士。实际上，主人公贾宝玉完全没有预设性的反叛。他喜爱一些人，疏远一些人，甚至厌恶一些人，完全是天性或者说是潜意识的导引，并不是根据某种理念去划分营垒，去打击一些人，团结一些人。他作为个体生命，有幸来到地球上走一回，便珍惜这一回，自然地用好奇的、单纯的眼睛观看人间。他只想过自己想过的生活，只想亲近自己想亲近的人。他珍惜每一天每一瞬间，从少女少男到星辰花卉，他都一往情深，对于不喜欢的个别人，他也尊重，包括有严重缺点的人。他自己并不完美，也不要求别人完美。即使对于在我们看来是"恶人"的人，他也从不刻意去和他们斗争或划清界限。他是一个没有任何侵略性、进攻性的人。贾宝玉让我们感受到生命的诗意，生命的尊严。这种生命内涵非常丰富，不像只会划分敌我的政治生命那么简单。

梅：文学的意义恐怕也正在于此。文学内涵大于政治内涵，文学所指大于政治所指，文学中的生命境界大于政治中的家国或阶级境界。王国维说《红楼梦》是文学的，不是政治的，乍听起来，觉得很简单，细读深想之后才觉得曹雪芹的根本选择，是文学的选择而不是政治选择。过去索隐派的红学研究，以为它是在反清复明，解释得太政治、太牵强，离文学太远，离《红楼梦》的题旨也太远。

复：说《红楼梦》描写了贾、史、王、薛四大家族的兴衰，也是有见解的一家之言，但这种解释也太政治化。四大家族的豪强权势，确实是政治权力的一个侧影，也是《红楼梦》的一大背景，但它不是《红楼梦》的基调和主要题旨。也就是说，反对四大家族为象征的封建主义、封建制度不是《红楼梦》的基本点。

三、立境的选择

梅：今天是否可讨论一下《红楼梦》的立境问题？关于《红楼梦》的哲学境界，你在《论〈红楼梦〉的哲学内涵》中已做了阐释，并把"无立足境"视为《红楼梦》的最高境界，也就是说，最高的境界是在"无"中而不是在"有"中，是在形上思索之中，而不是在形下之中。但是《红楼梦》写的毕竟是一个"家"，是布满亲情、爱情、世情的日常生活。写了这么多的日常生活、世俗生活，又让人感到它和《金瓶梅》不一样，确有《金瓶梅》难以企及的境界，这可能就有一个"立境"的问题。

复：王国维在文学理论上的一大贡献，就是引入"境界"这一审美视角。尽管他没有哲学、美学体系，但他提出的视角却是衡量文学的一种关键性尺度。按照王国维的定义，他把能否写出"真景物"视为检验境界有无的最重要尺度。也就是说，文学作品，不管它是诗还是小说，它堪称有境界，首先要有真景物、真感情。他那么高地评价李后主的词，就因为李后主有真感情，有赤子之心。而《红楼梦》首先也正是"真感情"这一点上立境。《人间词话》把作家分为两大类，一是客观诗人，一是主观诗人。所谓客观诗人其实就是叙事性的作家，包括叙事诗人也包括小说家。李后主属于主观诗人，曹雪芹属于客观诗人。他由此还提出一个著名论点，认为"客观之诗人，不可不多阅世。阅世愈深，则材料愈丰富，愈变化，《水浒传》《红楼梦》之作者是也。主观之诗人，不必多阅世。阅世愈浅，则性情愈真，李后主是也"。王国维还说过"天才者，不失其赤子之心者也"，天才必定是性情极真。那么我们可以说，李后主是"主观诗人"中的天才，曹雪芹是"客观诗人"中的天才，两人的共同点是不失赤子之心，两人的作品都是真感情的凝结。但是，主观诗人因为阅历浅，要保持赤子之心比较容易，而客观诗人阅历深又要保持赤子之心更不容易。曹雪芹经历了家庭变故、人世沧桑，感受到各种世态炎凉之后仍然不失赤子之心，更不容易。尤其了不起的是，整部小说，就以回归赤子之心，即回归生命本真状态为作品的境界追求，从而使全书之境立于真情感之上，没有任何伪装，也没有任何矫情、煽情，而这，正是《红楼梦》境界最坚实的基石。

梅：王国维《人间词话》的原稿有这样一句话："后主之词，天真之词也。"借用这一判断，我们可以说，曹雪芹之小说，天真之小说也。《红楼梦》可说是在泥浊世界守持赤子之心之情之思的天真之书。

复：在这一基本境界确立之后，曹雪芹与李后主一样，面临着第二个选择。换句话说，境界有无确立之后，面临着境界大小的选择。王国维说，中国的词到李后主"眼界始大"。大在哪里？王氏把李后主的词与宋徽宗的词相比，这里的境界就有大小之别。两人都是从皇帝变为囚徒，生命之落差太大太悬殊，在这种状况下宋徽宗写的是"自道身世之戚"，而李后主的词则有"释迦、基督担荷人类罪恶之意"（《人间词话》）。这两种境界，用冯友兰先生的境界说来定位，一是属于功利境界，一是属于天地境界。曹雪芹的身世虽没有从帝王到囚徒的落差，也有从贵族快乐王子到布衣书生的落差。但他选择的是李后主的大境界，即从个人身世的悲凉中超越出来，打破我执，而以释迦、基督的忘我眼睛重新审视人生，其主人公贾宝玉又正是一个具有大慈悲之心的准释迦、准基督，贾府里所有罪恶和苦难他都承担。

梅：曹雪芹经受了苦难之后没有陷入苦难，没有苦难情结，更没有个人的牢骚哀怨。他在《红楼梦》中所立的境界不仅比宋徽宗高，也比屈原《离骚》的境界高。

复：《离骚》的境界还是家国社稷境界，不是天地境界、宇宙境界。按照冯友兰先生的界定，宇宙境界相当于天地境界。赤子的内心世界，可称内宇宙，天地可称外宇宙，两者是相通的。李后主之词和《红楼梦》都不是家国关怀，而是天下关怀、普世关怀。

梅：中国文论中讲"大乐与天地同和""言之文也，天地之心哉"，也是宇宙境界。《红楼梦》的故事，石头的经历，从天上讲到地上，天上人间打成一片，大观园与太虚幻境相映成趣，人物的立足之境也是广阔无边的宇宙之境。

复：《红楼梦》主人公贾宝玉的情感具有两个特征：一是普遍化、泛化，即把情推向一切人兼爱一切人；二是宇宙化，把情感推向天上、推向宇宙。所以我说宝玉和黛玉是天国之恋。情感的宇宙化，也是中国人间情感的一种特点。天人合一，也是人间情感的宇宙化。这里我还想让你以后和我一起思索"宇宙境界"的定义问题。我认为，宇宙境界比天地境界更深邃。按照老子《道德经》的说法，天地并非终极存在。天地是可名之物，是"二"。如果说是"一生二，二生三，三生万物"，那么生天地这个"二"的是不可名的"一"，也就是不可名不可道的"无"。无才是终极存在，才是终极真实。老子说："人法地，地法天，天法道，道法自然。"（《道德经》第二十五章）老子的自然和冯友兰的自然，概念内涵大不相同。冯友兰的自然是低于人的原始境界，而老子的自然则是比天更高的终极境界，是无的境界。所以我们可以把天地境界视为宇宙境界的第二义，把"无"视为宇宙境界的第一义。是无产生天地，产生万物万有。无不是实体，却是境界，而且是最高境界。林黛玉的"无立足境"，便是这个"无"境，便是"无"这个终极之境。贾宝玉说："无可云证，是立足境。"也是很高境界，但还是宇宙境界的第二义。禅宗讲心性本体，佛就在我们自己清静的心性中，但这个佛还是第二义本体，第一义的本体是"无"。因此，真正彻底回到"故乡"，抵达不可言说的终极存在，就不仅要去我相、人相、众生相、寿者相，而且要去佛相，离四相已是空，再离佛相，便是空空，也就是无。"本来无一物，何处染尘埃。"到了这一最高境界，也就没有什么可遮蔽的了，也真正达到破一切执。《红楼梦》通过林黛玉道破这一最高境界，全书叩问的也正是这种第一义的宇宙境界。这些说法，接近"道先天地生"（老子）、"无极而太极"（周敦颐）的思路，有些玄乎，只要意会即可，不必求证。你的学术背景不同，甚至可提出质疑，从反方向（"有"生"无"）去想想。

梅：你今天讲的天地之境和宇宙之境的区别对我来说很有新意。能进入这个问题，就能靠近《红楼梦》的哲学深渊。

复：《红楼梦》的第一回重新定义故乡，实际上是在探讨存在之家，存在的终极之乡。在曹雪芹看来，任何实体，任何色相，任何世间的归属，都不是故乡不是存在之家，即都不是最后的、第一义的永恒家园。

梅：《金瓶梅》也写一个家，但不是存在之家。现代文学中也有写一个大家族的，如巴金的《家》，也不是存在之家。

复：《红楼梦》不是"生存"境界，而是"存在"境界。巴金写的"家"，是家的日常生活，是生存境界，小说中没有形而上性质的叩问，没有存在之思。无论是曹雪芹笔下的"家"，还是巴金的"家"，都有个体生命对家庭藩篱的反抗，都有个体生命自由的要求，都涉及个体生命尊严的主题，但《红楼梦》比巴金的《家》多了一个形而上的"存在"层面，即不断地叩问"浮生着甚苦奔忙"与何为终极之乡等存在意义的层面。巴金的《家》抒写的是个人与家庭的生存困境与现实出路问题，而曹雪芹虽然也有这一面，但更为重要的是个体生命的心灵困境和精神出路的问题。前者偏重于社会性，后者偏重于心灵性，后者比前者带有更高更丰富的哲学意味。《红楼梦》提出的问题，是人像一块石头被抛到人间之后经历一次生命之旅，这次旅行的意义何在？行止于何处？贾宝玉常常发呆，常常无故寻愁觅恨，常常无端胡愁乱恨，但他所"烦"（海德格尔概念）的不是吃饭问题（他早已享尽荣华富贵），也不是父母之家的兴衰问题，更不是朝廷国事问题，他"烦"的是幻化入世、托生为人后怎样按照自己的意愿去生活。他不想改变和干预他人的生活，为什么他人总是要干预和改变他的生活？他为什么不能爱其所爱，弃其所厌？即为什么不能让其存在充分敞开？地球上常人的归宿都不是他的归宿，那么他的归宿在哪里？这是哲学性的灵魂大苦恼，是存在性苦恼。贾宝玉"烦"的境界、焦虑的境界和觉新、觉民、觉慧"烦"的境界不同。曹雪芹很了不起，他的小说一开篇就讨论色空问题，就唱《好了歌》，就讨论财富、功名、权力有没有实在性，而全书情节展开的过程又不断地提问。

梅：你在"红楼悟语"中说《红楼梦》中有一种比神境、逸境更高的莲境。这是不是曹雪芹设立的最高境界？

复：在中国的画论里曾讨论神品、逸品孰高孰低的问题，我觉得可以把它移入境界说。王国维讲李后主如释迦、基督，这当然属于神境，不属于逸境。王国维也赞赏陶渊明的逸气，但最推崇的还是神境。这是《人间词话》的思想之核，抓住这一核心，才能读透《人间词话》。而《红楼梦》的境界，则不是用"逸境"或"神境"可以概括的，它太丰富太多层面也太多暗示。就主要人物而言，贾宝玉呈现的大体上是神境，史湘云和妙玉呈现的大体上是逸境，而林黛玉则呈现最高品级的莲境。莲境这一概念虽是我的杜撰，但不是没有根据。在《红楼梦》第九十一回中，贾宝玉和林黛玉谈禅说爱时，讲了一句非常重要的话："我虽丈六金身，还借你一茎所化。"丈六金身，就是佛；一茎，则是莲花。佛教传说，佛由莲花化生。贾宝玉把自己比作佛，而且他也确实呈现神境。但他觉得林黛玉的境界比他还高，属于莲境，是最高洁之境。这才有黛玉的"质本洁来还洁去"。按照贾宝玉的说法，男人世界是泥浊世界，那么，林黛玉便是处污泥而不染地属于净水世界的高洁之身，所以她称男人为"臭男人"。林黛玉的心灵体现的境界是"一茎"所隐喻的比佛还高的境界。

梅："莲境"之说，我以前还未曾听过。宇宙本体的大明净、大纯正很难描述，莲境可算是一种描述。林黛玉的境界，用神境或逸境去描述都显得勉强，倒是"莲境"二字贴切。贾宝玉对林黛玉说："你的性灵比我竟强远了。"这不能视为谦卑之语或溢美之词，事实上正是这样，林黛玉的境界比贾宝玉还要高。

复：曹雪芹如果落入仕或隐的一般性思路，最高的境界只能达到逸境，不可能进入莲境。中国的隐逸文学追求的正是逸境。曹雪芹虽然是隐逸了，但又有大慈悲与大关怀，所以《红楼梦》在某种意义上说，也可称作"血书"

（《人间词话》概念），至少是"泪书"，但他又有超越血泪的一面，所以我们用"莲境"来形容了。不过，正如我刚才和你探讨的，《红楼梦》所叩问的终极境界是"无"的境界，是不可名，即破一切名的境界，所以我们也不必执于一念或执于一些名相。我讲"莲境"，本意是说不必执于佛境、神境、逸境，连"丈六金身"的佛相也不必执。宝玉说佛身乃是"一茎所化"就是说，佛似乎是第一义，但还有产生佛的"一茎"，一境高于一境。境界没有边际，境界无限，人的存在意义恰恰是以有限的身心去体验、去向往、去追求无限，最后与无限融合为一，从"无"产生出来又归于"无"的深渊，抵达与宇宙同体的终极家园。杜甫的诗说："会当凌绝顶，一览众山小。"《红楼梦》站立于哲学境界的绝顶，便把万物万有的真实看清看破，我们也应当了解、把握这个制高点，才能了解《红楼梦》不同于"众山"的巅峰意义。

第二辑

第四章

对《红楼梦》的女性主义批评

一、女性主义的多元立场

梅：今天我想专从女性主义的视角来和你讨论《红楼梦》。曹雪芹并没有提出"女性主义""女权主义"等概念，但是，我觉得曹雪芹是女性主义的先知和曙光。当代女性、女权主义思想的精华，都在这部伟大小说中。但曹雪芹又不同于当代的女权主义者。过去官修的史书都把历史写成男人的历史，权势者的历史，以男性为中心的历史，曹雪芹通过自己的作品改变了历史。

复：这是一个非常好的角度。你一直用女性主义视角观察文学，理应能更自觉、更有意识地从这一视角观察《红楼梦》，也一定会产生一些新思想，说出一些新话。只是我对女性主义批评本身有所保留，觉得它常常用意识形态立场取代人性立场，太多造反姿态。

梅：我能理解你的立场，你反对用任何"主义"来阐释《红楼梦》，我觉得这种"提醒"是很有必要的。国内的批评家崔卫平就曾经写过一篇文章，题为《我是女性，但不主义》。她在文中写道：

> 仿佛从一开始，那种有关"主义"的感情就不太适应我。……我不喜欢一种与人的思想头脑活动有关的"主义"，由它提供并教会人们一道眼光，要求人们从某个指定的方向和立场看问题，并由此发展出一种世界观，一种"放之四海而皆准"的那种东西。思想启蒙未必不导致新的思想专制，启发别人的觉悟有可能让别人变成思想奴隶。

崔卫平对女性主义的批评跟你上述的观点是一致的，她不仅不喜欢在女性后面加上"主义"二字，也不喜欢区分所谓"男性话语"和"女性话语"。她质疑风靡一时的女性身体写作，对学院派流行的女性主义理论也很不喜欢，在文中谈道："我对埃莱娜·西苏在《美杜莎的笑声》中所表达出来的思想一点也不欣赏，她宣称以书写肉体建

立'飞地'（类似'革命根据地'）的说法，令我想起她的
雅各宾党人的男祖先，那些精神上的极端甚至恐怖分子。"
好在崔卫平本人是位女性，不然这番言论会引起众多女权
主义者的猛烈攻击。虽然我能够理解你的看法，以及崔卫
平的观点，可是我觉得当代的"女权主义"批评理论其实
是丰富与复杂的，有很大差异性的。比如说，英美女性主
义文学批评比较注重社会—历史批评，重视文学的社会功
能，要求文学反映妇女的生存状态，强调作者及其人物的
女性主体与社会、历史和文化语境之间的相互依存关系；
而法国女性主义文学批评则借助拉康和德里达的理论，比
较注重话语和文本的研究，努力把妇女从"语言的牢笼"
中解放出来。前者比较注重文学的社会历史语境，后者则
比较重视话语本身。可以说，女性主义的文学批评模式是
多元的，有马克思主义的女性文学批评，有精神分析的女
性主义文学批评，有后殖民主义的女性文学批评，还有双
性同体（或雌雄同体）的女性文学批评以及生态女性主义
文学批评等不同方式。我在哥伦比亚大学读书时，正在流
行后殖民主义，讲究女性主体的差异性，把阶级、宗教、
种族等差异纷纷列入考虑范围，把白人中产阶级妇女与具
有边缘者身份的"第三世界"的女性加以区分。所以，注
意女性主义的多元，区分不同历史时期和不同社会政治语
境的不同意义，吸收这一"主义"的思想成果，又避免落

入政治意识形态框架，可能就会好一些。

　　复：我知道你受过西方学院的女性主义的熏陶，在这方面比我熟悉，《红楼梦》确实有明显的女性立场、女性视角，甚至可以说，有种前无古人的女性优越。我愿意用"女性优越"的视角和你讨论。《红楼梦》是一部女性的、柔性的史诗，它的女性内涵太丰富、太特别，尤其是它的"女儿性"。在人类世界文学宝库中，除了莎士比亚，恐怕找不到第二个作家的作品，其女儿性的丰富内涵能与曹雪芹相比。

　　梅：《红楼梦》确实是为女儿立碑立心的大书。我读《红楼梦》，一是认定这是文学专业者的必修课；二是衷心喜爱喜欢，但不属于"红学中人"。所以可能有些怪想，讲出来也不怕你笑。我读后的第一感觉是，《红楼梦》世界乃是一个阴盛阳衰的世界。整个贾府，包括荣国府与宁国府，从贾母到巧姐儿，四代同堂共存，男性除了贾宝玉父子和贾兰之外，其他的都不像人样。而贾宝玉，虽属男性，却是一个女性主义者，所以我称他为"男性的女性主义者"，等会再讨论他。而他的父亲固然可算是个"正人"，是贾府中的"孔夫子"与栋梁之材，但太刻板，爱摆架子，没有武功，文功也一般，不算杰出人才。与他同一代的宁国府的贾敬，是与贾政这个"儒"对立的"道"家，更是不行。道家本应索本求道，他却逐末求术，沉迷于炼丹术，走火入魔，几乎成了废人。第三代，本可以支撑家族大厦的贾珠，却夭折而亡，其他的都是很会享受生活而全然不知生活意义的纨绔子弟，从贾赦到贾琏、贾珍、贾蓉、贾环等，都只有欲望，没有精神。倒是女性精彩，宝玉的祖辈仅存一个贾母史太君，倒是德、才、慈三者兼备，年纪虽老迈，思想却很开放，破文化旧套、嘲笑才子佳人小说真是见解独到，不同凡响。对待宝玉，也拒绝贾政那种"立功立德"的世俗标准，只给予慈情与至爱。贾府上上下下的男性老爷公子，有哪个比得过她的性情才情？与宝玉同一代的女性，从外来的林黛玉、薛宝钗、史湘云、妙玉、秦可卿、王熙凤到府生府长的"四春"姐妹，个个精彩，连晴雯、芳官等丫鬟戏子也精彩非常。你说这是不是阴盛阳衰？

复：你真是个女性主义者，长的是一双"狡猾"的女性眼睛。你说的是事实，只是你别忘了，贾府社会还是个男权社会，王夫人等女性使用的权力仍然是男权社会专制的体现。你所说的阴盛阳衰现象，从个体生命角度说是很有道理的。贾赦、贾政在贾母面前，全然失色；贾琏在王熙凤、平儿面前，确无人样；贾蓉在尤二姐、尤三姐面前只能是吃其唾沫星子的劣种，更不用说在才貌双全的秦可卿面前。外来的，同是一家兄妹，薛宝钗、薛宝琴才貌双全，而薛蟠则只是个吃喝嫖赌的废人。黛玉、宝钗等女性都是诗人，而且组成了诗社，建立了"诗国"，而男性除宝玉之外，皆离诗情诗性诗心很远。你用"阴盛阳衰"四个字形容贾府的生命生态，并不冤枉那些公子哥儿们。

梅：我知道你不喜欢用"主义"给人贴标签，也不会喜欢给曹雪芹贴上"伟大的女性主义者"的标签，但是不可以否认，曹雪芹在中国文学史上，确实是一个很特殊的现象，他确实具有前无古人的最明确的女性立场、女性眼光、女性情怀。我认为《红楼梦》一开始提到的女娲补天就很有意思，通过这个古老的神话原型，曹雪芹似乎想重新恢复"女性崇拜""女神崇拜"的文学母题。女娲是人类的始祖，作为男性的宝玉只是女娲补天后留下的一块多余的石头，而整部《红楼梦》中女性也是优于男性，不再是男性的附庸和性工具，在此，中国传统中的男权中心主义和男性价值观通通受到了全面的挑战。身为一名女性读者，我在读《水浒传》时，心里充满了恐惧感，因为那里面时时透露出"厌女症"的恶气，而读《红楼梦》时却充满温馨感，因为它是一部关于"女性崇拜"的作品。

二、骑士精神与女儿崇拜

复：我们通常讲女性，一般是指涉母性、妻性、女儿性。《红楼梦》突出的是女儿性。它所指的女儿，不是女孩，而是未出嫁的"少女"，即处于青春妙龄的少女。在曹雪芹看来，人世间最美的就是少女，万物万有最美的青春生命。天地的钟灵毓秀凝结在哪里？就凝结在"女儿"身上。宝玉说："原来天生人为万物之灵，凡山川日月之精秀，只钟于女儿，须眉男子不过是些渣滓浊沫而已。"（第二十回）在第二回中，贾雨村转述宝玉的话说："这女儿两个字，极尊贵、极清净的，比那阿弥陀佛、元始天尊的这两个宝号还更尊荣无对的呢！你们这浊口臭舌，万不可唐突了这两个字，要紧！但凡要说时，必须先用清水香茶漱了口才可；设若失错，便要凿牙穿腮等事。"在中国传统理念中，少女要是嫁到豪门贵族之家，便是一登龙门则身价百倍，但曹雪芹的看法正相反，"女儿"无论嫁给谁，哪怕嫁给皇帝，其身价也一落千丈，美丽全失，变成"死珠""鱼眼睛"，包括贾元春也难以逃出这一命运。曹雪芹把青春生命推向价值塔的顶峰，从而创造出人类文学最灿烂的女儿系列形象。要说曹雪芹是个女性主义者，不如说他是"女儿主义者"，即青春少女的伟大讴歌者与审美者。

梅：18世纪末19世纪初的李汝珍，在他的小说《镜花缘》中曾经塑造了一个女儿国，在那里，女人和男人的位置被对换，男人也尝到了"被压迫"的滋味。胡适在《〈镜花缘〉的引论》指出：

他（李汝珍）是最早提出妇女问题的人，他的《镜花缘》是一部讨论妇女问题的小说。他对于这问题的答案是，男女应该受平等的待遇：平等的教育，平等的选举制度。这是《镜花缘》的本旨。……三千年的历史上，没有一个曾大胆的提出妇女问题的各方面来，做公平的讨论。直到十九世纪初年，才出了这个多才多艺的李汝珍，费了十几年的心力，提出这重大的问题。他的女儿国一大段，将来一定要成为世界女权史上一篇永永不朽的大文。他对于女子贞操，女子教育，女子选举等等问题的见解，将来一定要在中国女权史上，占一个很光荣的位置。

李汝珍也是一个少有的"男性的女性主义者"，在他笔下的女儿国里，女性的权利得到国家法律的保护。他把男人放在女人的位置上，让他们也体会一下不平等的待遇。不过，他只是从社会和政治权利的角度来讨论女性问题，还没有像曹雪芹那样把女性提升到历史本体和类似宗教的地位。《镜花缘》中的女儿国只是男性社会的"翻版"，或者说，只是把男女的地位翻转过来而已。你很早就注意到曹雪芹的女儿本体论，他把女儿视为世界的本体，历史的本体，美的本体。你在《红楼梦悟》中说，曹雪芹关于少女的思索，超出前人的水平，不在于他做了"男尊女卑"的翻案文章，而在于他在形而上的层面，把少女放在广阔的时间与空间中，表现出他对宇宙本体和历史本体的一种很深刻的见解（"悟语"第46则）。又说"曹雪芹几乎赋予'女子'一种宗教地位。他确认女子乃是人类社会中的本体，把女子提高到与诸神并列的位置，对女子怀有一种崇拜的宗教情感"（"悟语"第47则）。你这两段话，已经把女儿在曹雪芹价值系统中的地位说明得很清楚了。不过，西方学者爱德华兹（Louise P. Edwards）跟你的看法不同，她写了一本关于《红楼梦》的性别政治的专著，题目是《中国清朝的男人与女人：〈红楼梦〉中的性别》，认为女性在《红楼梦》中还是充当附属角色，只是主人公宝玉的陪衬：

> 《红楼梦》中女人所扮演的，都是附属角色……读者虽然读到的大多是"大观园"中的女孩子们的故事，但是事实上小说从根本上是关于宝玉的挣扎，而这些女性们的存在只是为了更有效地帮助这位男性的挣扎。所以，黛玉和宝钗的形象之所以能够在小说中定型，主要是因为她们能够烘托宝玉的问题，尤其是中国社会中性别的意义。在她们与宝玉的多角关

系中，黛玉引发的是女性的价值，而宝钗则更侧重男性中心。所以，当文本创造了一位男性，必须在困境中抉择，必须在男性和女性的社会结构中抉择时，两位女主人公被降到边缘的位置，就像是一面镜子来反射男主人公的抉择。

The role given to women in the novel is, then, subsidiary… The audience reads mostly of the life in the "World of Girls" but in actual fact the novel is "fundamentally" about Baoyu's struggle and the women exist only in so far as they help further project this singularly male struggle… Thus, Daiyu and Baochai are valorized primarily for their potential to reflect Baoyu's problems with, among other issues, the signifcation of gender in Chinese society. In their tumultuous relationships with Baoyu, Daiyu invokes the more feminine values and Baochai the more masculine. So while the text creates a male protagonist that holds the dilemma of the choice forced upon him, between masculine and feminine social constructs, his two female protagonists are relegated to the margins as mirrors of his male choice.

Louise P. Edwards, *Men & Women in Qing China*:
Gender in The Red Chamber Dream,
Honolulu：University of Hawaii Press，2001，pp.44-45

余国藩先生不同意爱德华兹的观点，他认为："不管男性或女性，他们的情欲都是我们阅读时的批评指标。仅把重点放在男角的选择或男角的苦难上，必然会排挤女主人公的情感与经验的重要。"（余国藩著，李奭学译：《〈红楼梦〉里的情欲与虚构》，麦田出版社，2004年，第314页）不过，余国藩先生认为廖朝阳先生的观点值得我们认真对待。廖先生认为《红楼梦》中的绛珠仙子的化身说可能来自道教的"谪仙"传统故事模式，在这一模式中，仙女无权过问自己的命运，而"石兄"则有选择自己命运的权利（廖朝阳：《异文典与小文学——从后殖民理论与民族叙事的观点看〈红楼梦〉》，载《中外文学》，第22卷第2期，1993年，第6—45页）。如果《红楼梦》中的女性是遵从"谪仙"的传统模式，那么她们的地位就没有宝玉高。比如，林黛玉和薛宝钗都无法选择"由爱而被启蒙"的道路，只能忍受悲惨的命运，一位伤心而死，一位到头来寂寞苦守空房，只有宝玉可以达到真正的大彻大悟，选择自己的命运，把自己提升到更高的层次。不知道你是怎么看待这个问题的？

复：《红楼梦》太丰富、太特别，其人物关系的内容具有多重暗示，性别关系仅仅是多重关系中的一重。如果从性别这一特定的视角看，说"黛玉引发的是女性的价值，而宝钗则更侧重男性中心"，也说得过去。但以此说明两位女主人公被降到边缘的地位，就像一面镜子来反射男主人公形象，女主人公只是男主人公的烘托，则不妥当。因为在男主人公从情痴到情悟以至大彻大悟的过程中，林黛玉一直是引导他赢得精神飞升的"女神"。她的情比宝玉专也比宝玉深，这是一；她的才能比宝玉高一筹，所以比诗时宝玉总是在黛玉之下，这是二；而最重要的是，她的灵，她的"觉"总是在宝玉之先。谈禅时，宝玉抵达"无可云证，是立足境"，而黛玉则抵达"无立足境，是方干净"，后者境界才抵达佛界的第一义，境界高得多。宝玉也承认自己是"丈六金身"（佛身）还需黛玉的"一茎所化"。莲不是佛的烘托，而是佛的根源和本质。第二十二回中宝玉直接说黛玉是"先觉者"，自己是后觉者，认为黛玉比自己强是理所当然的。因此，从作品的整体特别是从性灵角度上说，把黛玉说成是宝玉的附属角色，就大有问题。从"谪仙"的角度上说，恐怕也很难说明钗黛的附属地位。《红楼梦》从整体结构上说，确有一个类似《西游记》的"谪仙"的道家思想框架，即在天上出了问题，被贬谪到地上，然后经过一番赎罪立功，再返回天上。孙悟空如此，贾宝玉也如此。从这个意义上说，男主人公宝玉经过情感的波折苦难，最后彻悟人生，返回原处，当然比较完整地体现道家思想，黛玉在天上欠情，入世"还泪"，最后泪尽而返，也很完整。她和宝玉离开人间返回天上时，就充满悲情，并无大欢喜，这与道家的"谪仙"套式不同，这种差异正是曹雪芹的原创处。

梅：你说得很好。宝玉最后得道证悟，可是黛玉所扮演的角色并不是他得道证悟的工具而已。黛玉有自己丰富的情感，有自己独特的思想和灵性，主体智慧很强，并不是宝玉的简单附属。宝钗和史湘云在某种程度上还中了男性话语的"毒"，有时充当男性话语的"喉舌"和"传声筒"，劝宝玉要走仕途经济的道路，而黛玉则有自己强烈的主体意识，她敢于质疑男性价值观，敢于成为男性权力结构中的"异类"，并敢于把同样是"异类"的宝玉引为知己。她选择的"死亡"这一行为语言，在我的眼里，跟宝玉的出走一样有意义，因为这一行为语言不仅体现了她的"叛逆"和异端，也体现了她对"无立足境，是方干净"

的感悟，最后达到了"质本洁来还洁去"的回归。

复：曹雪芹把"女儿"提到历史本体甚至宇宙本体的地位，是一种巨大的原创性。我们也看到一些大作家，把少女的地位提得很高，甚至提到近乎神或近乎圣的地位，如但丁《神曲》中的贝雅特丽齐，她原是但丁的恋人，此时变成女神，并委托大诗人维吉尔引领但丁来到地狱门口。还有莎士比亚的朱丽叶，几乎可称"情圣"。歌德称"永恒之女神，引导我前行"，也把少女提高到神的地位。20世纪的福克纳也有曹雪芹似的理念，认为少女最美，青春女儿愈成熟离美愈远。与西方的经典作家相比，曹雪芹的原创性表现为两方面：一，他把"女儿"彻底地放在历史中心和宇宙中心的位置，完全改变男人创造历史的观念。林黛玉所作的《五美吟》和薛宝琴所作的《怀古十绝》都在说明：世界史不仅是男人的世界史，而且是女人尤其是青春女子的世界史。《红楼梦》的整个结构也都呈现这种历史观和宇宙观。二，曹雪芹塑造女儿的大形象系列，其数量和质量的总和举世无双，尤其是切入少女内心的深度更是无人可比。也就是说，少女的神性高度前人已有，但少女的人性深度、心灵深度则世所未见。我这样说，完全是站在文学立场上说话，与任何"中国立场"无关。

梅：你说《红楼梦》关于女子的思索并不是刻意造"男尊女卑"的反，这是对的。但不能否定它对这种传统理念进行根本性的挑战。我特别喜欢你的"红楼悟语"第45则，你给女性主义批评家玛格丽特·阿特伍德提供一个正面大例证，揭示曹雪芹颠覆了一个旧公式："不好／女性"，确立了一个新的公式："好／女子"。你发现"好"本是由"女"＋"子"所构成，并说明《红楼梦》是一部好了歌，即诗意女子毁灭的挽歌，这很有意思。玛格丽特·阿特伍德的这篇文章，被英国人玛丽·伊格尔顿收入她编选的《女权主义文学理论》论文集中，这部书的中译本在（20世纪）80年代又收入你主编的《文艺新学科建设丛书》中。我读过集子中的所有文章，但没有把玛格丽特·阿特伍德所批评的"不好／女性"的公式和曹雪芹"好／女子"的公式联系起来。一旦联系起来观照，不能不说曹雪芹为女性翻了个大案，从根本上奠定了女子的"好"地位，一扫把女子视为"尤物""祸水"的男性陈腐偏执话语。

复：我说曹雪芹不是做翻案文章，是指他不像五四运动的启蒙家那样，从被压迫到反抗压迫、从奴隶解放到妇女解放等角度作革命文章，而是从审美角度真正发现女子尤其是少年女子的无尽价值，即不是认识论上的发现，而是本体论上的发现，也可以说，不是伦理学上的发现，而是美学上的发现。女子是宇宙的中心，世界的精华，美的价值源头，这是本体论。女娲是本体，警幻仙境的众仙姑是本体，是美的本质，美的根源。这不是一般地作翻案文章。但他也确实翻了历史大案，把"女子—祸水"翻成"女子—净水"，代表世界的净与洁的是女子，不是男子。

梅：曹雪芹翻案翻得痛快，令人拍手称快。"五四"启蒙者，如鲁迅，发现祥林嫂，是确认女子具有与男人同样的位置与价值，而曹雪芹则确认女儿具有最高存在价值，一切价值的中心价值，这一点真了不起。

复：歌德曾称赞温克尔曼（他著写过《古代艺术史》）是个新哥伦布，肯定他重大的考古发现。言下之意是，老哥伦布是发现新大陆，而新哥伦布则发现在权力、财富覆盖下古代艺术遗产不朽的美和人性绝对的美。实际上，曹雪芹正是一个新哥伦布，他发现人性普遍发生变异的时代里仍有一种纯粹美、绝对美，这就是被他称作"女儿"的青春少女的美。

梅：我相信，一切当代真挚的女性主义者一旦了解曹雪芹的发现都会感到欢欣鼓舞。

复：不过，对于曹雪芹的发现，我们这些后世读者，理应再发现。就以梦来说，红楼大梦，有其意识的层面，也有潜意识层面，两个层面都值得我们重新开掘，尤其是曹雪芹自己未意识到的潜意识层面。例如，你曾把贾宝玉比作堂吉诃德，说他在潜意识中也是知其不可为而为之，要不，他怎么去战"儒教条""炼丹术""萨满教""文死谏，武死战"道统等"大风车"。堂吉诃德是过时的骑士，骑士时代已经死亡还硬要充当骑士的荒诞骑士，塞万提斯也借此嘲弄骑士文学。但贾宝玉还真是具有骑士精神，也有点堂吉诃德精神。说贾宝玉是个男性的女性主义者，意思应是说，他是一个钟情女性、保护女性、崇拜女性的骑士。西方的骑士不就是女性的崇拜者吗？

梅：我虽然看到贾宝玉身上有些堂吉诃德的精神，注意到他的行为出发点与归宿点都不是家国朝廷，而是林黛玉等少女，正如堂吉诃德，一切都是为了他想象中那个乡村少女，美貌无双的公主——杜尔西内娅·台尔·托波索，但还没有充分意识到宝玉的骑士精神，你这一点破，倒使我想到，这可能是曹雪芹对中国文化的一项重要补充，或者说，是他给中国文化传统注入一种新鲜的东西。大约在11世纪，西欧形成了骑士阶层，以后又因为十字军东征而提高了骑士的社会地位并形成骑士传统。当时盛行的骑士文学就呈现了骑士精神。骑士精神大约有两种最重要的内容：一是对贵妇人的衷心爱慕与崇拜，他们忠实于爱情，愿意为所爱者去冒险，并以此视为最高荣誉；二是扶持弱者，骑士们没有势利眼，他们总是以锄强助弱为乐。这两个特点，形成欧洲的骑士传统。

复：这个传统最为宝贵的核心精神是正直。尽管《堂吉诃德》采用"戏拟"骑士小说的形式，抨击一律化的骑士小说，并终结了骑士小说，但主人公堂吉诃德仍然留下极为

"正直"的性格。堂吉诃德也把自己想象为一个举世无双的骑士，也给一个乡村姑娘换上公主贵妇的名字，然后骑马出外游侠，就像中国的侠客。中国虽没有骑士传统，但有侠客传统。侠客也有正直，也扶助弱者。金庸笔下的侠义英雄，多数也爱美人。中国的侠客本来也是"路见不平，拔刀相助"，具有正直性格。可是在中国大文化语境中形成的侠客传统和欧洲的骑士传统还是有很大区别：欧洲的骑士把爱情看得至高无上，爱情不仅重于国家之情，也重于兄弟之情；中国的侠客其义气则是兄弟之情第一，大体上是"兄弟如手足，妻子如衣服"的价值观。中国的文化是亲情大于爱情，西方的文化是爱情大于亲情，而西方这种文化特点与骑士传统有很大的关系。《红楼梦》精神内涵的首创性，正是它打破了中国的传统理念，把爱情置于亲情之上，在贾宝玉的心目中，林黛玉、晴雯、鸳鸯等全在王夫人、贾母之上，这是对传统的巨大挑战。但是，《红楼梦》的亲情仍然很重，兄弟姐妹之情也很重，只是情感的位置发生变化了。贾宝玉非常个人化的情感，把恋情视为第一生命的情感，更接近欧洲的骑士传统。中国的一些侠客，虽然也爱美人，但在其价值系统中，真正把爱情放在兄弟情之上的极为少见。何况中国的侠客传统后来又发生变质，正如鲁迅在《流氓的变迁》中所描述的，开始是侠，后来变为"盗"，再后来则变为流氓。正直变为凶残或狡猾，真是不可思议。金庸对侠客的变质也做了许多嘲讽与批评。你看《水浒传》中的那些英雄，本来也是一些路见不平、拔刀而起的侠客，也确有正义感，但最杰出的英雄如武松、李逵等，都有不近女色的特点，对女子不尊重，而且仇视，这与欧洲的骑士大不相同。

梅：贾宝玉的精神确实更加接近欧洲的骑士，虽然他也有侠气，但绝对把"女儿"看得比兄弟重要，虽然他对朋友也很讲义气，但恋情毕竟是他生命的核心。他把晴雯被逐视为"第一等大事"，而不把姐姐贾元春省亲视为第一件大事，贾府上下均视为头等大事，唯独他例外。《红楼梦》把个体生命、个人尊严放在家国朝廷之上，这一点你以前就一再说明，今天你又讲，这部小说爱情大于亲情，儿女恋情大于兄弟之情。这样看来，曹雪芹在无意识中真把欧洲的骑士精神注进贾宝玉身上了。贾宝玉对"女儿"们的爱慕与崇拜在中国真正前所未见，警幻仙子称他为"天下古今第一淫人"，其实是史无前例的美女子的第一倾慕者与欣赏者。贾宝玉扶助弱者的骑士精神更是举世无双。贾府里的丫鬟、戏子全是弱者，别人不看在眼里，他可视为天地精华，恨不得为她们两肋插刀。难怪他的前身叫作"神瑛侍者"，他正是这些弱女子的"服务员"和护卫者。

复：堂吉诃德外出行侠，其口号是"障护弱女，保护孤孀"，未忘骑士风度。他痴、呆、傻、疯，实际上却负载着作者的人文主义理想。堂吉诃德虽然无现实感，也无判断力，但身上却有一种无可争议的"正直"秉性，这是最为重要的。贾宝玉身上也有一种天生的正直。这一点与他的父亲贾政不同，贾政熟读四书五经，想当孔夫子似的圣人，这也是传统中国士人士大夫的人格理想，但是贾宝玉不崇尚"神圣"，也不想当圣人，只想活在真情真性真生活中。探春笑他是个"卤人"，宝玉并不反感，他就是一个始终保持愚鲁、保持混沌状态，也就是守持一份天真和正直的真人。我这样说，是三年前受俄国思想家别尔嘉耶夫的《俄罗斯灵魂》一书的启发。别尔嘉耶夫在批评故国俄罗斯的民族性格时，分清了追求神圣和追求正直的巨大区别。他借助另一思想家康·列昂季耶夫的话说，"正直是西欧的理想，俄罗斯的理想是神圣"。他说："正直对于每个人都是必需的，与人的荣誉相关，铸造人的个性，而俄罗斯人对此缺乏足够强烈的意识。我们从来不把道德自律看成一个独立的最高课题。我们的历史中缺乏骑士的元素，这对于发展和锤炼个性是不利的。"(《俄罗斯灵魂》，陆肇明、东方珏译，学林出版社，1999年，第73页）别尔嘉耶夫批评在东正教影响下所形成的俄罗斯民族性格，他认为"神圣太过崇高，高不可及，它已经不是人的状态"（第75页），而对"神圣"价值的崇拜，结果是导致驯顺，缺乏人的骄傲感和荣誉感，以至于认为不正直不是大恶，不驯顺才是大问题。别尔嘉耶夫特别指出，这种民族文化性格与俄罗斯缺乏骑士元素有关。骑士崇尚的是荣誉和心中的美丽女子，为此他宁肯冒险。别尔嘉耶夫的论证，提醒我更清楚追求正直和追求神圣这两种道德理想的巨大区别，也更深地了解神圣价值与个性价值的悲剧性冲突。很自然地，别尔嘉耶夫也引发我再次对中国民族灵魂的思索以及对《红楼梦》灵魂取向的思索。中国没有典型的宗教，没有东正教这种大背景，因此也没有俄罗斯那种把神圣价值视为绝对价值的追求，但是，中国却有自己的神圣理想，这就是"内圣外王"的追求，换句话说，虽无"神"的崇拜，却有"圣"的崇拜。所谓道统，就是崇尚圣贤的传统。贾宝玉所嘲弄的"文死谏，武死战"就是对道统的忠诚。中国的士大夫正是以忠于皇统道统作为自己的理想，一心想当好忠臣圣人。"王者师"理想就是忠臣加圣人的理想。这种理想也逃不出别尔嘉耶夫所指出的"神圣导致驯顺"的逻辑，其结果往往只有忠心而没有正直，只有圣人姿态而没有骑士心肠，贾政就是这样的人。贾宝玉在中国大文化中的崭新意义，便是他改变了这一逻辑，不做道统的奴隶，或者说，偏偏做道统的"槛外人"、局外人，即超越圣人价值和圣人道德框架的"骑士"，自由自在地爱其所爱，恋其所恋，全身心牵挂的是他的"梦中人"，而不是像他父亲只惦记"心上王"。

梅：贾宝玉作为一种逻辑性的女性主义者，作为一个钟情于"女儿"的骑士，他的行为模式本身就带极大的挑战性。宝玉正直地面对一切生命，真就是真，美就是美，他绝对不会因为这一生命处于卑微地位而否定其真，或否定其美。他在《芙蓉女儿诔》中，把最高的礼赞献给晴雯，说她"其为质则金玉不足喻其贵，其为性则冰雪不足喻其洁，其为神则星日不足喻其精，其为貌则花月不足喻其色"，这种至高的赞美，多数读者只看到"情"，这当然是至情，但是，你还看到"正直"，看到超越传统价值理念、超越等级理念的正直，也就是情之外的一种品格。用别尔嘉耶夫的语言表述，便是一种"骑士元素"。想想王夫人把晴雯当作"狐狸精"，想想在等级社会里人人都把丫鬟当作"下人"，当作"奴隶"，想想贾赦这种达官贵人企图占有鸳鸯时所说的狠话，再看看贾宝玉的祭辞竟是投入全生命、全灵魂，这不能不承认，曹雪芹确实是女性价值的伟大发现者，18世纪中国的人文哥伦布。你用别尔嘉耶夫的两大概念来谈论《红楼梦》，我觉得很有道理。圣人是一种超人状态，并不是人的状态。达不到超人状态又要装成超人，当不了圣贤又要装圣贤，就只好摆姿态、戴面具，装模作样，走向伪善。"五四"批判旧道德的理由正在于此。旧道德变成伪道德，就在"装"字。贾宝玉不愿意当圣人，宁可当一个正直的人。我说他是一个男性的女性主义者，又想说他是一个带神性的人性主义者，但他的神性不是神圣光环，而是灵魂中的善良、正直、平等之心，不仅不歧视丫鬟、戏子，连妓女云儿，他也可以与她坐在一起吃饭唱曲，他显然确认妓女也是人。他的这种行为是圣人绝对做不到的。不必说那些高喊"存天理，灭人欲"的后圣人，就是孔夫子这个先圣人，也声明"唯女子与小人为难养也"（《论语·阳货第十七》），把女子与"小人"并列，这未免缺少正直。

复："五四"批倒传统时虽矫枉过正，对孔夫子的声讨虽过于激烈，但发现旧道德缺乏道德健康并压抑人性个性，这一点却非常正确。一个最讲道德的国家，却缺乏道德健康与精神积极性，这是为什么？这就是缺钙，缺乏正直，缺乏面对真理、面对事实的品格。阿Q病就是这样产生的。大观园初成时，贾政带了宝玉和一群清客去各馆题匾额。那些清客个个只会阿谀奉承，却没有真才能，更谈不上创造性，贾政虽然口口声声对宝玉充满训斥，却不能不采用他的方案。宝玉的精神创造性超乎清客们十倍百倍。而在社会现实中，这些清客全都是满口圣人圣贤。与清客相比，我们不仅看到宝玉的才华出众，而且看到他的正直，虽然有严父的可怕脸孔在，但他还是该说就说，该否就否，不会为了给清客们面子就抛弃艺术的真理。贾政作为贾府里的"孔夫子"，明知道宝玉的才华在清客之上，而且最后也都择宝玉之优而从，但自始至终一副"寿者相""严父相""圣人相"，死也不肯给宝玉一句表扬的话，倒是满嘴"孽障"，归根结底，也是缺乏正直。在贾政看来，宝玉最大的问题就是不规矩、不驯顺、缺少对圣贤的崇拜，而宝玉的精神个性和诗赋才华倒是不值一提，甚至是一种罪过。尤其是他周岁时，面前那些东西，他竟抓住脂粉钗环，预告这小子是个好色之徒，全然不解宝玉敬重女子的积极内涵。中国的"圣人"，把接近脂粉——接近女子——视为不幸、不祥，当然也是天大的不孝。贾政、贾宝玉这对父子的冲突，最初就发生在对待"脂粉"的态度上，最后也是结束在对待"黛玉"的选择上。中国儒家思想系统的致命伤，就是在它的价值体系中，没有"女子"的位置。

梅：中国由儒家经典派生出来的五伦道德模式，妇女只进入一伦，即夫为妻纲：夫为纲，妻为目，夫为本，妻为末，女人不过是男人的附属品。几千年的中国历史，一路上都有圣贤的宗庙与纪念碑，但一律是男性，女子能当圣贤的附属品便了不得。附属品当不成，还得充当圣人节烈观的祭品。给女人立的牌坊，不过是女人为男人无条件牺牲的见证，表彰的是为男人献身的模范，即女奴模范，完全把可怜当作神圣。孔夫子"唯女子与小人为难养也"的话，一句顶一万句，一句管两千年，现在这句话还在中国男人的意识和潜意识深处当宝贝，一说起"脂粉气"，就掩鼻子，装圣人。幸而有《红楼梦》的新坐标在，否则中国人就得装下去，虚伪下去，女人就得永远苦下去，低头弯腰下去。你说得对，对人性腐蚀得最厉害的就是"虚伪"二字了。

复：曹雪芹把女子推向中国文化价值系统的中心位置，确实功德无量。就群体而言，五四运动首先发现妇女，但就个体而言，第一个发现妇女、肯定妇女的当然是曹雪芹了，所以我们要说曹雪芹是哥伦布，是发现女子无量价值的哥伦布。

梅：你在《红楼梦悟》中说，希腊史诗《伊利亚特》，双方为一绝世美人而战争，表面上看，很重视女人，实际上双方都不过是把美人海伦当猎物，当男性英雄的战利品和点缀。海伦不过是高级战俘罢了，这不是对女子真正的尊重。《红楼梦》对女子的尊重才是真的。连丫鬟和戏子的生命尊严也不可侵犯，每个生命个体的尊严都是不可侵犯的，这才是曹雪芹的大思想。贵族府里的小女子可以对最聪明的贵族公子进行挑战，进行论辩，进行补充，进行批评。晴雯可以在贾宝玉面前撕扇子，指出宝玉的"不是"，这就是尊严，小女子的生命尊严，而曹雪芹又热烈肯定这种尊严，这种尊重具有划时代的意义。我觉得当代的女性主义者，应当把《红楼梦》当作最好的思想文本，甚至可以当作女性主义的旗帜。

复：完成《红楼梦悟》写作之后，我又进入《红楼人三十种解读》的写作，对小说文本中提到的人物共名如"冷人""通人""卤人""正人""乖人"等进行解说。我发觉，《红楼梦》对什么是"可人"，即"谁是最可爱的人"做了划时代的重新定义。曹雪芹把中国旧道德眼睛里的"尤物""狐狸精""狐媚子""妖精"倒转过来，界定为"可人"，界定为最可爱的人，于是，秦可卿、晴雯、芳官等都成了最可爱的人，金玉不足喻其贵、星日不足喻其精的最可爱的人。这是天翻地覆的大变动。你昨天说，从女性主义视角出发，有些问题你想与曹雪芹商榷，我真愿意听听你的意见。

三、女儿性与女人性的冲突

梅：我也热烈地肯定曹雪芹的天翻地覆，只是觉得，女性至少应包括母性、妻性、女儿性，但曹雪芹只礼赞女儿性。作为作家的文本策略，突出女儿性，把女儿的青春之美推向极致，我能理解，但从尊重女性的理念出发，我则认为三性都应欣赏，都应尊重。母性母爱的伟大性缺少浪漫，但包含着说不尽的艰辛。林黛玉青春少女的眼泪，纯洁美丽，母亲的泪水同样也纯正美丽，而且包含着女性人生的全部艰辛与痛苦。妻性也并非丑陋，为人妻后并不注定就会失去生命之美。曹雪芹认为女儿为人妻后就像"死珠""鱼眼睛"，似乎说得太绝对。西欧11、12世纪的骑士爱慕和崇拜的贵妇人，既有未婚少女，也有已婚的贵妇人，尤其是后者，她们都是已婚女子。

复：你是不是觉得我的阅读也缺少对曹雪芹的质疑，无保留地肯定他的女儿本体论？

梅：不错，今天我要和你讨论女性问题，也许可以对你的《红楼梦悟》做点补充。你所强调的曹雪芹的女儿本体论，实际上也是你的"女性观"和审美理想的一个折射。在我们的《共悟人间——父女两地书》中，你就提到喜欢纯洁的未被世俗尘土污染的女性，喜欢能够天然地站立在"泥浊世界"彼岸的女性，只有这样的女性才能引导男性飞升。对你来说，这一"女儿本体论"最好的代表人物是林黛玉，你的这种解读提升了女性"神性"的一面，而不是人性一面。人性总是有缺点，总是不纯粹。林黛玉确实可爱，有你说的"天使"的不被世俗污染的一面，但我也喜欢她的有缺陷的一面，喜欢她的过于敏感，她的直率，她的好妒，她的爱使小性子，以及她的"病态美"，还有她对死亡的痴迷和眷恋，以及她内心的"疯狂"。这正是一些"非天使"的表现，这些弱点使她这一人物形象显得更真实，更像一个真正的女人，而不是女神。我觉得曹雪芹建构的少女"大观园"，基本上把上了年纪的妇女都排斥在外，在曹雪芹笔下，她们全被男性社会污染，极不可爱，甚至可厌可恶。《红楼梦》有这样的一段话：

> 宝玉又恐他们去告舌，恨的只瞪着他们，看已去远，方指着恨道："奇怪，奇怪，怎么这些人只一嫁了汉子，染了男人的气味，就这样混账起来，比男人更可杀了！"守园门的婆子听了，也不禁好笑起来，因问道："这样说，凡女儿个个是好的了，女人个个是坏的了？"宝玉点头道："不错！不错！"

小说中描写的"嫁了汉子"的女人都"染了男人的气味"，变得俗不可耐。但是曹雪芹为了提升少女的纯洁和美丽，好像故意"妖魔化"上了年纪的女人。当然古往今来，上了年纪的女性历来就不是文人作家所歌咏的对象，除了她们身上的"母性"得到称颂之外，她们的"女人性"常常是中国文人既利用又鄙薄的对象，其主要原因是她们已经变得年老色衰，不再美丽了。而且不仅是上了年纪的女人，就连美丽而嫁了人的"少妇"或"女人"也不是曹雪芹心目中"理想的女性"。比如贾宝玉的寡嫂李纨除了善良和教子有方之外，似乎也成了枯木和死珠；王熙凤的精明能干，最后只落得"机关算尽太聪明，反算了卿卿性命"；

而秦可卿虽然美丽无比，可是其"擅风情，秉月貌，便是败家的根本"。

复：你的质疑很有意思，我还想听听你的进一步论证。

梅："女儿本体"的思想，确实有极大的原创性，以"女儿"为审美理想，也有极大的诗意和美学的内涵。以后我们还可再论。但是我总觉得曹雪芹在充分肯定"女儿性"的时候，却未能充分肯定"女人性"的价值。女人婚否的魅力不是只有王熙凤似的邪恶魅力，她们往往还有另一种成熟的情欲的魅力。相对而言，西方文学对现实中充满情欲的复杂的女性则给予较多的理解和同情，极少用道德尺度来衡量这类女性。像托尔斯泰《安娜·卡列尼娜》中的安娜，福楼拜《包法利夫人》中的爱玛，凯特·肖邦《觉醒》中的爱德纳等女性，虽然都有舒适的生活环境，但是精神苦闷，视家庭和孩子为束缚她们的囚牢，于是大胆走出家庭，寻求真正的爱情。她们出走后的悲剧结局，是一种人性的悲剧，而不是道德的悲剧。我最近重读哈代的小说《还乡》，也非常喜欢其中的女主人公游苔莎。她是一个美丽聪慧、充满魅力、热情奔放、特立独行的女性，荒原人视她为"女巫"。她嫁给姚伯，不仅因为爱情，也因为世俗的"目的性"：她希望通过嫁给姚伯而离开荒原，摆脱沉闷无聊的生活，去巴黎享受城市的快乐。可是偏偏姚伯厌倦了城市的生活，返回家乡，想投身于乡村的教育事业。于是两个人在人生向往与道路选择上便有了巨大的冲突，最终导致悲剧。表面上看，游苔莎似乎是个轻浮虚荣的女人，向往城市的物质生活，其实她是一个有独立思想、勇于冒险的女性。丈夫的理想不是她的理想，她不想委曲求全、苦苦等待，而是出走、私奔，寻找自己的道路。哈代对她没有任何道德的谴责，而是把她塑造得很美，很有生命光彩，不仅有强烈的欲望和激情，而且有丰富的内心世界和精神追求，绝对不是简单的为丈夫而活着的女人。她不像"女神"，倒是像一个让世人恐惧和害怕的"女巫"，但重要的是，她是一个实实在在的充满活力的女人。虽然曹雪芹是一个男性的女性主义者，可是他还做得不够彻底，只讴歌了"女儿性"，而忽视了"女人性"。女儿性优美而单纯，女人性则具体而现实，甚至有时候是叛逆的。曹雪芹以"清"和"浊"来区分和定义"女儿性"和"女人性"，说明他在追求诗意的审美王国的过程中，在净化的过程中，过滤掉了真实的女性。我认为，这恰恰是这位"男性的女性主义者"值得争议的地方。

复：女性主义者总是为女性整体说话，你也是这样。曹雪芹确实把婚姻视为女子的分水岭，区分出嫁前的青春少女与已婚妇人。但这种划分属于自然分际，不是人为的分别，即不是好与坏、善与恶的两极划分。以少妇而言，秦可卿、王熙凤、平儿、李纨等，其人性比青春少女更为多面，对此曹雪芹也有理解的同情，并没有把她们描述成死物邪物。而对王夫人、邢夫人、赵姨娘等，倒确实有许多微词。宝玉在《芙蓉女儿诔》中说："剖悍妇之心，忿犹未释！"直接鞭挞的应是在王夫人面前挑拨的王善保的妻子等一群妇人，还不至于直指王夫人，但王夫人却是谋死晴雯的第一凶手，用"悍妇"称之，也无不可。王夫人、邢夫人等在贾府中属贵族夫人，但心肠已变黑。邢夫人成了丈夫贾赦的一条走狗，竟然为贾赦纳妾（鸳鸯）奔走，形同小人，而王夫人的双手则直接沾上金钏儿、晴雯的鲜血，形同忍人。但即使对王夫人，曹雪芹也没有把她写得"绝对坏"，他特别写道："王夫人原是天真烂漫之人，喜怒出于心臆，不比那些饰词掩意之人。"（第七十四回）这句话固然有少女出嫁后变质的意思，但也有为她的行为辩护的意思，即她驱逐金钏儿和晴雯，只是一时愤怒，并非刻意谋杀。从对王夫人的这一护辞中，可看出曹雪芹对已婚妇人也没有"抹黑"，没有仇恨。不过，应当承认，曹雪芹关于两个世界的划分是很清楚的，以男人为主体的泥浊世界和以少女为主体的净水世界是不可混淆的。在他的世界观中，女性只有在她们的青春年少时期才站在泥浊世界的彼岸，一旦出嫁，就走出净水世界而进入泥浊世界，就难保原先的本真状态了。所谓变成"死珠"与"鱼眼睛"，也是丧失本真状态的一种形象表述而已。像王夫人这样，成为贵妇人后就完全丢失了天真烂漫，甚至完全容不得其他少女的天真烂漫。男人社会的污泥浊水确实腐蚀了她的人性。

　　梅：希望青春少女不要出嫁，永远站立在净水世界之中，就像花朵永远含苞开放，但不要凋谢，这是曹雪芹的梦，我能理解。但是，少女出嫁后是不是一定落入"死珠"的宿命，即是否注定要丧失美，对于这一点我一直想与曹雪芹的伟大亡灵商讨。我承认，《红楼梦》文本并没有把已婚妇女完全"妖魔化"，未嫁少女和已嫁妇人并没有形成"天使与魔鬼"的两极，无论是少女形象还是妇人形象都具有性格的丰富性。王夫人与晴雯的冲突，我也宁肯把她们视为性格的冲突而非阶级偏见与善恶斗争，但是，说走入男人社会就会丧失美、丧失本真状态却未必。你曾经和我讲过托尔斯泰的转变。他在《战争与和平》中，观念与曹雪芹相似，少女娜塔莎在未嫁时天真烂漫，非常美丽可爱，嫁给彼尔后特别是生了孩子后却臃肿肥胖，失去了原先的美。可是到了《安娜·卡列尼娜》，观念就不同了。主人公安娜出嫁后仍然非常美，非常有魅力，而且虽然心理复杂，但心性仍然非常单纯。如果不是单纯，她就和渥伦斯基一走了之算了，可是，她却放不下儿子，具有母亲的责任感，结果便在情爱与母爱中挣扎，女儿性与母性都在，都美。我觉得托尔斯泰笔下的安娜，其女性美很有深度，而且是已婚女人的女性美。

复：曹雪芹笔下的秦可卿，何尝就不是安娜·卡列尼娜？我觉得曹雪芹与托尔斯泰的女性立场并没有质的区别，他们对女性的整体都是同情的。但是，托尔斯泰的女性观在三部代表作《战争与和平》《安娜·卡列尼娜》《复活》中确实有变化，他开掘了所有女性的美，包括在当时被视为"堕落女性"（《复活》中的玛丝洛娃）的美，呈现了他的伟大的人道曙光。他没有出嫁女子如"死珠""鱼眼睛"的理念，这是因为他首先没有曹雪芹"两个世界"的理念。你从女性主义视角质疑这种理念，我则更多地从批判男性泥浊世界这一视角理解这一理念，认为曹雪芹的这一理念：一是在持守他的理想世界——净水世界；二是在呼唤对于泥浊世界的警惕。我觉得曹雪芹关于净水世界与泥浊世界的划分是受了佛教分清"净性"与"染性"思想的影响，也属于自然分际。玄奘在《成唯识论》中讲"八识"，其中的阿赖耶识，有"净"和"染"两种子。染法种子，自能生染法；净法种子，自能生净法。两者可以互"熏"互动，甚至可互相依存。人身上才有二类种子，佛身上就没有。《红楼梦》的思想基点是禅，并非唯识，它打破人为分别，贯彻不二法门，打破尊卑等级之分，但还保留自然分别，例如男女之分、天地之分，就属于自然分际，不属于分别心。曹雪芹把男女的自然分际加上"女儿水作，男人泥作"的思想，也不能算分别心。分别心是指不平等之心，这种心违反佛教众生平等的基本教义，而清浊之分，是在确立众生平等的前提下，对生命自然性质的观照，正视其质的不同。曹雪芹太独特，采纳各种思想又超越各种思想。他把少女看作净水世界的主体，少女便代表净性，而男人则体现染性，他们追求金钱、权力、功名，便是染性的外射。贾宝玉处污泥而不染，在泥浊世界中是未被染性所毒化的唯一男性生命。在曹雪芹看来，天生具备净性的少女本来也是处污泥而不染，可是一旦出嫁，就未免要被男性世界所同化，所污化，因此，要做到"质本洁来还洁去"，唯有守住青春生命。曹雪芹让自己最心爱的林黛玉、晴雯、鸳鸯、芳官等在未出嫁前就死亡或去当尼姑，便是不忍心让她们丧失净性。这当然只是曹雪芹的大梦。《红楼梦》不仅有真切的现实感，而且有如此真挚的理想性，这是黑暗中的人性憧憬，很了不起。

梅：用净法染法解释部分《红楼梦》内容，我还是第一次听到。不过，染性并不只会作用于已婚女子，也可作用于青春少女，例如薛宝钗与袭人，在曹雪芹看来，也染上男人社会"功名"的毒菌，所以才会劝宝玉走仕途经济之路。按照禅的原理，人的自性原是一片净土，人人都有净性佛性，"本来无一物"，只是进入了社会功利场，才会染上各种尘土。其不二法门，是指定、慧不二，人的原始本体不二，即本来只有净性。但我也要提问，既然染性也会影响薛宝钗、袭人等青春少女，即男人气也会浸入少女的"女儿性"，那为什么还要那么强调婚嫁是女子的一种质变点？

复：除了佛，除了神，人人都有净、染二种子，都有净染二性，不仅男子如此，女子也是如此。你说得不错，已婚女子会受男子气所染，少女也是如此。我用净、染二法试做解释，不过是在说曹雪芹的女性立场和守持青春生命纯粹性的审美理想。也就是说，曹雪芹如果没有女性立场而是男权主义立场，思路可能就会完全相反，例如王夫人就可能持相反立场。用你的语言说，宝玉是个男性的女性主义者，而王夫人则是女性的男权主义者，在王夫人看来，不是女子被男性所污染，而是相反，是男性（她儿子）被女性所污染，恰恰金钏儿、晴雯、芳官等少女才是"污染源"，这些下等丫鬟奴婢戏子，才是"尤物""狐狸精"，宝玉就坏在她们身上。她的干净儿子完全中了晴雯的狐狸精之毒。中国历来的"女人即祸水"的观念，是确认女性对男性的污染。用净、染二性视角看，便会发现曹雪芹从根本上打破传统的"女人——不好""女人——尤物""女人——祸水"的观念。从祸水到净水，从尤物到天物，从染性到净性，这是多么巨大的变动！对青春少女婚嫁的担忧，也是对人性污染源头的一种认知。讲净、染二法时，把握了这一点很要紧。不过，应当强调的是，曹雪芹认为少女出嫁后会变成"死珠""鱼眼睛"，还包括着曹雪芹对中国社会、中国文化的一种深刻认识，或者说，是对中国伦理体系的一种深刻认识。他有一种天才的清明意识，比中国任何一个作家都更清醒地意识到：青春少女的乐园是个极为短暂的时空，她们的美与活力，全寄寓在这段时空中，一旦出嫁，她们将进入无所不在的中国大伦理系统，将进入包括"夫为妻纲"的三纲五常系统，由此也将无可选择地成为男人的附属品、点缀品，完全丧失个体生命的独立性，以至变成"死珠"似的丧失灵魂活力。生活在西方文化尤其是美国文化中的女子，未必能深刻地意识到这一点。西方的学者，尤其是西方的女性学者也不一定能理解曹雪芹这一清醒意识。西方现代女性都活在文艺复兴后个人尊严、个体生命价值充分觉醒的大语境中，她们在婚前具有独立性，在婚后也具有独立性，嫁前嫁后都可以独立地放射人性的光辉，这一点在中国伦理系统中则不可能实现，即使丈夫不剥夺你的独立，公婆也要剥夺你的自由。你再读读《孔雀东南飞》，看看兰芝那么好的一个女子，婆婆就硬是容不得她，非得把她整出家门不可。

　　梅：这是真的，西方的人文主义传统确实雄厚，即使是古希腊、古罗马，虽是奴隶社会，但又是公民社会，除了奴隶，其他人——包括女人——都有相对的独立性。

复：中国很不同。君臣之间、父子之间、夫妻之间、婆媳之间的关系，其等级层次非常森严。说得严重一些，便是女子一出嫁便没有自己了，没有自己的个性，没有自己的独立地位，甚至没有自己的人格。曹雪芹正是意识到青春少女婚嫁后将丧失自己，没有自己。我觉得，在18世纪的中国，能有这种意识，实在太特别，太难得，也极有深度。可惜西方女子，包括西方知识女子很难产生共鸣。

梅：东西方女性生活在很不相同的文化大背景中，你的这一点提醒对我很有启发。东西方的女性确实有不同的生存条件，不同的人文条件，不同的伦理条件。像"节烈""殉夫"等观念只能产生在中国的封建社会。

复：中国不仅与西欧不同，与俄罗斯也不同。彼得大帝改革后带入了西方的异质文化，女性也没有像中国这样被戴上沉重的伦理枷锁。我们看到的安娜·卡列尼娜，并没有以丈夫为纲，她拥有比中国妇女大得多的自由生活空间，婚后并没有完全丧失自己，她可以独自在彼得堡与莫斯科之间往来，可以在丈夫缺席的情况下独自参加上层社会的某些交往活动，这在中国是难以想象的。我不知道你有没有读过 A. 奥斯特洛夫斯基的剧本《大雷雨》（1860），其女主人公卡捷琳娜和她的婆婆卡巴诺娃的冲突反映出俄国也有封建宗法制度对妇女的压迫，也有女子婚后的困境。但从整个剧情看，我们发现卡捷琳娜的丈夫奇虹没有夫权的意识，他的思绪与中国男子浓厚的夫权意识大不相同。他在母亲的压力下有时也羞辱卡捷琳娜，但那是性格原因，并非夫权意识。与中国妇女出嫁后同时蒙受夫权、族权、神权、政权的四重压迫不同。卡捷琳娜受婆婆的气，严格地说，也不是宗法权的压迫。《红楼梦》的"嫁后死珠"思想，其深刻性就在于曹雪芹看到中国女子嫁后完全进入中国伦理系统，而这一系统的极其严酷，必定要榨干青春少女的全部生命活力。嫁后的女子如果真像卡捷琳娜还好，如果像《水浒传》中的潘金莲、潘巧云，那就要遭到最残暴的杀戮，连潘巧云的丫鬟都难逃被诛杀的命运。曹雪芹对中国妇女所处的社会环境，有一种超人的清醒意识，所以他才会做少女别出嫁的痴梦。

梅：你刚才强调大观园的女儿国"净"的一面，其实你在《红楼梦悟》中还强调了女儿国"灵"的一面。像黛玉这样充满了性灵的女性，在古典文学中是极少见的。我很喜欢张爱玲《红楼梦魇》用细节区分黛玉和宝钗的做法。她注意到"宝钗出场穿水绿色棉袄"，而写到黛玉时则几乎不写衣裙妆饰，只有唯一的两次，一次是"披着大红羽绉面，白狐里子的鹤氅"，还有一次是"外面罩着大红羽缎对襟褂子"，而这两次描写，用张爱玲的话来说："也是下雪，也是一色大红的外衣，没有镶滚，没有时间性，该不是偶然的。'世外仙姝寂寞林'应该有一种缥缈的感觉，不一定属于什么时代。"张爱玲还写道："写黛玉，就连面貌也几乎纯是神情，唯一具体的是'薄面含嗔'的'薄面'二字。通身没有一点细节，只是一种姿态，一个声音。"相对而言，宝钗因为比较世故，受时代的、礼教的束缚，就连她的衣裳和神情都很具体，与现实生活联系得比较紧密。从衣服妆饰的角度来看《红楼梦》真是典型的"张看"，是张爱玲的女性式独特视角，不过，从这一视角我们也看到，《红楼梦》对黛玉的性灵方面的塑造是极有开创性的。

第五章

女性的历史视角

一、父性向上之眼与母性向下之眼

梅：也许是学院的习性，我读《红楼梦悟》时很喜欢你所提醒的各种视角，曹雪芹具有不同于其他作家甚至不同于人文学者的各种视角，比如独特的审美视角，独特的哲学视角，独特的历史视角。我觉得这些视角的独特性，恰恰是它融入了女性视角。就历史视角来说，曹雪芹就有一种女性的历史视角。以往都把历史描述成男人的历史，权力的历史，而曹雪芹却扭转了这种历史视角，把历史视为也是女人的历史，人性的历史，甚至儿童的历史。

复：这确实是曹雪芹非常了不起的地方。"历史"在《红楼梦》中呈现为两种很特别的内涵，一是呈现在文本中的作者生活时代的历史真相，那是一种活的历史，活的时代见证。描述清代的史籍很多，但是，千万年之后，人们要了解清代的历史，要了解这个时代的政治、经济、文化、心理，哪一部史书都比不过《红楼梦》。这是因为它提供的历史，不是死历史，而是活历史，是有血有肉有情有泪的历史，是最本真、最本然的历史。曹雪芹是清代历史真相的最伟大的见证人。除了提供一个时代的"历史真相"之外，还有一点极为宝贵的就是提供了一个你刚才说的全新的"历史视角"。中国的历史框架，好像是两个人奠定的：一个是孔子，他所作的《春秋》是第一经典史籍；还有一个是司马迁，他的《史记》更是公认的史书经典极品。但是，他们所描述的历史也是大写的历史，即男人与权力的历史，都是扬弃女人与儿童的历史，即使有女人出现，也都是如吕后一类很坏的女人。曹雪芹确实扭转了这种历史眼睛，他把女人也视为历史主体，也参加创造历史。我很高兴你还注意到儿童。历来的史家眼里哪有儿童？孩子哪有资格进入史册？没有人提出过这个问题：儿童是不是注定要在史书上缺席？可是《红楼梦》展示的历史，却一大半是儿童的历史。贾宝玉周岁时抓脂粉钗环，那就是文化史。他和黛玉第一次见面，年龄也只有七八岁，他们谈论"四书"，谈论《古今人物通考》，也是历史。他们的恋爱经历多半是少年时代，也是广义的儿童。儿童对文化对人的感受最真实。这是官修史册永远阙如的。

梅：历史应该包括儿童的历史，你在《红楼梦悟》里也说过。我只是想在阐释上做些发挥和补充。关注儿童，这是母性的眼光，也是女性的普遍眼光。男性的眼光总是向上，总是把目光只投向宫廷，投向社会的塔顶，而女子的目光总是向下，特别是母性的目光，更是关注在地上爬动的婴儿。我说曹雪芹观看历史是用女性的眼睛，有一个意思便是说，他并不是眼睛朝上，不是把目光投向宫廷，而是把目光投向"下人"，投向丫鬟戏子，也投向孩子。《红楼梦》的主角其实是少男少女。宝玉、黛玉、宝钗、史湘云等，出身贵族，从小就读诗词文章，心性早熟，常被误认为是青年或成年，其实都是少男少女，是广义的儿童。母性的眼光投向他们，他们又用儿童的眼睛看世界。童言无忌，儿童对世界对历史的评价都不遵循惯性思维原则，有啥说啥。宝玉说："女子水作，男子泥作。"这是儿童眼里的世界。他还说："除'四书'外，杜撰的太多。"这是他对史书的评价。儿童的目光是母性女性的目光所派生的，率直、率真，没有先验的框架，没有知识的杂质。

复：你讲得很好。母性的眼光是朝下的，这一点以前我没有发现。男性的目光确实容易朝上，只看到宫廷、桂冠、帝王将相，只关注大人物，大写的人，不关注小人物，小写的人，不关注女子与儿童。《红楼梦》用女子的眼光看历史，还用儿童的眼光看历史，这一点是你的发现。你应抓住再做些阅读和开掘。年少时，我读安徒生的童话《皇帝的新衣》，他也是在说用儿童的眼睛看世界看历史会看出许多学问家与达官贵人看不到或不愿意正视的历史。其实，这种本真本然的眼睛恰恰是最好的历史眼睛。《红楼梦》中有这种眼睛，我以后也要多留心。

梅：观察历史的心障、眼障、语障都是发生在有知识之后。有知识本是好事，但太迷信知识，反而会把知识变成先验的知识框架。《红楼梦》的女子看历史，也扬弃"从来如此"的框架。你在《红楼梦悟》中谈林黛玉的《五美吟》与薛宝琴的《怀古十绝》，说她们眼里没有杂质，这种杂质，其实是概念，也就是佛家所说的法尘。

二、男人的中心眼睛和女子的中性眼睛

复：你再看看林黛玉的《五美吟》和薛宝琴的《怀古十绝》，就会发现这两个女子共同有一种柔性的、中性的眼睛。她们超越了帝王将相的眼光，也超越了史家的宫廷中心的眼光。中国史家的眼光很难摆脱以宫廷为中心的道统的眼界。薛宝琴的十绝从"赤壁沉埋水不流，徒留名姓载空舟"开始，全都超越功过、输赢、得失而评价历史人物，在她眼里，无论是胜利的英雄或失败的英雄，都带深刻的悲剧性。女子对

历史的介入，更是悲剧，只是她们在悲剧中往往闪射一些男子所没有的光泽，不为功名功业所遮蔽的光泽。

梅：宫廷中心，就是男权主义中心，从来的历史书，都是男人写的，都摆脱不了男权中心眼睛，但黛玉、宝琴摆脱了。林黛玉的《五美吟》写得很特别，我非常喜欢。比如写西施，通常史家们都赞西施而贬东施，只看到西施美丽的外表，却无视西施内心的痛苦和挣扎，但黛玉把"东施效颦"反写，让西施反去羡慕东施，因为后者虽然相貌丑陋，可是不用充当男人政治权力游戏中的棋子和政治工具，可以拥有自由自在的平实的生活，这是她的幸福，比西施幸福。黛玉的这个角度就不同于以往的男性文人，她关注的是女性的真实生命。写王昭君和绿珠时，黛玉针对的是把女人当作可以交换的"物件"的男权社会，女性无论是"瓦砾"还是"明珠"，在男人眼里都只不过是"物件"而已，早已被男权中心主义"物化"和"工具化"了，并没有做人的尊严。黛玉对这些被男权话语利用的女性们充满同情，对不平等的性别观念提出了尖锐的批评。写虞姬时，黛玉把她和项羽的部将黥布跟彭越对比，虽然身为女子，可是虞姬为了爱情敢于慷慨自刎于楚帐，远远胜于苟且偷生、投降刘邦而最后惨遭极刑的黥布和彭越。在黛玉的眼里，虞姬既不是"祸水"也不是"节妇"，而是能够把握自身生命的女子。黛玉写红拂时，非常赞赏她的勇气，虽然身为隋朝大臣杨素的侍女，却很有自己的个性，敢于选择自己的丈夫，敢于支配自己的身体和掌握自己的命运，敢于追求自我的价值和尊严，很像现代的"新女性"，有自己的独立人格。宝钗评论说："今日林妹妹这五首诗，亦可谓命意新奇，别开生面了。"其实，最是"命意新奇"的地方，就是从女性主义的角度来重新阐释中国历史，真切地关注女性的命运与情感，批判男权政治对女性的"奴化"与"物化"。从《五美吟》中，我们也可以看到黛玉强烈的女性主体意识。她自己就是一个才华横溢的女诗人，在大观园的所有女诗人中，她的诗最富有个性和灵性，有自己的语言和风格，从不随波逐流，从不做男权话语的传播者、布道者和应声虫。平日里，她也很有自己的见解，绝不会像宝钗那样，刻意地讨好王夫人，绝不扭曲自我而依附男权社会的传统价值。她和宝玉的爱情也是建立在男女平等、心灵相通、互相尊重的基础之上，是对旧式的男尊女卑婚姻模式的否定，跟现代的爱情观是相通的。除了她病恹恹的身子不像现代女性以外，她的才情和主体意识其实已经有了现代女性的影子。

复：黛玉写的《五美吟》实际上是为中国历史上的女性"正名"，是用女性的视角来重新看历史中的女性。尤其值得我们称道的是，她们都很自然地扬弃"国家目光"和"国家立场"，而用个体生命的目光与立场。用帝王将相的"国家眼睛"看女子是看不见东施的，只会看见西施，包括官方史学家们也只会赞赏西施，因为西施能做国家的工具，为国卖命，但在黛玉眼里，这未必是楷模。我每次读《五美吟》《怀古十绝》，或通读《红楼梦》，都想到当代女性、女权主义者应当把《红楼梦》作为第一经典阅读。关于女性主义的书籍，我没有你读得多。在有限的阅读中，给我印象很深的一些文章中，有蒂利·奥尔森的《沉默》，她曾描述许多国家多数妇女的处境，即社会对她们的印象与定位：

> 不洁；禁忌。鬼门关。……陪葬、祭葬、作为巫婆以火刑处死、因通奸被石头砸死。被拷打、被强奸、被当作商品。被买卖、做小老婆、当妓女、做白奴。被猎取、被践踏……深闺制度……文盲。没有地位。排斥在外，排斥在国会、仪式、活动、学问、语言之外，却既没有排斥她们的生物学上的原因，也没有经济原因。

《女权主义文学理论》，

湖南文艺出版社，1989年，第93页

蒂利·奥尔森所描述的状况，在宗法制度统治下的中国尤其严重，如果用她的语言方式描述，中国的妇女的情况大约也是："不洁，禁忌，鬼门关"，还可以再加上"祸水，妖精，狐狸精"等等。我所以要引述奥尔森的话，更重要的是她点破妇女的"没有地位"，被"排斥在外"。不过她只看到被排斥于现实政治文化活动之外，还没有看到被排斥在历史记录之外：在官方著写的大历史书中，没有妇女的地位，仿佛女人压根就没有参与历史的创造，倘若有（如吕后、武则天），也是祸害历史。曹雪芹不仅把女子从"不洁"变为最洁，把少女世界视为净水世界，而且完全拒绝"排斥在外"的偏见与专制。他把女子放入历史的中心，第七十八回"老学士闲征姽婳词　痴公子杜撰芙蓉诔"，写贾政、贾宝玉父子讴歌林四娘的故事，是非常重要的情节，这说明曹雪芹不是把女子看成历史的配角，而是把女子看作历史的主角，包括大历史——战争史的主角。

梅：薛宝琴的《怀古十绝》中有一首写王昭君的诗，居然把汉元帝讽刺成无用的"樗栎"，真是一绝，大胆地批评了当时把女性作为政治工具的"汉家制度"，实在令人称快。《怀古十绝》的最后两首诗，更是重新界定男性规定的关于"历史"的定义，吟唱了不属于正统文化历史中的《西厢记》和《牡丹亭》。这是典型的女性历史视角，用边缘人的眼光看所谓主流文化。宝琴诗发表后众女子的一段讨论，也非常有意思：

众人看了，都称奇道妙。宝钗先说道："前八首都是史鉴上有据的，后二首却无考，我们也不大懂得，不如另作两首为是。"黛玉忙拦道："这宝姐姐也忒'胶柱鼓瑟'，矫揉造作了。这两首虽于史鉴上无考，咱们虽不曾看这些外传，不知底里，难道咱们连两本戏也没有见过不成？那三岁孩子也知道，何况咱们？"探春便道："这话正是了。"李纨又道："况且他原是到过这个地方的。这两件事虽无考，古往今来，以讹传讹，好事者竟故意的弄出这古迹来以愚人。比如那年上京的时节，单是关夫子的坟，倒见了三四处。关夫子一生事业，皆是有据的，如何又有许多的坟？自然是后来人敬爱他生前为人，只怕从这敬爱上穿凿出来，也是有的。及至看《广舆记》上，不止关夫子的坟多，自古来有些名望的人，坟就不少，无考的古迹更多。如今这两首虽无考，凡说书唱戏，甚至于求的签上皆有注批，老小男女，俗语口头，人人皆知皆说的。况且又并不是看了'西厢''牡丹'的词曲，怕看了邪书。这竟无妨，只管留着。"宝钗听说，方罢了。

这段讨论实际上质疑了"正史"的真实性。即使连关公这样能够入正史的人物，后来也多出了这么些的坟，也一样无法考查。曹雪芹从女性的视角来看历史，完全跨越了历史和文学、正史和民间记忆的严格壁垒。

复：这段讨论，可看到黛玉的思想比宝钗更加"开放"，也符合禅的不执于一念、不执于一说的精神。禅破一切执，包括对关羽评价的文字之执。她不执"因"，也不执"果"，支持宝琴用自己的心灵把握历史。整部《红楼梦》都在破妄破执，以求精神上的解脱，这段讨论也是此一核心精神的一种表现。刚才我提到《红楼梦》改变官方大历史的"国家眼光"，把女子提升到历史主体的地位，这一点以后你可以留心一下。

三、历史的质在女子身上

梅：讴歌林四娘这一情节，我也注意到，但还是解不开一些困惑。贾政、贾宝玉的理念处处冲突，可是，对待林四娘却一致。贾政本是贾府中的儒家代表，骨子里也是女子"最难养也"，可是，他却让自己的子弟写赞美林四娘的诗，很不寻常。

复：宝玉赞美诗的第一句话是"恒王好武兼好色"，这个恒王本是明代的衡王朱祐楎，于弘治十二年镇守青州，而林四娘，据清代陈维崧《妇人集》、王士禛《池北偶谈》和蒲松龄《聊斋志异》记载，她本是明代青州衡王府官人。贾政在命题作诗之前介绍说："当日曾有一位王封曰恒王，出镇青州。这恒王最喜女色，且公余好武，因选了许多美女，日习武事。每公余辄开宴连日，令众美女习战斗攻拔之事。其姬中有姓林行四者，姿色既冠，且武艺更精，皆呼为林四娘。恒王最得意，遂超拔林四娘统辖诸姬，又呼为'姽婳将军'。"贾政在讲述林四娘的故事里做了"历史调包"，把恒王、林四娘置放到汉末"黄巾""赤眉"起义的年代，以遮耳目。其实，林四娘恰恰是明末青州的抗清英雄。贾政突然与幕友清客缅怀这段历史，也许是曹雪芹内心深处汉族文化良心的一次跃动，其深层内涵尤其是深层政治内涵不是我们一时可说清的。但从女性批评视角上说，历史上此次青州战争，是一场以女子为先锋为中心的战争。"纷纷将士只保身，青州眼见皆灰尘"，在男性队伍狼狈逃窜、江山蒙难之时，女将军突起，"不期忠义明闺阁，愤起恒王得意人。恒王得意数谁行，姽婳将军林四娘，号令秦姬驱赵女，艳李秾桃临战场"。这些女子不像男性将士只知保身，而是奋不顾身，不怕粉身碎骨，"贼势猖獗不可敌，柳折花残实可伤。魂依城郭家乡近，马践胭脂骨髓香"。她们最后全都战死沙场，义无反顾。战报传到天子皇帝那里时，只剩下一个大问题：

何事文武立朝纲，不及闺中林四娘。

满朝文臣武将，一律男性，但是所有这些所谓"国家栋梁"，在危难面前，全都束手无策，反而是一个女子，肩扛社稷安危的重担，毅然献身救国。《红楼梦》这一节真正在写历史，写一段战争史、流血史，这种历史场合向来没有女性的位置，但曹雪芹偏偏设置这样一个场合和舞台，在这个舞台上，女子不但不缺席，而且表现出一种压倒所有男子的英雄气概。这是女子从历史边缘走向历史中心的一个大情节。第七十八回，上半节写宝玉讴歌林四娘，下半节写宝玉祭颂晴雯，异曲同工，晴雯也是别一意义的巾帼英雄，也有一种男子所没有的气概。

梅：林四娘与晴雯的共同点是不怕死，尤三姐、鸳鸯也是不畏死。没有对死的恐怖，没有对功名、财富、权力的迷恋与牵挂，就会有勇敢。满朝百官不及林四娘的背后是不及林四娘的心灵状态。林四娘能放下功名之思，也就会放下胆怯。

复：不错，林四娘的杰出之处，不是她的力量，而是她的精神。她是一个失败的英雄，她战死了，"柳折花残"了，但她为人间留下一种精神，一种男子所没有的精神，满朝文臣武将所没有的精神。曹雪芹很了不起，他写这段历史，不是讴歌力量，而是讴歌精神；他礼赞的不是历史的"量"，而是历史的"质"，世界的"质"，这种质是真价值、大价值，但这种质并不在力量之中，而在精神之中。在力量的竞争中，胜利者并不一定代表历史之质，当然，失败者也不一定代表质，那些纷纷溃逃的将士能有什么质？但林四娘和她率领下的女性队伍，她们的不怕"雨淋白骨""马践胭脂"的精神，却是一种永恒的美，永恒的价值。不管是林黛玉的《五美吟》，还是贾宝玉这首歌颂林四娘的《姽婳词》，都是在赞美女性于历史活动中表现出一种男子所没有的生命"质"与历史"质"。因此，她们的牺牲死亡，她们所代表的"质"的毁灭，带有更深的悲剧性。相对于林黛玉和贾宝玉，薛宝琴的《怀古十绝》就差一些，她的诗尚未写出女性的质来。

梅：整部《红楼梦》很伟大的地方，正是写出中国女性——特别是少年女性——无与伦比的生命之质。她们的生命之质，又是历史之质、宇宙之质。代表世界之质的是少女，是女性净水世界，而非男性泥浊世界。进士、探花、榜眼、状元以及功名、皇冠、爵位、门第等都不代表世界的质，唯有人的心灵、人的精神、人的品格、人的才华能代表世界的质。质不在"物质"中，不在色中，质在精神中、生命中、灵魂中，这是曹雪芹的基本价值观，我觉得这是最正确、最伟大、最永恒的价值理念。刚才你对林四娘的价值阐释，给我很大启发。真的，胜负判断、成败判断并不等于价值判断。从力量上说，女子是弱者，但从精神上、性情上，女子则往往是强者，像晴雯这样的小丫鬟，社会地位最低，最没有力量，但她却代表天地人间中最高的质，所以宝玉在《芙蓉女儿诔》中说她"其为质则金玉不足喻其贵"。质、性、神、貌都是质，世界、宇宙的质不在金玉、冰雪、星日、花月之中，而在人的生命精神品性之中。读《红楼梦》，真该读出这种"质"来。

复：青春少女，勇敢少女，正是历史之质的代表。这便是曹雪芹的历史观。曹雪芹确实了不起。他通过小说确立了一种伟大的价值观。在功利的世界里，总是权力、财富的力量压倒精神的力量。人们只有权力崇拜、金钱崇拜、物质崇拜、力量崇拜。像晴雯所呈现的"质"，总是不被世界所承认，正如基督开始时不被世界所承认，苏格拉底不被雅典公民所承认。由于认识不了历史真正的"质"，所以社会便被暴力、权力与财富所支配，而真正的世界之质反而成为世界的罪人，或被毒死，或被送上十字架，或被当作狐狸精被逐出家园。功利的世界，金钱、暴力统治一切的世界，实际上是一个变质的世界，价值颠倒的世界，更向荒唐演大荒的世界，但是，人们习以为常，普遍认可。在两百年前，曹雪芹就对这种价值颠倒和世界变质具有最清醒的意识。《红楼梦》的巨大悲剧意义，正是林黛玉、晴雯这种最高生命品质毁灭所蕴含的意义。

第六章

通观美学与青春图式

一、曹雪芹的通观美学

梅：我读过一些谈论《红楼梦》美学的文章，至今还未抓住要领。这部小说的语言艺术、叙事艺术、审美形式说不尽，但从美学上说，什么是曹雪芹的美学观？换句话说，在曹雪芹看来，什么是美的本质、美的根源，他没有直接回答。我们能不能讨论一下这个问题。

复：我在《论〈红楼梦〉的哲学内涵》中已说过，曹雪芹的哲学是艺术家哲学，不是哲学家哲学，同样可以说，曹雪芹的美学不是哲学家美学，而是艺术家美学。哲学家的美学，从柏拉图到康德的美学，都是抽象的，脱离作家艺术家的具体实践（只有总体的历史实践），而艺术家美学则是艺术家创作实践中的美学。哲学家美学，用柏拉图的话说，探讨的是"美的共同理式"（普遍理式），是"美本身"，而不是具体的审美对象，也不是日常的审美经验，即不是漂亮的小姐，不是美丽的珠宝、花瓶等等。他们的问题是美和美感如何成为可能。而艺术家美学则离不开具体的审美对象，它的重心不是回答"美是什么"，而是如何实现美、创造美，把可能变成现实，把审美理想转化为审美形式。曹雪芹美学不是思辨美学，所以不能界定为哲学家美学。但是，他的巨大艺术实践和巨大艺术成果，在客观上却回答了"美是什么"，美的本质和美的根源在哪里。所以在探讨曹雪芹美学时，绝不能用现有的美学概念去"套"，而应多从他的巨大艺术实践总结出新的美学思想。只有这样做，我们的探讨才是有意义的，才不是多余的。

梅：《红楼梦》具有巨大的原创性，其小说叙事艺术在人类的文学创造史上，完全是一种巅峰现象。小说文本的原创性的背后是哲学观、美学观的独一无二。我这么讲，虽是逻辑的语言，但我相信，它的美学观需要我们开掘和表述。我迫切想听你说说它的美学。

复：把曹雪芹的美学界定为艺术家美学，并不是说曹雪芹把美学等同于艺术，也不是说曹雪芹的美学观等于曹雪芹的艺术观，这一点极为重要。虽然他的美学是艺术家美学，但他的美学观却大于艺术观，或者说，他的美学观是一种通观美学，观万物万有的美学。它是对宇宙、人类、世界，尤其是对生命，包括人的生命和自然界生命的审美把握，不仅是对艺术的审美把握。因此，也可以说，曹雪芹的审美观，就是他的世界观、生命观、宇宙观。我们说他不是哲学家的美学，只是说他的把握方式不是哲学家的逻辑方式，而是艺术家的感性方式，他的审美观不是由抽象的理性的语言表述，而是由具体的、感性的语言表述。等会儿我们一定会讨论到曹雪芹最崇尚的少女，这是曹雪芹的主要审美对象，但这不是艺术，而是生命。"女儿"是曹雪芹眼中的世界之核，宇宙之心。他"为天地立心"，立的是"青春少女"这个美丽之心。

二、女儿本体论

梅：作家的思想，除了直接表述之外，主要还是通过作品表述，即不是直说，而是曲说，是通过作品中的人物、情节、结构、细节等方式呈现。与哲学家的哲学相比，作家的思想一般都深藏于作品深处，更需开掘。什么是美？哲学家可以直接回答，直接定义，而作家则只能曲折回答。按照你刚才的说法，曹雪芹的审美观大于艺术观，这就是说，《红楼梦》中的诗学（林黛玉、薛宝钗、贾宝玉都有关于诗的见解，李纨也有）不等于就是曹雪芹的美学。但是，无论是哲学家美学，还是艺术家（作家、诗人）美学，都必须直接或间接地回答什么是美。你能不能说说，曹雪芹是怎么回答的？

复:《红楼梦》美学，本可以作为一个学术专题认真研究。也许你可以做。今天我讲的也许可作为你的思考提纲。我觉得，美是什么，美的本质与根源在哪里，《红楼梦》的全书已做了回答。答案异常明确：美是生命，美是青春生命，尤其是少女的青春生命。"女儿"二字，就是美的根源，美的本质。可以这么说，曹雪芹的美学论就是女儿本体论，即青春生命本体论。少女，既是曹雪芹的"美的本质"，又是曹雪芹的根本审美对象。

我用如此彻底的语言来论说曹雪芹的美学之核，仍然觉得尚未尽意。所以我想借用康德的那个全世界都知道的表述方式来说明。他的形上伦理学最后的结论是从天上到地下，只有两样东西是最灿烂的，就是"天上的星辰，地上的道德律"。那么，我们现在就该做这样的表述，曹雪芹的审美宇宙图式是：

天上的星辰，
地上的"女儿"。

康德的伦理宇宙图式，强调的是道德的纯粹形式和绝对性，因此导引出道德律令与内心的绝对命令，而曹雪芹的审美宇宙图式则强调少女的纯粹美感，结果导引出青春生命的绝对价值和女儿不要嫁不要死的痴情大梦。

梅：这样表述真的彻底了。康德强调的是道德理性，曹雪芹强调的是生命价值。但他们都把人视为目的王国的成员而非工具王国的成员，在贾宝玉眼里，"女儿"就是目的，他到人间来一回，就是为了观赏女儿的美，领略女儿的情，他说他只托生一回，而这一回结束时（死时）只求有女儿眼泪的送别，这显然既是美学观，又是人生观。以前你也说过美即生命，今天你把《红楼梦》的美学观做此表述，美的定义也更为彻底。《红楼梦》确实洋溢着青春生命，把少女生命放在至高无上的价值塔尖上。

复：表述得彻底，是因为曹雪芹的美学观本身非常彻底。在价值塔上，他把"女儿"放在阿弥陀佛与元始天尊之上。在审美塔上，他用曲笔通过贾雨村描述甄府中的那个学生——甄宝玉时说得很透彻。尚未"浪子回头"的甄宝玉，就是贾宝玉。甄、贾宝玉二而一，是一体的两面，"假作真时真亦假，无为有处还无"。甄宝玉本真时这样说："必得两个女儿伴着我读书，我方能认得字，心里也明白；不然我自己心里糊涂。"又常对跟他的小厮们说："这女儿两个字，极尊贵、极清净的，比那阿弥陀佛、元始天尊的这两个宝号还更尊荣无对的呢！"这就是曹雪芹的价值观，女儿至上、青春生命至上的价值观，这一价值观也是美学观。极尊贵者极清净。唯识宗讲净染二法，曹雪芹主要是呈现禅宗思想，全书浸透禅宗的不二法门，唯独对人世间却用净染二法加以自然分际，分为以男子为主体的泥浊世界和以女儿为主体的净水世界。我说曹雪芹打破一切尊卑、贵贱、善恶、好坏、内外的界限，贯彻不二法门，却守住了美丑之分，也就是净染之分，这不是"分别"，而是"了别"，即自然分别。曹雪芹很特别，他的哲学不属于既有的某一家。因此，七八岁时的贾宝玉也才说出与童年甄宝玉同样意思的话："女儿是水作的骨肉，男人是泥作的骨肉。我见了女儿，我便清爽；见了男子，便觉浊臭逼人。"（第二回）《红楼梦》在开篇第二回中，就把"女儿"这一核心价值确立起来，即把美之核心确立起来。所谓"女儿"，既非嫁出的女子，也非混沌未凿的女婴，而是指青春少女，即已萌动了恋情的"姑娘"。在曹雪芹的审美系统中，正是这种"女儿"，被放置于美的巅峰，被视为集天地精华的奇观。曹雪芹也把花卉草木星星月亮等大自然的美视为审美对象，但他特别把人的生命景观——尤其是少女的青春生命景观——视为天地间第一美景，确认这是美的根本。女儿是美的轴心，万物、万有都跟着这一轴心转，也都在这一轴心面前黯然失色。

梅：中外古今的作家艺术家，好像找不到第二个像曹雪芹这样彻底地把青春生命提到这么高的地位，提到美的本质的高度上，提高到超乎神圣价值（阿弥陀佛等）的高度。

复：没有，绝对没有。没有一个如此彻底。大哲学，精彩的哲学，都应具有彻底性。我们应当特别注意的是，曹雪芹的美学观，又是曹雪芹的价值观、世界观、宇宙观。也就是说，曹雪芹的美学是一种大观美学，是用大观的审美眼睛看一切，包括看世界、看宇宙、看人生、看生命。李纨作为诗社的批评家，她评诗判诗的水平，这也是审美，但此时的审美对象只是诗，只是艺术。贾元春省亲时看弟妹们的诗，也是面对艺术的审美。贾政率领宝玉和一群清客给大观园各馆命名，他的选择也是艺术批评，也是审美，然而，这都属于小观美学。大观美学的审视范畴大于艺术美学与艺术批评范畴，美学大于艺术学。美学如果仅以艺术为对象为主题就会变成小观美学。曹雪芹的大观美学以世界、宇宙、人生为审美对象。他审视人，审美"女儿"，审视世界、宇宙的一部分，所以他把这部分视为天地精英毓秀的结晶，视为世界净水领域的主体。

梅：中国的诗说、词说、小说评点都属小观美学，但孔子、老子、庄子、慧能的思想中则有大观美学。我正在做庄子的课题，觉得庄子的《逍遥游》，也有一种大观眼睛，他的审美观也是他的世界观。

复：中国的通观美学实际上是以审美的态度去立身、去知人、去论世、去把握宇宙真谛。《红楼梦》可视为中国美学的正典，它呈现了中国大观美学的全部特色。《红楼梦》中一切梦境，都是他的美学观对象化的结果，无论是地上的大观园与诗国还是天上的太虚幻境、警幻仙境，都是其美学观的对象化，但也是他的世界理想，他的"理想国"。曹雪芹的审美理想与人生理想、社会理想几乎是同一的。

梅：曹雪芹梦境中的核心是少女，是清一色的少女，也就是说，他的世界之核是少女。他的大观美学并非笼统的美学，而是非常具体、非常感性、非常独特的美学。

复：曹雪芹唯一牵挂的就是那些可爱的青春生命。贾宝玉只为她们发呆、流泪、痛哭，只为她们的消失悲伤。《红楼梦》的审美是对生命的审美，对青春的审美，对少女的审美，对女儿国的审美。《红楼梦》的艺术魅力就来自这里，它的诗意源泉就在这里。毫不含糊，毫不摇摆，唯一牵挂、唯一欣赏的就是少女的美貌、心灵与青春活力。

梅：曹雪芹把美的根源定位于青春生命，除了女性，应当也包括男性，即除了少女，也包括美少年，如秦钟、水溶、蒋玉菡等，当然，少女是第一位的。

复：不错，凡是青春生命他都欣赏，只是真正美的源泉是少女。秦钟所以也让宝玉倾心，也是因为他带有少女的柔美和多情之美。贾宝玉本身也是如此，带有少女的柔性美。

梅：贾宝玉是个男性的女性主义者。要说"男人的一半是女人"，他倒是典型的一个。

复：你用"男人的一半是女人"来形容贾宝玉，十分贴切。宝玉在自然生命的层面上是男性，但在性情层面上则几乎是女性，在心灵层面上更属于净水世界。他不是"花"（女性）却又是花主（绛洞花主），女性之王。因此，他的审美也超越性别。你记得贾宝玉第一次见到秦钟的印象吗？他简直在秦钟的美貌面前吓呆了，只觉得相形见绌，觉得自己虽然出身豪门贵胄，但在美之前，显得污浊不堪，只有羞愧，可见他对美是何等醉心，何等倾倒。对秦钟如此，更不用说对秦可卿，也更不用说在林黛玉、晴雯等少女面前是何等崇拜了。贾宝玉不在乎权势、财富、功名，也不在乎各种偶像，唯一拜倒的就是青春生命，这是对美的投入，对美的倾倒。很特别、很彻底的一种审美态度。

梅：对秦钟的一见钟情，见到的只是身体，只是外表形体，贾宝玉就如此倾倒。他好像不考虑我们现在所说的内在的心灵美。

复：贾宝玉对人的形体美貌有种特别的敏感。青春生命首先是貌美，是肌体的美，贾宝玉天然地醉心这种外在美。古希腊的审美何尝不是如此。希腊和特洛伊为海伦而战争，还不是为海伦的绝世美貌！希腊雕塑中，无论是女性的维纳斯还是男性的掷铁饼者，都是形体的魅力。曹雪芹并不知道希腊的审美历史，但他的天性与希腊的审美天性相通。然而，这并不意味着曹雪芹的审美触角不进入生命的内部。相反，曹雪芹更为倾倒的是那些既有形体之美而且拥有精神之美与心灵之美的生命，如林黛玉的生命。也因此，他才有对黛玉的特别依恋。不管是贵族还是"下人"，只要美就好，身为下贱，并不影响其身体之美，更不用说比天还高的心灵之美了。曹雪芹对生命的审美，是真正打破尊卑、打破贵贱、打破等级等功利界限的审美，是纯粹的审美。

三、质美、性美、神美、貌美

复：曹雪芹美学观的彻底性自然会呈现为审美的纯粹性，如同大画家梵高那种不知市场和世俗评价的纯粹性。贾宝玉看芳官看呆了，也是一种纯粹性，并没有任何占有欲。其实他对晴雯、鸳鸯等都没有占有欲。所谓"意淫"，便是没有占有欲望与占有行为的对美女子的醉心，这便是审美。意淫，也可以解释为通过想象实现对审美对象的爱欲。这是曹雪芹很特别的一种思想，不同于柏拉图的精神之恋。可是曹雪芹的时代还没有"美学"一说，自然也不会使用审美这个概念。其实，曹雪芹是以对少女的审美关注代替宗教偶像崇拜的第一人，是近代以美育代宗教的真正先驱者。他那以"女儿"生命代替阿弥陀佛元始天尊的勇敢设想，正是近现代审美理想的伟大曙光，也是青春生命在大地上站立起来的伟大号角。在曹雪芹的价值图式里，站在第一级位置的竟是青春少女，不是神灵偶像。换句话说，神灵的权威与启示，还不如少女生命的青春气息。因此，在《红楼梦》中代表至真至美至善的，不是神，不是佛，不是帝王将相，不是圣人圣贤，而是少女生命的纯粹主体，不为世俗功利所污染的纯粹主体。贾宝玉对林黛玉的爱，其深度超过对宝钗也在于此。林黛玉完全超功名、超功利，虽有小脾气，却有赤子之心，带有更多的天真天籁，因此，在宝玉心目中就显得更可爱更美。宝钗的形体是少女中最完美的，但因为心存世故，而且总是要劝说宝玉走仕途经济之路，摆脱不了功利之思，这就削弱了她的美。可见，贾宝玉所体现的曹雪芹的审美观，是进入人的内心的，那是曹雪芹的另一个本体性宇宙，那里的无尽灵性与无尽之美，曹雪芹显然也激赏不已。贾宝玉在《芙蓉女儿诔》中讴歌晴雯之美，包括内外四维："质""性""神""貌"。（其为质则金玉不足喻其贵，其为性则冰雪不足喻其洁，其为神则星日不足喻其精，其为貌则花月不足喻其色。）四项中唯有貌属形体之美，其他的质、性、神三项皆属内在的灵魂之美。曹雪芹的梦中人，情痴情圣，应具有内外相应的完整的美。四美兼而有之，是曹雪芹的审美理想。

梅：要说美即超功利，曹雪芹倒是一个范例。只要青春生命在，他就悬搁世俗的一切概念和一切功利尺度，直观生命之美，顾不得其他了。最高的美，不是物，也不是神，而是人，是人的年轻生命，这种彻底的美学观给我们以巨大的启迪。我们不要到天上到彼岸世界去寻找美，也不应该在此岸世界的功利场上和珠宝堆中去寻找美，而应当在人的生命尤其是青春生命中去寻找、去发现。这些美就在我们身边，就在我们附近。

复：不错，美就在附近，美的资源就在附近，就在你的友人、你的学生身上，就在你的小宝宝身上。所以我在"红楼悟语"中说，中国文学史上有两只大"天眼"，两个美的大发现家：一个是陶渊明，他发现身边的田园农舍、旧林南山这些平凡之地的无尽之美；一个是曹雪芹，他发现身边的姐妹、丫鬟、戏子这些平常女子的无尽之美。陶渊明的审美对象是大自然，曹雪芹的审美对象是青春生命。两人都把自己的发现推向极致，都呈现为高度的艺术美，举世无双的纯粹美。

梅：曹雪芹对青春生命之美的发现，真是惊天动地。

所以他用十年的日日夜夜，辛苦耕耘写作，塑造出不同类型的美，建构了生命美的系列。这真是奇迹。在中国文学史乃至全世界的文学史上，我们似乎找不到如此丰富、灿烂的至真至美生命系列。中国古典长篇小说中也塑造女子形象，但多数都只有美丽的外表，不能在质、性、神、貌等四个维度上全面让人倾心。《三国演义》形体最美的要算貂蝉与孙夫人，却都成了政治工具。《水浒传》的女子多数被歪曲，要么是魔女，要么是尤物，唯有扈三娘武艺高强又漂亮，但是看不到她的性情。《金瓶梅》的妇人系列，多半欲望压倒性情，谈不上精神品质和高贵气质。《西游记》虽有童心，有天真，但其中最可爱的观音菩萨，是神而不是人，至于其他女子形象，则多半是妖精。吴承恩好像也不会欣赏少女青春之美。倒是《聊斋志异》中有些深情女子可爱，虽然被赋予狐精的外壳，但仍然可感受她们的青春气息和生命之美，像那个笑个不停的婴宁就显得非常可爱。但与《红楼梦》的"女儿"们相比，其生命的文化含量和诗意含量，就显得单薄。

复：在人类文学史上，可以和曹雪芹媲美的是莎士比亚，他也塑造了诗意女子生命系列，美不胜收。其中也有让世界倾倒的少女形象，青春生命形象，如朱丽叶，成了世界公认的"情圣"，还有《哈姆雷特》中的奥菲利亚，都是质、性、神、貌四者兼备。莎士比亚的美学观与曹雪芹不同，他并不认为女子嫁人之后就成了死珠子，像埃及女王克丽奥佩特拉，嫁给两个罗马英雄，仍然充满生命魅力。我们不能要求文学作品都要具备莎士比亚和曹雪芹的美学观。有些作品，例如但丁的《神曲》和塞万提斯的《堂吉诃德》，它们通过另一种方式呈现美，也无不可。但不可否认，曹雪芹确实创造了美的奇观，青春生命之美的奇观。

　　梅：在《红楼梦》众女子中，能体现曹雪芹最高审美理想的大约是林黛玉与晴雯。这两个形象兼有质美、性美、神美、貌美。曹雪芹的审美理想是兼美的理想，是兼有形美与神美，内在美与外在美的理想。到美国来读书，接受较多西方说法，所以我在许多文章中都特别注意女性身体，喜欢分析身体语言，但是，完整的深邃的美毕竟应当是内美外美兼有，时间没法剥夺的、最为珍贵的毕竟是心灵之美。林黛玉与晴雯内心都有一种高傲，一种没有奴颜媚骨的高傲。这种高傲，正是人的尊严。曹雪芹的审美，有一个不可忽略的要点，便是对这种尊严美的欣赏。你在"红楼悟语"中说，林黛玉是引导贾宝玉的"第一女神"，晴雯是引导贾宝玉的"第二女神"，真是这样。晴雯临终时铰下指甲赠给宝玉并对宝玉说的一席话，真是人权独立宣言，美极了。没有这篇宣言的激发，宝玉可能就写不出《芙蓉女儿诔》这篇千古绝唱。

复：曹雪芹把青春生命视为美的根本，把生命的质美、性美、神美、貌美视为美的内涵，这是生命美的四个维度。把握四大维度，再加上天才的大手笔诉诸形象，便形成完备的审美理想。第二十三回，宝玉刚搬进大观园，兴奋之余写了几首即兴诗，其中有句"枕上轻寒窗外雨，眼前春色梦中人"。所谓"梦中人"，就是理想中人，小说中的十二钗都是梦中人，而宝玉身心深处的第一、第二梦中人应是林黛玉和晴雯，她们俩的特点确实是四美兼有，尤其是内心远离世俗的泥浊。两人都被界定为芙蓉仙子，即处污泥而不染，自有一番高洁高贵。在中国，要守持内心的骄傲与尊严是很难的事，但她们两个都用生命护卫了自己的骄傲，实现了"质本洁来还洁去"的人生之旅。在《红楼梦》诸女子中，她们俩抵达了美的制高点。在曹雪芹的审美眼睛中，黛、晴两人正是四维空间的生命宇宙。美极了！

梅：曹雪芹把青春生命的景观视为美的根本，但他似乎并不要求这种生命的绝对完美，例如，晴雯就有许多缺点。

四、情痴、情毒、情悟

复：这是很重要的一点。曹雪芹呈现的是人之美，不是神之美。神可以完美无缺，没有缺点弱点，但人之美总是有缺陷的美。有缺陷才是人，才是真实的美。分析曹雪芹的人性系统与审美系统，我们可以归纳出他对于人，包括对于青春生命的三点最重要的见解：一，人，尤其是青春生命的每一个个体都是珍贵的，无论何种出身、何种地位的生命都是价值无量的；二，人，包括很可爱的青春女子，都无须尽善尽美，她们可以有缺点，甚至有严重缺点，这些缺点并不影响美；三，应当给这些美好生命以生命尊严，伤害她们的身心乃是人间的第一等大事。曹雪芹笔下最可爱的人物林黛玉、晴雯等都有许多缺点。贾宝玉本身也是如此。

梅：林黛玉属于"情痴""情绝"，"痴绝"，一旦痴到了绝，就会产生嫉妒。我把嫉妒视为"情毒"。在《金庸小说中的性别政治》中，我特别提到《红楼梦》的"情痴""情毒"描写。我念一遍给你听：《红楼梦》以来的中国古典浪漫文学传统，有关'情痴'与'情毒'的描写比比皆是。似乎情不痴、不毒，就不足以达到一定的美学效果。中了情毒的女子，如《红楼梦》中的林黛玉不惜自伤或自毁，最后又义无反顾地投入死亡的怀抱中。晚清的狎邪小说把'情毒'移植到青楼的风月言情中，产生一批爱情至上主义者，如《花月痕》的刘秋痕毅然以身殉情，《海上花列传》的李漱芳不惜慢性地摧残自己的身体，直至死亡。民国时期的鸳鸯蝴蝶派，如徐枕亚的《玉梨魂》亦延续了这种充满病态与死亡的情痴与情毒。"我还谈到金庸笔下的梅超风、李莫愁等自虐型的情毒。不知你同意不同意我的这些看法。

复：你在1998年金庸的小说讨论会上讲了这一观点，我至今还有印象。我觉得以"情痴"来描写林黛玉当然是对的，但用"情毒"则未必妥当。《红楼梦》中有情毒，那是沾上男人的毒素所造成的病态，如王熙凤、夏金桂就是。她俩形体都很漂亮，前者且不说，后者在宝玉眼里"举止形容也不怪厉，一般是鲜花嫩柳，与众姊妹不差上下的人"（第八十回）。一个形体如鲜花嫩柳的人，一旦为人性的毒液所侵蚀，内心失去天真宁静，便会如蛇蝎狼虎，远离青春生命之美。这种人性的崩溃，正是美的崩溃。曹雪芹的审美眼睛除了对青春进行审视，也对青春变质进行审视。从美学大范畴上划分，林黛玉等青春生命的毁灭属于悲剧，夏金桂等生命的变形变态属于荒诞剧。

梅：王熙凤、夏金桂属于"恶之花"，金庸笔下的梅超风、李莫愁也属于"恶之花"。林黛玉则是至真至柔的美之花，是完全不同的质。但王熙凤、夏金桂的童孩时代、少女时代或许也拥有真纯。金庸的梅超风，开始也是一个天真烂漫的女孩子，因为惧怕师父黄药师而和丈夫私奔，并练就"九阴白骨爪"。可是，师父的名字成了她的符咒和重压。用"情毒"这两个字描写梅超风、李莫愁是很恰切的。用在王熙凤身上也是贴切的，贾琏的一切外遇都使她产生"情毒"，特别是对尤二姐，她更是以其毒而加以杀害。这之前，她"毒设相思局"（第十二回）把贾瑞置于死地，也是一种情毒阴谋。还有夏金桂，她作践香菱、作践一家，连宝玉都想不通怎么会有"这等样性情"，"奇之至极"（第八十回）。王熙凤和夏金桂都是中了嫉妒之毒而变成虐待狂。林黛玉虽也会嫉妒，但与王熙凤、夏金桂这种嫉妒完全不同。黛玉的嫉妒没有任何侵略性、攻击性，不伤害他人。她的嫉妒"止"于自愁，"止"于嘲讽，不过是深情的一种表现形式而已。嫉妒时的情感仍然很真很美。曹雪芹的审美理想，是古典式的纯情美，林黛玉的嫉妒也体现着这种审美理想。

复：这样解释就更有说服力了。林黛玉和夏金桂的嫉妒有质的不同，这是情痴与情毒的区别。你能给林黛玉摘掉"情毒"的帽子，我很高兴。林黛玉和贾宝玉都有一个从情痴到情悟的过程。尤三姐"耻情而觉"，也是因情而悟。黛玉烧诗稿，宝玉出家，也是悟到人间没有情爱的自由，最该"执"的最美好的东西，也归于空。这是曹雪芹的悲观主义。但由此悲观，才有对世界人生困境清醒的认识。

第三辑

第七章

父与子的冲突

一、贾政的焦虑

梅：你常和我谈起《红楼梦》父与子（贾政与贾宝玉）冲突的多重内涵，但我没有记录。这个题目是小说的主旨之一，我想再深入一些和你讨论。

复：父与子的冲突，是文学的重大母题之一。但是，往往是指父辈与子辈两代人由于时代的推演而形成的矛盾，即两代人的代沟，例如屠格涅夫的《父与子》就是这样的主题。但《红楼梦》中贾政与贾宝玉的冲突，其意义要广泛与深邃得多。他们不是两个时代的代表，而是时间长河中两种人性、两种价值观、两种立身态度、两种生存状态的冲突。正是涉及如此普遍性的课题，才值得我们认真思索。

梅：两种人生观、世界观，两种人性与两种立身态度，不是时代性问题，而是时间性、永恒性问题。

复：不错。有些父与子的冲突，其内涵是非常肤浅的，例如贾赦与贾琏、贾珍与贾蓉之间也有冲突，但只是皮毛的、情绪性的、面子性的小利益的冲突，其矛盾没有灵魂的内涵，不值得我们去多费心思。但贾政与贾宝玉的冲突不同，其矛盾涉及社会学、文化学、伦理学、美学、哲学等多重内涵。

梅：贾政与宝玉的冲突，有灵魂的层面，人生观的层面，但又有利益的层面。贾政恨宝玉，恐怕也是从家族的利益出发，恨铁不成钢。

复：首先当然是利益的冲突。这对父子的冲突非常激烈。从宝玉满一周岁时，贾政要试他的将来志向，便把世上所有之物摆了无数，让他来抓取，宝玉偏偏一概不取，伸手只把些脂粉钗环抓来，那一时刻，贾政就大怒地叫喊："将来酒色之徒耳！"可见冲突是从宝玉有知觉就开始了。后来贾政那样毒打宝玉，实在是积恨太久，对宝玉太失望了。贾政如此失望、如此愤怒，当然是家族利益问题。第二回冷子兴介绍贾府时说："更有一件大事：谁知这样钟鸣鼎食之家，翰墨诗书之族，如今的儿孙，竟一代不如一代了。"这种"一代不如一代"、后继无人的危机，即"断后"的危机，在贾府中感受最深最痛彻的是贾政，秦可卿、王熙凤也敏感到，但痛彻肺腑的是贾政，只有他才真正明白这是"头等大事"，致命大事。在中国宗族社会中，无后是天大的事，贾政不是无后，而是大儿子贾珠夭折，贾环是个劣种，本可期待的贾宝玉却完全是个"好色之徒"，一个拒绝"齐家治国平天下"的异端孽障。这样，贾府到了宝玉这一代，就没有接班人了。

梅：贾氏是世袭贵族，宝玉虽然痛恨科举，不也可以承袭爵号吗？

复：贾政是个叫作"员外郎"的部员，中等官衔。他的胞兄贾赦世袭荣国公爵号。但是并不是所有的贵族子弟都封爵，例如贾蓉，他只能买了个虚衔。而且，宋代之后，由于科举的充分发展，出现许多白衣卿相，社会风气也随之变化，人们愈来愈瞧不起只靠门第没有功名的贵族子弟，在那种历史场合中，具有家族责任感的贾政，其焦虑是可以理解的。他焦虑的是"家族"，而不是制度。宝玉不是反封建的自觉战士，贾政也不是维护封建制度的自觉卫士，他只是一个自觉的有责任感的家族的优秀子孙。

二、正统与异端

梅：所以你一直不赞成把贾政和贾宝玉这对父与子的

冲突界定为封建与反封建的冲突。

复：这种界定太意识形态化，也太本质化。我和你说过，本质化就是简单化。我不认为贾宝玉有预设性的反叛。他的思想与行为虽有挑战性，但不是刻意造反，不是刻意把父亲当作封建主义的代表人物加以抗争。贾宝玉拒绝正统所设置的道路和"从来如此"的理念，是个异端性人物，但不是一个反对封建制度的自觉战士。如果把宝玉界定为"战士"，以为他也企图改造社会、改造世界，那就变成一种妄念，一种强加给贾宝玉也是强加给曹雪芹的妄念。

梅：你把贾宝玉视为异端性人物。那么，贾政与贾宝玉的冲突，是否可视为正统与异端的冲突？

复：可以这么看。贾政的"政"与"正"字相通。王熙凤称探春是"正人"，第一个意思是嫡系正统子孙，第二个意思是指正派、正经之人。贾政的名字也可做此解读。如果我们再把意思伸延一下，则可认为贾政乃是儒家正统代表，他和儿子贾宝玉的冲突，是正人与槛外人的冲突，也就是道统与异端的冲突。妙玉称自己是"畸人""槛外人"，其实，《红楼梦》中最大的槛外人是贾宝玉和林黛玉。这个"槛"，既是狭义的铁门槛，又是广义的文化理念之槛。在贾政眼里，宝玉这个"孽障"，走得太远了，家门之槛、族门之槛、道统之槛、道德之槛、圣贤之槛、科场之槛，全都走出去了，甚至连贵贱有别、尊卑有别、男女有别等槛也跨越过去了，完全是个逆子。槛外人就是异端，《红楼梦》是中国文学、文化史上最伟大的异端之书。

梅：贾政正如你所说，是贾府里的孔夫子，崇尚孔孟等圣贤之书，也把孔孟的儒统视为正统、道统，而贾宝玉恰恰在这个根本点上与贾政冲突。

复：不错。当时读什么书，崇尚什么典籍，不是小事，而是人生道路的选择。一个非常有趣也非常重要的细节是第七十八回，曹雪芹在描写贾政对两个儿子（宝玉和贾环）的印象时，对宝玉做了如此评价："那宝玉虽不算是个读书人，然亏他天性聪敏，且素喜好些杂书……"今天我们会觉得很奇怪，宝玉那么有才气，读了那么多书，贾政竟然认为他"不算读书人"。我们觉得怪，但在贾政看来，读诗词读杂书不算读书，唯有读圣贤和八股文章才算读书，而所谓圣贤书和八股文章，其实都是谋取功名和官位的敲门砖而已。宝玉天性酷爱自由，拒绝走仕途经济之路，当然也就不喜欢阅读那些枯燥无味、没有灵性的"文章"。第三回《西江月》词对他的描述中有"潦倒不通世务，愚顽怕读文章"，正是他的写照。宝玉这种"乖张"，在当时的贵族侯门之家是很严重的事，完全背离正统规定的人生道路，从根本上违反"修身齐家治国平天下"的儒家目标。这不能不使贾政大失所望。最让贾政伤心的便是宝玉远离圣贤远离正道，做了"于国于家无望"的选择。这种选择完全是异端的选择。

梅：贾政对宝玉的拒绝圣贤、"怕读文章"非常愤怒，是从家族的利益原则出发，这还属于形下层面，如果从形上层面看，贾政是不是觉得宝玉违背儒家伦理、儒家哲学，太偏于禅庄哲学甚至整个佛释哲学？

复：贾政的儒家立场是比较彻底的。儒家有形上层面，也有形下层面，但基点是形下。这一点，几十年前张君劢先生在《儒家哲学之复兴》中就已指出。这就是说，贾政更关注的是现实利益，但是，他并没有毁僧谤佛。儒与佛有矛盾。唐代韩愈站在儒的极端立场，作《谏迎佛骨表》，反对迎供佛骨，惹怒了唐宪宗，差点被处死，幸而宰相裴度等人竭力求情，才免于一死，改贬放潮州刺史。在韩愈的道统眼睛看来，佛是异端。但是，除了韩愈的这种极端立场外，许多士大夫并不觉得儒、释不可调和，韩愈的同时代人柳宗元就觉得两者可以互通。宋明之后，许多崇儒的士大夫也追求"禅悦"，以禅味为雅味，有的甚至一面当儒士，一面当居士，最后甚至儒、道、释合一。鲁迅先生在《吃教》一文中说过这样一段话："中国自南北朝以来，凡有文人学士，道士和尚，大抵以'无特操'为特色的。晋以来的名流，每一个人总有三种小玩意，一是《论语》和《孝经》，二是《老子》，三是《维摩诘经》，不但采作谈资，并且常常作一点注解。唐有三教辩论，后来变成大家打诨；所谓名儒，作几篇伽蓝碑文也不算什么大事。宋儒道貌岸然，而窃取禅师的语录。清呢，去今不远，我们还可以知道儒者的相信《太上感应篇》和《文昌帝君阴骘文》，并且会请和尚到家里来拜忏。"我们看到贾府里也是三教并存，贾宝玉丢了那块口衔的宝玉，贾政也不会反对请和尚道士来念佛念咒。贾母到清虚观祈福，妙玉在贾府的栊翠庵当带发尼姑，贾敬炼丹，迎春读《太上感应篇》，可以并举并置，因此，不能笼统地说，靠近佛就是异端。贾宝玉的异端性，是不仅不把孔孟之道看在眼里，一直未能听信警幻仙子关于"委身孔孟之道"的劝诫，而且也不迷信释、道偶像，以致把"女儿"二字放在阿弥陀佛和元始天尊之上。一个公然宣称"女儿"二字比阿弥陀佛和元始天尊还尊贵的人，不是佛道的异端是什么？可是，也没有那么简单。贾宝玉是禅宗式或者说是慧能式的异端，他没有任何偶像崇拜，也不热衷于释道的表相文章，但对于儒、道、释三家深层的文化内涵、哲学内涵，他还是敬重的。例如他反对儒的典章制度与意识形态，却仍然是个孝子，很重亲情，很孝顺父母；他调侃佛、道的表面文章，却不排斥"心诚"的信仰。特别是对于禅宗的超脱态度和大乘佛教破一切执的深层启迪，他比任何人都更深地心领神会，因此，他才能破一切"槛"的限制，包括破"文死谏，武死战"的道统之槛以及八股取士的科场之槛，成为一个彻里彻外的槛外人。贾政与贾宝玉的冲突，不是笼统意义上的儒与释的冲突，而是正统的槛内人与异端的槛外人的冲突。当然，对于贾政来说，宝玉最不该的是打破了道统、学统这个大槛。曹雪芹笔下这个主人公，其异端内涵非常特别，很难用某种文化冲突、哲学冲突去概括。

三、世俗贵族与精神贵族

梅：宝玉周岁时就本能地抓住胭脂钗环，这不是意识层面的行为，而是潜意识层面的行为，本能的行为。这说明日后他的选择，包括"愚顽怕读文章"、乖张拒绝科场之路，都是天性使然。

复：出自天性的东西更难变动。理念可以变，但天性难变。宝玉的自然性情、女儿倾慕、平等情怀都不是观念，所以父亲的棍棒打不掉。同样，一个基督教徒，具有天生的慈悲心灵与入教后才接受慈悲理念是有区别的，后者容易变。能修炼到不变就很了不起。贾宝玉具有天生的善根、慧根，他的选择是他的根性所决定的，这让他的父亲母亲特别气恼。

梅：宝玉的对人平等态度、兼爱泛爱精神恐怕也是善根使然。他那么自然地打破贵贱、尊卑、内外等级森严的界限，呈现一种感天动地的平民精神，也使固守贵族等级观的父母大为恼火。贾政痛打宝玉，虽是两个个体生命的冲突，虽不能说是两代文化代表的冲突，但也包括着很深的文化内涵。

复：贾政痛打宝玉，把父子的冲突推向高峰，几乎接近你死我活。这一事件值得剖析一下。贾政的凶猛出手，固然是长期积恨的结果，但导火线的两个原因值得注意：一是忠顺王府的长史官来讨亲王的宠伶琪官，暴露了宝玉私藏蒋玉菡的秘密；二是贾环进谗诬陷，说金钏儿跳井自杀是宝玉"强奸不遂"造成的。两件事在贾政看来都是极为严重的大事，都损害贾家面子，大坏门风，尤其是第一件事，还涉及与其他王公权贵的关系，更是生死攸关。因此，他在气头上骂那些劝阻的人说："你们问问他干的勾当可饶不可饶？素日皆是你们这些人把他酿坏了，到这步田地还来解劝。明日酿到他弑君杀父，你们才不劝不成！"（第三十三回）这里贾政骂出"弑君杀父"四个字才是要害。换句话说，贾政已认定宝玉犯了不忠不孝的违背儒家最高伦理道德的罪，绝对不可饶恕。这种判断，是道统法庭的判断。在我们今天看来，宝玉只是做了两件出自自然天性的性情之事，任何一个具有自由天性的人都可能做出的事。至于金钏儿跳井，那倒是大事，但这是王夫人一手造成的。贾政不分青红皂白，如此给贾宝玉"上纲上线"，不做任何"调查研究"，倒真正是一种残酷的父权专制。

只是他的棍子不能简单地意识形态化为封建专制棍子，倒是一种以忠孝为本的儒文化棍子。贾宝玉私匿戏子和片刻调情，也不是什么反封建。

梅：宝玉是有越轨行为，有悖于儒家"非礼勿视，非礼勿动"的圣贤遗训，但不是预设性的对封建意识形态和封建制度的反抗。这场冲突，我们宁可视为两个个体生命的冲突，自然生命与道德生命的冲突。这样阐释也许比那种"封建与反封建的斗争"的解说更合理。

复：不过，这场爆发性的激烈冲突，也辐射多方面的内容，其中有一项是贵族等级观念与平民精神的冲突。宝玉作为一个贵族子弟，他身上却有一种很了不起的打破贵族与平民界限的精神。不仅齐物，还齐人，这是庄子的齐物精神，也是慧能的不二法门。我说宝玉具有基督、释迦式的大慈悲，就体现在这种无分别的立身待人态度中。在贾政心目中，皇上与臣子、上等人与下等人，泾渭分明，不可混淆。而宝玉偏偏内与丫鬟戏子厮混，外与蒋玉菡、柳湘莲等三教九流的"边缘人"鬼混，这还了得！

梅：蒋玉菡这些戏子，的确都属"边缘人"，但宝玉视他们为朋友。宝玉的平等心性，非常彻底。曹雪芹用"身为下贱，心比天高"形容晴雯。宝玉也是如此看人，不看人在世俗社会上的位置，而观其心灵是否高尚纯正。只有浊净的自然分野，没有等级的高低分别。他书写《芙蓉女儿诔》是把一个奴隶抬到天使的高度上，当然也远比贵族老爷太太们高尚高洁。宝玉这种心性真是一种生命奇观。可惜贾政完全不明白。

复：宝玉天然具有平民精神，但他又天然具有贵族精神。五四运动中，陈独秀在《文学革命论》中提出要"推倒贵族文学"，没有分清贵族特权与贵族精神的概念，在大概念上发生错位。反对贵族特权有其历史合理性，但不可笼统反对贵族精神。贵族精神的核心是"自尊"，很讲人的尊严、人的骄傲，严守做人的道德边界。像贾赦、贾琏、贾蓉这些人已完全丧失贵族精神，没有道德底线，反而是宝玉具有贵族精神，他尊重下人，也尊重其他一切人，包括非常尊重他的父母，没有任何野蛮与下流行径。尼采的问题是维护贵族等级偏见，宣布要向下等人开战，但他概括的贵族精神却是对的。曹雪芹既从根本上扬弃贵族等级观念又持守贵族的高贵精神，体现在宝玉身上也是如此，他"外不殊俗，内不失正"（嵇康语），就是在世俗社会中没有等级观念，不与众生分别分殊，但内心却保持贵族的尊严和心灵准则。贾政相反，他在外头很摆贵族姿态，内里却也会徇私舞弊，如对贾雨村放纵薛蟠一案，他实际上是同谋。

梅：《红楼梦》本身也是贵族文学，或者说是具有平民精神的贵族文学。贾宝玉和林黛玉、薛宝钗及大观园诗社中的女诗人们不仅是一般的贵族，而且是精神贵族。父与子的冲突，是否也可视为世俗贵族与精神贵族的冲突？

复：你的这一看法很好。宝钗称宝玉为"富贵闲人"，富贵而且闲散。这闲散态度，就是放得下的态度，富贵闲人也就是精神贵族。从贾母到黛玉、宝玉、史湘云等，都是精神贵族。精神贵族的特点是与现实社会功利拉开距离，拥有自己的心灵时空。贾政是富贵大忙人，缺少这种时空，即使有，心性上也放不下，无法超越权力、财富、功名的羁绊。贾政那么蔑视诗词、小说，未能看透八股文章，便是骨子里被功名所牵制，自然也当不上精神贵族。但世俗贵族也有其存在的理由。他们遵循的是世俗生活原则和社会性伦理，而精神贵族则是想跳出世俗原则。贾政与贾宝玉的冲突，用当代哲学语言去把握，便是世界原则与宇宙原则的冲突。而如果用佛教哲学语言去把握，则是俗谛与真谛的冲突。佛教讲真俗二谛，谛即真理。真理有世俗真理与超越真理之分。世界原则讲的是俗谛，宇宙原则讲的是真谛，两者都有理由。

四、世界原则和宇宙原则

梅：你和林岗在《罪与文学》关于《红楼梦》的一章，指出林黛玉与薛宝钗所呈现的不同精神理念是曹雪芹灵魂的悖论。林黛玉负载的是中国文化中重自然、重自由、重个体生命的一脉，而薛宝钗负载的是重伦理、重教化、重秩序的一脉。曹雪芹在当时的历史语境中，心灵的天平倾向于前一脉，呼唤的是对个体生命尊严与自由的尊重，但并不攻击后一脉。看来宝钗很认同贾政的俗谛即世界原则。

复：是的，抓住悖论，也许可以更深地探索曹雪芹灵魂深处的奥秘。我和林岗所讲的这对悖论，不仅是中国文化的悖论，应当也是人类世界大文化的悖论，这是永恒的两种大原则、两种基本价值观的矛盾与冲突。前者属于世界原则，强调国家价值、群体价值、生存秩序价值，后者属于宇宙原则，强调超越价值、个体生命的价值，两者都有充分理由。但是伟大的文学家一定强调国家是人的公仆，不会强调人是国家的公仆。俄罗斯文学在19世纪创立了两座无可争议的文学巅峰：托尔斯泰和陀思妥耶夫斯基，正是他们两位打通了文学与宗教，把握了世界原则与宇宙原则的悖论，特别强调了高于世界原则的宇宙原则。世界原则就是贾政、薛宝钗遵循的秩序、伦理、教化等，而宇宙原则则是贾宝玉、林黛玉所强调的与天地独往独来生命自由的原则。

梅：世界原则与宇宙原则的冲突，面包原则（社会功利）与心灵原则的冲突，你和林岗在阐释《卡拉马佐夫兄弟》中的大法官寓言时说得格外清楚。宗教大法官在政教合一的世界里，他代表面包和秩序，因此，当代表自由和个体生命尊严的基督出现在面前时，他反而惊慌失措，请求基督走开，不要来影响正在运作中的世界秩序。

复：贾政就像那个大法官，他遵循世界原则，当基督似的贾宝玉出现时，他觉得不自在，觉得影响贾府的世界秩序，因此总想让宝玉走开。薛宝钗毫无疑问也爱宝玉，但也明白宝玉的言行有碍贵族生活秩序。因此，她在冲突中是认同父辈的原则的。黛玉和宝玉的这种情爱则符合宇宙原则，但不符合世界原则，或者说，符合心灵原则，但不符合功利原则。作为贵族之家的责任承担者，贾政和他的母亲是不能不把功利原则放在优先地位的。而作为伟大的文学家的曹雪芹，他可以理解贾政、贾母的立场，但不能认同这种立场。他只能把心灵原则、宇宙／生命原则放在至高无上的地位从而确立他的精神坐标。

梅：但是，薛宝钗与贾母不同，她本身是个年轻、美丽的生命，难道她不考虑自身生命的价值吗？

复：这正是薛宝钗的悲剧所在。她是个活生生的青春生命，但她不像林黛玉那样去努力实现自己的生命要求和情爱要求，而是努力遵循世界原则而压抑生命原则，把生命激情压向内心深处。她不是无情，而是把情压抑下来，压到秩序之中，压到道德裁判所允许的范围内。她服从的秩序，包括社会秩序、家族秩序、道德秩序，并不是最高的价值，支配这种价值背后的那种力量，并非宇宙间最高的质。在曹雪芹看来，最高的质应是超越这种力量的另一种永恒的东西，那就是情。把情扑灭下去，符合世界原则，但不符合宇宙／生命原则。薛宝钗是服从秩序原则对情进行自我消解与自我扑灭的悲剧，而林黛玉则是被秩序与道德的合力所扑灭。林、薛两者都带有很深刻的悲剧性。

梅：说宝钗"任是无情也动人"可做表层阅读，解释为她虽冷然，但还是美丽动人；也可做深层阅读，解释为你刚才所说的是一种自我压抑，一种很深的悲剧美。不过，宝玉对于宝钗未必理解到这一层吧。

复：也许是。但宝玉对宝钗最为反感的是她有时甚至作为秩序的代言人来教导他。也就是说，自我压抑也就罢了，还要去压抑别人。这就是说，宝钗并没有意识到她在自我压抑，而是感到自己具有顺从的美德。因此，她在批评、教导宝玉时是具有道德的优越感的。这也说明，重伦理、重秩序这套世界原则已进入宝钗的潜意识层面，这实际上是更深的悲剧。宝玉感到困惑，怎么好端端的一个干净"女儿"，也染上国贼禄鬼的病毒，劝他走仕途经济之路。我觉得王国维了不起，在德国哲学中，他选择了康德、叔本华，没有选择黑格尔。黑格尔认定精神是在国家、历史的力量中实现，自由是必然之果，是认识了的必然。康德则强调人乃是目的王国的成员，并非实现国家目的与历史目的的工具。精神也应当通过自由个体的人去实现，王国维确认《红楼梦》不是政治的、历史的、国民的，而是宇宙的、哲学的，意义非常重大，这就为《红楼梦》的评论奠定了最正确、最坚实的基础。曹雪芹通过贾宝玉这一形象的人生选择，也是在说明，精神与智慧只能通过自由个体去完成，不是通过国家机器的组织力量去完成。科举，仕途经济之路不是产生智慧的道路而是堵塞智慧的道路。当所有的读书人都被科举、八股的概念抓住了灵魂的时候，这个民族与组成民族的生命个体必定失去活力。《红楼梦》受佛教的影响很深，但作品中没有菩萨相、释迦牟尼相，它把"释"内在化了，变成人身上的一种比常人状态更高的也更美的神性。贾宝玉、林黛玉身上都有神性、灵魂性。这是因果报应等低级说教无法相比的。《金瓶梅》最后那点因果说教，放在《红楼梦》这一灵魂镜子之下，显得十分粗浅粗陋，完全是画蛇添足。

梅：与贾宝玉、林黛玉相比，贾政、薛宝钗就缺乏神性，而更多地表现出世俗性，其生活原则是世俗原则。你说宝玉黛玉是天国之恋，宝钗和宝玉则是世俗之恋，真是这样。所以王熙凤病的时候，主持贾府家政的是宝钗、探春和李纨，她们三个人做人的态度遵循的都是世界原则，即功利—道德原则，要维持贾府的利益和秩序，要有所"算计"，除了拥有"诗"的头脑，还得有数学的头脑。不能像宝玉那样全然不管得失兴衰。宝玉也爱探春这样能干的姐妹，但对探春的精打细算甚有微词，对于贾宝玉来说，守持生命本真和守持灵魂活力才要紧，不可追逐功利，更不可走仕途之路，所以当薛宝钗劝他走这条路时，他的反应异常强烈，强烈到失去对宝钗的敬意，强烈到几乎在骂人（他从不骂人，没有骂人的生命机能）。

复：虽说林黛玉（包括贾宝玉）与薛宝钗是曹雪芹灵魂的悖论，但其灵魂的倾向、灵魂的重心还是清楚的。灵魂的倾向不是政治倾向。我不喜欢文学的政治倾向性，但喜欢超越政治倾向的灵魂倾向。这里有内外之别。灵魂的倾向总在内心中。政治倾向往往要表露在口号、概念和浅露的态度上，因此也往往损害文学。宗教倾向也有这种危险，太外露就变成对上帝的阐释，变成说教。托尔斯泰和陀思妥耶夫斯基两人都有很强的宗教感，但都很了不起地把上帝内在化了，上帝变成人身上的一种神性与灵魂性。曹雪芹也是如此，其实，宝玉和贾政的矛盾也可以视为曹雪芹灵魂悖论的一部分，也就是，此一冲突，也是灵魂中生存原则与存在原则的冲突，世俗原则与超越原则的冲突，功利原则与审美原则的冲突。这种冲突不是"是与非""善与恶""天使与魔鬼"的冲突，而是人的灵魂走向的冲突。与此相似，贾宝玉和甄宝玉的冲突，贾宝玉和秦钟的分别，都属于世界原则与宇宙原则的悖论。甄宝玉在贾宝玉面前所发的那一番"酸论",其实是符合世界原则、符合人间世俗法的,正像探春持家时认为每一朵鲜花、每一根芦苇都值钱的理念也都符合人间世俗法,并不是恶,也不是"非"。在甄宝玉、探春看来,即在世界原则的价值眼睛看来,贾宝玉乃是不知生活,不懂生活,不晓得生活的编排与秩序;而在贾宝玉看来,即在宇宙原则的天眼看来,甄宝玉、探春则是不知生活的根本,不知生命的深度,不知有比财富价值、权力价值、名位价值更高的价值。

梅:贾宝玉作为在人间生活的一个人,他的心灵虽然拥有宇宙原则,但他毕竟也得生存,因此又不能不遵循世界原则。因此,他其实又是一个孝子,对祖母、父亲、母亲都很敬重,并不违背孝道。对兄弟姐妹都很有感情,亲情很重。他虽然挑战"文死谏,武死战"的道统,挑战仕途经济之路,但并不是造反者,也没有"反封建"的意识形态,他只是反抗那种束缚生命自由、妨碍性情自然发展的理念和制度。

复:贾宝玉的确也遵循世界原则,但不是循规蹈矩者。他的性格之核不是顺从,而是正直。他并不追求神圣,因此也不是道德家,但他追求真实,天生一副正直心肠,这种性格使他远离虚伪,远离一切面具,也远离一切腐儒酸论,因此,也构成对道统儒统等世界原则的挑战,其身心也负载着变革文化旧套的意义。遵循世界原则并不是贾宝玉的特征，超越世界原则才是贾宝玉的特征。

梅：中国的世界原则比西方可能更为完善。由贾政所体现的世界原则不仅是意识形态与典章制度、家族制度、国家制度，而且是人的行为模式与情感态度。这种原则经过两千多年的浸染和推行，甚至已进入我们的深层心理。中国人的世界原则对人的规定，是严格的礼教位置和家族位置的规定，这种规定使人首先不是个体、自由人，而是体制人、关系人。因此，人首先是臣子、儿子、妻子、侄子，然后才是独立的人。五四运动反对孔夫子，说到底是反对这种规定。在这种规定中，男人不是人，妇女更不是人，儿童也不是人。所以大家才公认"五四"是发现人的运动。曹雪芹在思想层面上早已完成了这种发现。他无法接受儒家对人的规定。在孔子的世界原则中，唯女子与小人最难养也，曹雪芹正好给他翻个个：认定唯少年女子最聪明、最美丽、最可爱。对于我，作为"女儿"，我能接受孔夫子，能把"亲情"看成很高的价值。但作为一个个体生命，我永远无法去当一个《论语》的鼓动者。作为一个女性主义者，本身就是《论语》的异端。《红楼梦》永远让我感到亲切，但《论语》绝对不可能让我感到亲切。

复：你只能接受林黛玉，不可能接受薛宝钗。这是从文化立场上说。但是，你的日常生活态度，并没有完全拒绝薛宝钗，你很重亲情，很重家庭伦理，心理上靠近孔夫子。曹雪芹可能也有这种矛盾与困境。人是很丰富的存在，所以我才要讲悖论，不用单一的政治意识形态来界定薛宝钗、林黛玉，也不要把曹雪芹及其人格化身贾宝玉界定为反封建的革命者。

梅：用世界原则与宇宙原则的冲突来看待《红楼梦》，比用封建与反封建的冲突来看待更能接近《红楼梦》的真实。你曾讲述陀思妥耶夫斯基的《罪与罚》，乃是天上原则（即宇宙上帝原则）与地上原则（即世俗法律原则）的冲突——杀掉那个苛刻、贪婪的放高利贷的老太太，如同除掉一个反上帝的恶魔，似乎无罪，而杀人无论如何是触犯世间的法律的，是绝对有罪的。最后在他的善良的、天使般的恋人面前，承认自己的罪，因此他听到了良心的呼唤。

复：《红楼梦》很主要的冲突是父与子的冲突。这对父子冲突的内涵极为丰富，它是重秩序、重伦理、重教化的文化理念与重自然、重自由、重个体的文化理念的冲突。也是道统与非道统的冲突，又是走仕途经济之路与反仕途经济之路的冲突，但最深刻也是最永恒的冲突是世界／世俗原则与宇宙／生命原则的冲突。贾政代表世界原则，因此他寻求在世界上的权力、地位、财富、荣耀，遵循维护世俗世界的基本秩序与规范，包括政治秩序、道德秩序与文化秩序。他读的书，说的话，走的路都与此相关。而贾宝玉则超越世界原则，他不愿意让有限的生命被捆绑在世界规范里，托生到地球走一回，他仍然带着天使的特点与眼光来寻觅他在地上最美的事物，结果他发现最美最有价值的不是常人众人所沉醉的权力、财富与功名，而是如诗如画的青春女子。他瞧不起那些汲汲于名利的国贼禄鬼，而倾心于那些远离名利争夺的净、洁生命；他不喜欢那些发着朽味的八股文章，而喜欢那些散发青春气息的诗词歌赋。在贾政看来，自己的儿子大有问题，太不争气，从世界原则上说，这是有理由的，因为宝玉的这种性格与脾气将导致贾府的没落与崩溃，丧失在世俗世界的存身之所。陀思妥耶夫斯基《卡拉马佐夫兄弟》中"宗教大法官"一节，那位宗教大法官，代表的正是世界原则，也可以说是面包原则，过日子原则，因此，当他看到基督出现时，他不仅不欢迎，而且请基督离开，祈求基督不要来影响他们已经编排好的生活秩序。大法官知道，基督身上负载的是宇宙原则，这一原则势必与世界原则冲突。陀思妥耶夫斯基通过宗教大法官的寓言，深刻地揭示了人类功利活动与心灵活动的悖论，相应地，也揭示支撑功利活动的世界原则和支撑心灵活动的宇宙原则的悖论。林岗和我合著的《罪与文学》，讲的正是这对悖论。文学艺术是心灵活动，它无法完全按照世界原则进行思考与写作，它必定对世界原则有所超越与反思。《红楼梦》之梦，《红楼梦》之审美理想，都是宇宙原则的光泽。

　　梅：《三国演义》《水浒传》《儒林外史》《金瓶梅》等长篇小说，好像都没有世界原则与宇宙原则的冲突。

　　复：没有。这些小说只有不同的世界原则的冲突，没有宇宙原则介入后的冲突。换句话说，都只有世间因缘法，没有宇宙超越法。《桃花扇》也没有，所以王国维才说它是国民的、政治的、历史的，不像《红楼梦》是宇宙的。

第八章

两种人生状态

一、人生的本与末

梅：读《红楼梦悟》，老想到书中的核心概念：悟，悟证，本真，诗意状态，无立足境，文学圣经等等，想和你谈论的问题很多。在讨论之前，我先告诉你一则读者很好的评价，你不上网，可能还不知道。这是广州一位读者的评论：

> 这是我近日读到的一本好书。但现在我没有时间做一个详细的读书笔记，而且也觉得实在无法"笔记"，因为刘再复是用一颗丰富的心灵对《红楼梦》进行深度的阅读、感悟、审

美、思考，因此全书皆是发覆，高度凝练，句句点睛。任何解读，都是画蛇添足。

从本书的开篇，就彻底颠覆了我从前对《红楼梦》的认识。就好像自己从来没有读过一样。也终于明白，以后是需用生命去一遍一遍地领悟《红楼梦》。

刘再复说，在去国的十多年间，只要《红楼梦》在身边，故乡就在身边。他把《红楼梦》视为中国文化的无尽宝藏，中国文学乃至文化的艺术最高点，用"艺术大自在"来概括《红楼梦》的艺术形式。这种用心灵去阅读，和一般人用头脑去阅读，高下立见。

我读《红楼梦》，也看评论，也看连环画影视作品戴敦邦绘画，但从来没有像《红楼梦悟》带给我如此大的震撼和感动。改变了我看事情想问题的眼界和视野。或许是因为，《红楼梦》乃有阅历之人写给有阅历之人看的，也是写给有心人看的。

本书名为《红楼梦悟》，乃是与俞平伯《红楼梦辨》相对。后书是我以前最爱的一本《红楼梦》评论，第一次让我知道《红楼梦》考证也是有趣的。俞平伯先生在晚年曾指出，世人看《红楼梦》，要多发掘《红楼梦》的人性宝藏。真正做到此的，便是刘再复先生这本《红楼梦悟》了吧。

刘再复先生在此书中推崇两位研究《红楼梦》的大家。一是王国维，二是俞平伯。王首先发现《红楼梦》的悲剧性和美学价值，但刘再复先生觉得都还不够，他认为《红楼梦》不仅是大悲剧，也是喜剧，是荒诞剧。人生的荒诞，舍本逐末，在《红楼梦》中表现得淋漓尽致。这真是一个巨大的发现，而读者如我，却从来不知不觉。

……

复：这位读者对《红楼梦》很熟悉，而且是个有思想的人。她的评论不长，但都说到点子上，要谢谢她的鼓励。她读出我在强调人生不可"舍本逐末"，很对。我读《红楼梦》正是读到了"本"，悟到了"本"。这个"本"就是生命本身，就是生命的本真本然状态，心灵的质朴状态。《好了歌》嘲讽世人殚思竭虑追求的外在之物，如权力、财富、功名等，都是生存的需要，但归根结底，这不是"本"，而是"末"。在曹雪芹看来，看不见的本，非实体的本，才有实在性，而那些末，那些物色、财色、器色等，可视可见，虽为实体，反而没有实在性，所以才叫作"色空"。我们不能读了几十年的书，探索了几十年的人生哲学，最后还不知道人生的根本是什么，世界的根本是什么。

梅：你发现《红楼梦》不仅是个悲剧巨著，而且是荒诞剧巨著，《好了歌》正是荒诞歌。而所谓荒诞，也可以说是本末倒置，妄行妄为，只知争名夺利，沽名钓誉，巧取豪夺，为身外之物机关算尽，却不知守住心灵中那些最美好的东西。这样就会出现"又向荒唐演大荒"的荒诞剧。从这个意义上说，《好了歌》又是醒世歌、警世歌，比冯梦龙编的《醒世恒言》深刻透彻，"三言二拍"也有人生提醒，但都是较浅显的因果提醒，不像《红楼梦》这种根本提醒，而且是高度审美性质的大提醒。

复：老子的《道德经》呼唤"复归于婴儿""复归于朴""复归于无极"，也就是复归于生命的根本，回到生命的本真状态。老子用自己的原创的语言与思想，提醒人们不要陷入"末"中。在他看来，巧智、小知、小聪明都是"末"，物质技术与生存技巧也是"末"。贾宝玉在与薛宝钗的论辩中，强调"赤子之心"才是本，意思与老子相同。林黛玉帮助贾宝玉守护的也是宝玉的本，即宝玉的生命自然。贾宝玉是个诗人，诗人之本，就是诗人的赤子之心。王国维在《人间词话》中也强调了这一点，强调有"真"，有赤子之心，才有境界。王熙凤极端聪明，但没有境界，她离诗很远。薛宝钗与林黛玉的差别，是人生境界的差别，林黛玉更真，更近太初太极，一点生存技巧都不懂。她是自然人，不是"做"出来的人，所以她总是被他者觉得不懂得"做人"，不如宝钗那样会"做人"。

梅：你以前曾对我说过，应当拒绝当薛宝钗，我不明白是什么意思。现在才知道你是在说不要像薛宝钗那样"世故"，那样会"做人"，说话做事都想迎合别人的心理。其实，要守住人生的根本和心灵的原则，就不能不让一些人不高兴。"率性之谓道"，林黛玉不知生存技巧，率性而言而为，倒是接近人生的根本。宝钗太讲究生存策略，太多迎合与俯就，离道反而远一些。

复：作为诗人、作家，最为重要的是要有一种独立不移的精神品格，确认生命只属于自己，率性而写，该说的话就说，不情愿说的话就不说，不必迎合他人与社会，更不要让他人的意志来牵制自己的思维。林黛玉的诗写得最好，境界最高，首先是她本身的生命状态就是最好的一首诗，没有任何世故的一首诗。贾宝玉的生命本身也是一首绝妙的诗，堪称千古绝唱。他没有常人的一些机能，例如，他没有妒忌的机能，没有贪婪的机能，没有仇恨的机能，没有作伪的机能，当然也没有世故的机能。没有这类机能的生命，才是"本真"，才称得上美。

二、《好了歌》与大乘止观哲学

梅：你说《好了歌》具有多重意蕴，多重暗示。把"好"字读作女子（女＋子＝好），《好了歌》便是女子的挽歌，诗意生命的挽歌。此时，《好了歌》是悲剧之歌。但"好"也可解释为"色"，而"了"则是"空"。世人都为金银娇妻争得头破血流，到头来还是骷髅一具，化入"土馒头"中，此时《好了歌》则可解为色空之歌，喜剧之歌。你有时还读作生死歌、宴席歌。千里搭长棚的宴席终有一散，也是再好总有一了；人生再辉煌腾达，哪怕身为帝王将相，也终究难免一死。最近你所写下的"悟语"，又把"好"与"了"做出"观"与"止"的解读，重心是感悟《红楼梦》的止观哲学，即人生行为应止于何处，这也涉及根本，涉及哲学，你能不能再说得更详细一些。

复：《好了歌》的内容很丰富，其中一项关键性的内容是佛教的"了义"与"不了义"。了义是真义，彻悟之义，知"了"、知止、知放下，便是彻悟。不知"了"、不知止、不明了义，就永远舍本逐末地荒唐下去。中国哲学、佛教哲学都很重视"止观"。从字面解，止是住处、栖宿处，从哲理意义上说，就是归宿之处、终结之处、终极之处。宇宙人生有没有止境，有没有终极之地，本身就是一个大问题。如果先放下这个终极哲学问题，那也得面对一个人生索求何物、止于何处的问题。这样说来，就有一个大止观，一个小止观。我们通常说的"知止"，是儒家的止，还属于小止观。儒家经典《大学》一开篇就点明要义："大学之道，在明明德，在亲民，在止于至善。"明明德，亲民，这是理念与行为，是观与行，最后要归宿到至善，进入道德境界。止观，观止，就像好与了，是一个事物的两面，即一体两面。佛教很讲止观，大乘经典上就说"法性寂然是止，法性常照是观"，也讲止，其圆寂，就是止，修炼一生就求一个圆满的止，即大圆融、大冲融、大慈悲、大智慧的终结。所以"止"乃是离一切相（我相、人相、众生相、寿者相等），弃一切法一切缘。我读禅宗，读慧能，觉得它的止观，概而言之，便是观即看破，止即放下。把一切妄念、幻相、偏执、分别都放下，就是止。悟到空，彻底看破，彻底放下，就是大止了。

梅：老是读《古文观止》，却不知"观止"二字大有哲学，也大有来历。按你刚才所言，观是入门，止才是空门，也就是说，观是生存于万物万相之中而"察言观色"。通达人间形形色色，然后才看破超越，归宿到对世界本质人生本质彻底的了解。《古文观止》选本，也是先阅尽天下之文章，然后才了解最后的智慧所在。如果用观与止的视角看《红楼梦》，你觉得曹雪芹是止于何处？与儒家的"止于至善"有何区别？

复：浸透《红楼梦》全书的是佛教"观"与"止"的二大法门，内涵极为丰富，儒家学说无法可比。刚才我说，观是看破，止是放下。也可做另一阐释，止是定，观是慧。《六祖坛经》所讲的不二法门，便是定、慧不二，止、观不二。大观园便是大慧园，并非你所说的"察言观色"那么简单。佛教的观作为一种大法门，至少得用一部著作才能说清。你只要了解，观不是只用眼睛看，而是用六根（眼、耳、鼻、舌、身、意）的全部根性去感悟把握宇宙人生，既观世界，也观自在。《心经》一开篇就讲"观自在"。儒家所说的观与止，只是对世俗世界的观察与归结，没有佛教的深广内涵。儒的止是止于道德境界，《红楼梦》的止则是止于佛教的澄明境界、宇宙境界，即空境、莲境，甚至"空空境""无无境"。不了解佛教哲学，就无法进入《红楼梦》精神的深渊。

梅：《红楼梦》的宇宙境界大于家国境界，也大于道德境界，那么，它是不是与道德境界无法兼容？

复：我在《论〈红楼梦〉的哲学内涵》一章中，说《红楼梦》哲学是一个兼容诸家的哲学大自在，内涵非常丰富，对儒家"亲亲"等深层意识也不排斥。在世俗世界，宝玉不喜读孔孟圣贤书，却是一个孝子。不过，他和黛玉对宇宙人生的思索，又跳出世俗世界。《红楼梦》的哲学基石是"色空"，是禅宗的不二法门，它泯灭主客界限，也泯灭是非、真假、善恶等世俗定义的分别界限，所以它也不会有"止于至善"这种理念，相应地，它也绝对不会设立道德法庭。《红楼梦》不是止于道德境，而是止于宇宙境、澄明境，即最高哲学境。但《红楼梦》是文学作品，是史诗，它的哲学境又是诗境，哲学通过诗句、诗情、诗国、诗意生命来呈现，因此，它的止境也是诗化的止境。林黛玉就一直在寻找止境，叩问："天尽头，何处有香丘？"这是具体的带有人间性的止境，而她真正悟到的止境则是形而上意味的"质本洁来还洁去"的洁境，无立足境，这也是放下万相万缘的空境，空空境。她最后焚掉诗稿，就是彻底放下，彻底"止"，这是诗的圆寂。不仅用文字（诗）达到空寂之境，而且连表达空寂之境的寄存形式也归于空寂，止得很彻底。空寂是佛的最高境界，空是离诸相，寂是无生灭。

梅：林黛玉的止境是形上止境、大止境。回到三生石畔、灵河岸边，也属于大止境。然而，无论是林黛玉还是晴雯、尤三姐、鸳鸯，如果作为现实生活中人，她们的死亡又有一个现实的小止境。每个人的死亡境界都是极不相同的，小止境也千差万别，像王熙凤、赵姨娘的"止"（死）就很丑陋，而尤三姐、鸳鸯的自杀就很美。

复：佛教讲究止要止得"庄严"，也可用于小止境。在现实人生中，就是要止得有尊严。像嵇康那样，在临刑前还从容地弹奏了《广陵散》，无惧无畏，便是止得庄严。尤三姐、鸳鸯的自杀，也是止得庄严，给人间留下生命的骄傲，但人生之止除了死亡之外，还有生前也必须"知止"，必须知道放下。所谓"急流勇退"，也是一种知止。"有所为有所不为"，知道有些事不可为，心灵的道德边界不可跨越，也是"知止"。其临界点也是人的尊严。《红楼梦》中的贾瑞这类人，都是不知所止，所以死得很丑，止于没有尊严，赵姨娘也止于没有尊严。王熙凤的死，很凄凉，她也是一个不知所止的女人，一个没有力量抑制欲望的人。与王熙凤相比，秦可卿可算是一个"知止"的女子，她的自杀行为说明她还是知耻也知止。有大观眼睛，才能看清万有万相的真实，才能真正看破，也才有大止的智慧与气魄。贾宝玉在《芙蓉女儿诔》的结尾，发出大感叹，"来兮止兮"；他自己也"始于痴，止于悟"。

梅：《红楼梦》中"千里搭长棚，没有不散的筵席"，是一种"知止"的呼唤；"纵有千年铁门槛，终须一个土馒头"，也是"知止"的"警世通言""醒世恒言"。"知止"的层面很多，知道死的必然，也是知止的一项重要内容。海德格尔强调存在的意义只有在死亡面前才能充分敞开，即知死才能知生，其实也是在说，知大止，方能知大生。今天和你一谈，多了一个"止观"视角，使我又向哲学之门靠近了一点。现在我还要问你，你在《红楼梦悟》

中特别强调了《红楼梦》的总基调，是呼唤人要守持生命本真状态和诗意生活状态，可是，人类首先得生存，得为衣食住行这些没有诗意的平淡日常事务费尽心力，这两者如何得以和谐？我记得江素惠在采访你时，也提出类似的问题。

三、平淡栖居状态与诗意栖居状态

复：提出这一问题是很自然的。人生的实际过程不可能每时每刻都处于诗意状态，如果这样想，也是一种空想。但生活的诗意状态却是我们必须追求的，也是我们永远不能放弃的人生目的。至少，日常状态与诗意状态可以互补，可以用诗意状态提升日常状态，从而也不断提升我们的生命质量和人生境界。说到这里，我想向你推荐一本法国当代思想家埃德加·莫林和安娜·布里吉特·凯恩合著的《地球　祖国》，北京三联出了马胜利先生所译的中译本。这本只有二百多页的貌似小册子的书很有思想，没想到它最后思索的正是日常状态与诗意状态的问题。他们把日常状态称为第一状态，把诗意状态称为第二状态，认为我们应当努力从第一状态进入第二状态。这一点，正是两百年前的《红楼梦》整部作品的隐喻内涵，也可以说是《红楼梦》的精神主旨。抓住这一点，便可抓住《红楼梦》的心灵方向。当然,《红楼梦》是另一种丰富得多的表述方式。为了把这个问题说透一些,我们不妨把《地球　祖国》的思想作为一种话题,换些语言来讨论《红楼梦》。埃德加·莫林和安娜说:

> 我们身上有两种往往相互分离的状态。第一状态是平淡状态,它与理性／经验活动相适应。第二(即次要)状态是诗意状态,使我们进入这种状态的不仅有诗歌,还有音乐、舞蹈、节庆、狂欢和爱情。诗意状态的极点表现为心醉神迷。在这种情况下,人们可以从第二状态进入第一状态。
>
> ……
>
> 应当指出,永远处在诗意状态只能是一种幻想,而持续的诗意状态终会变得枯燥乏味,或令人不安。这将会以另一种方式激起人们对人间拯救的梦想。因此,我们需要的是诗意和平淡的互补和交替。
>
> 我们不能没有平淡,因为单调乏味的实际活动使我们得以生存。但是,在动物世界中,谋生活动(寻找食物,猎取动物,预防危险和来犯者)往往取代了生活,即享受生命。今天,

在地球上，人类生活的绝大部分时间是在谋求生存。

我们应当努力使第一状态成为第二状态，不仅为生存而活着，而且也为生活而活着。富有诗意地活着就是为生活而活着。

《地球　祖国》，马胜利译，

生活·读书·新知三联书店，1997年，第196—198页

梅：莫林和安娜把为生存而活着称为第一状态，把为生活而活着称作第二状态，第二状态高于第一状态。说得很好。人确实不能仅为生存，即为谋生、活命而活着，仅仅为谋求生存，谋求权力、财富、功名而活着，就太没有诗意了。《红楼梦》中的甄宝玉属于世俗状态，贾宝玉才属于诗意状态。但实际上的人生总是甄宝玉与贾宝玉的交替与互补，不可能完全像贾宝玉那样只当"富贵闲人"，但我们的心灵确实要走向贾宝玉，而不能走向甄宝玉。他们俩见面时，照理应当是由贾宝玉来引导甄宝玉提升人生境界，可是甄宝玉却以为贾宝玉误入歧途，反而要把贾宝玉的第二状态拉向第一状态，在世俗社会里，这是常见的颠倒。第二状态总是被视为"呆傻状态"，第一状态又总是被视为"聪明状态"，所以人类愈是"进化"，愈是不懂

得生活，愈缺少栖居的诗意。

复：《红楼梦》是文学表述，因此对这两种状态的呈现也更为彻底，但曹雪芹的不二法门，也是在说："假作真时真亦假，无为有处有还无。"也知道人生两种状态的交错。但他的"梦"，显然是人类应当为生活而活着，应当努力争取诗意状态的生活。这两种状态，哪一种才是根本，哪一种才是"真"的？这是关键。在曹雪芹看来，显然是"贾"（假）的才是真的，贾宝玉才是真实的存在，诗意的存在，而甄宝玉反而是虚假的存在。莫林与安娜没有像曹雪芹如此彻底，他们认为两种状态都是真实的，两者可以互相对立，也可互相重叠。现在法国人非常尊敬的葡萄牙诗人费尔南多·佩索阿（Fernando Pessoa）的观念也很彻底，与曹雪芹完全相通。他就认定：我们每个人都是由两种存在形态所组成，一种由梦幻构成的真实存在，它产生于孩提时代并可持续一生；另一种则由外表、言谈和行动构成的虚假存在。这种说法最接近曹雪芹。曹雪芹的梦，恰恰是回归真实存在的梦。关于佩索阿，你可能还不太熟悉，这是20世纪一个很了不起的大诗人，他一生写了上万首诗，可是生前大多数都没有发表。法国译出他的作品之后，才发现这是另一个歌德。行健在二十年前和我第一次在法国见面时就竭力向我推荐，在他获得诺贝尔奖的演说中又郑重地说明他对佩索阿的崇敬。可是，我直到十年前才读到韩少功的中译本《惶然录》，读得如痴如醉。这位大诗人与荷尔德林、与曹雪芹具有一样的大思路。莫林与安娜是理性论者，因此提出另一种妥协性说法，认为我们身上同时有两种存在，即平淡状态的存在和诗意状态的存在。两者相互依赖。平淡状态使我们处于实在和功能的环境中，其目的也是实用的功能性向。诗意状态可以和爱情或友好的目标联系在一起，但它本身也是目的。莫林与安娜的这种说法，可能是回答江素惠和你的最好说法。但你应当了解哲学与文学的彻底性特征，曹雪芹、荷尔德林、佩索阿的表达更为彻底。

梅：我能理解这三位大诗人的表述。也认同莫林与安娜这两位思想家的说法。我认为日常平淡状态还可以再分为理性状态与非理性状态。理性状态是为生存而做必要的谋生活动，非理性状态则是为生存的最大享乐化而无穷尽地膨胀欲望和疯狂地追逐。曹雪芹厌恶的是非理性状态，而不是理性的日常生活。莫林与安娜所说的平淡状态，恐怕也是指理性的功利活动，而不是非理性的疯狂争夺活动。如果把第二状态加以分解，那么，"诗意栖居"就不是乌托邦，它确实是生命的可能。无论如何，我们在脚踏实地的过日子中还应当追求这种可能。

复：你这样分，有道理。在平淡状态中确实又有很不同的情态。以财富来说，每个人都需要谋生，因此，财富、资本在现代社会发展中便成为一种动力。商人要赚钱，职员要领工资，没有起码的金钱就不可能"衣、食、住、行"。我和李泽厚讲"吃饭哲学"正是这个意思。但是，生存的理由不应当成为争名夺利、争权夺利、巧取豪夺的理由。《红楼梦》嘲弄的不是日常生活状态，而是疯狂的欲望膨胀状态，是把财富、权力、功名等外在之物视为根本而不知还有另一种生活的荒诞状态。

梅：我读了你发表在《香港文学》上的《〈红楼梦〉哲学论纲》，也就是北京三联版《红楼梦悟》中的《论〈红楼梦〉的哲学内涵》，才知道这些年主要不是用悲剧论看《红楼梦》，而是用存在论读《红楼梦》、悟《红楼梦》。如果用存在论的语言来讨论，那么，我们刚才所谈的第二状态与第一状态，是否正是有的状态与无的状态的区分？

复：两千多年前的老子早就把超越"有"的那个"无"当作哲学的最高原则。"有"是指现实存在的人和物，包括现实存在的认识方式、行为方式、情感方式，也可以说就是平淡状态、日常状态的方式，而"无"则是对"有"的超越、提升以至于是对"有"的否定。从这一层面上说，"无"是更为终极的超越"有"的诗意眼睛和诗意方式（参照系）。但"有"与"无"的哲学，尤其是存在论中"无"这一最高原则，其内涵又比第一、第二状态更为丰富复杂。老子不是无视现实存在物，而是用"无"来观照"有"并回到现实存在物本身，把它作为"大制"整体的一部分来加以把握。所以我不认为曹雪芹是"虚无主义"，他用"无"来否定"立功，立德，立言"这些"有"之后，自己还是立了一部堪称"千古绝唱"的大言，然而，他的言不是谋生工具的"言"，也不是敲打功名利禄之敲门砖的"言"，而是超越功利之言的诗意状态之言，是把握了大制灵魂的"言"。这一"大有"与现实世界中的"有"不同，是破灭后、精神飞升后也是大彻大悟后的"大有"。我觉得中国哲学，无论是儒、是道、是释，最后还是回归到"有"。

四、寻找澄明之境

梅：我对哲学、佛学都欠缺研究，对释迦牟尼与海德格尔也只知皮毛。在北大读书时我们赶上"存在主义热"，也与哲学老师谈论"存在之家"。那时我曾接受"语言"是最后家园的观点，以为语言才是存在本体，后来被你的"禅"说——不立文字改变了。但是，我读《红楼梦》时，总是旋转着"存在之家"的问题。你一再说，《红楼梦》一开篇就探讨存在之家，重新定义故乡，它认定我们的"存有"立足之地并非故乡，而是他乡，我们不可"反认他乡是故乡"。那么，在曹雪芹看来，故乡在哪里？存在之家在哪里？

复：《石头记》的石头本就是女娲抛弃的多余的石头，本就无家可归，它寄寓的大荒山、无稽崖，并非实有。通灵之后，它幻化入世，对自己寄寓的父母府第，又没有家园感，所以也绝对没有荣宗耀祖的责任感，也由此才让人觉得他"于国于家无望"。那么，贾宝玉的存在之家在哪里呢？只有两处，一处是"情"，一处是"无"。所谓情，首先就是林黛玉。这个和他吵吵闹闹、哭哭啼啼、思思念念的少女就是他的情感家园，就是他的生命故乡，就是他的存在之家。对贾宝玉来说，唯有林黛玉的眼泪具有实在性，她一死，他就成了无家可归的孤儿，就丧魂失魄。《红楼梦》哲学正是这种"情本体"哲学，情为存在之家的哲学。情即最后的实在。晴雯、尤三姐等，其存在之家都是一个情字。以晴雯而言，她的存在之家并不是她哥哥嫂嫂的那个家，在那里，她根本不得安生。只有在贾宝玉最后去探望她的那个瞬间和这一瞬间所意味的情，才是她最后的家园。现实层面上的存在之家幻灭之后，还有一个形而上的存在之家，这就是"无"。林黛玉以"无立足境，是方干净"提示宝玉的便是"无"才是最后的故乡，才是真正的存在之家。用更明白的语言表述，便是那种无识无知、无痴无妄的大洁净，那种超越一切妄念、一切假相、一切概念、一切执着、一切现实归属的澄明之境才是存在之家。

梅：世俗意义上的故乡——存在之家好像缺席，好像不在场，但是，正是这个缺席，才使秦可卿、林黛玉找到另一个故乡，这就是太虚幻境，那是"无"，但又是一个天人合一，甚至是天、地、人、神四合一的境地，一个她们最为自由最为幸福的故乡——存在之家。

复：中国哲学憧憬"天人合一"之境，海德格尔则讲"天地人神四合一"之境，意思相差不远，都是存在之家，都是澄明之境。在曹雪芹的哲学观里，"情"是本体，"无"也是本体。性情经过"无"的整合与洗礼，便成性灵，而性灵的极致，便是性空。生命的第一状态是性欲（饮食男女等），第二状态则是性情→性灵→性空，这三个层面上都蕴藏着无尽的诗意。《红楼梦》在三个层面上都开掘得很深，许多人物的诗意状态展示得非常充分，这是《金瓶梅》所阙如的，也是《三国演义》《水浒传》等长篇小说所阙如的。如果用存在论看太虚幻境，把人主观设想的太虚幻境视为一种存在论的范畴，把它视为一种人与神交叉、天与地会聚的处所，这便是自由广阔明净的存在之家。曹雪芹的梦，从哲学上说，就是创造一个远离泥浊世界的存在之家，一个站立于泥浊世界彼岸的存在之家。

第九章

关于第三类宗教的讨论

一、"创教"课题

梅：还有一个比较重要的问题要和你讨论。你把《红楼梦》称作"文学圣经"，除了指《红楼梦》乃是文学经典极品这一意义外，是不是也暗示《红楼梦》几乎带有人性之外的神性，甚至带有宗教意味？

复：我把《红楼梦》称作"圣经"，是一种比喻。通过这种比喻强调《红楼梦》不是一般的文学经典，而是经典极品，最高经典。千万不要真的把它当作宗教经书。基督教的《圣经》，作为宗教经典，是要信徒无条件遵循的，要信徒把它视为终极真理。而《红楼梦》是文学作品，它是自由情感的存在形式，读者可以批评，可以进行审美再创造。但是，《红楼梦》又有浓厚的宗教情怀，特别是它确有佛教思想、佛教哲学的渗透，有大慈悲精神，所以让人觉得可以视为宗教性经典。这变成是一个值得走进去的大问题。周汝昌先生在纪念曹雪芹逝世二百三十周年时，写了一篇论文。这篇文章的第十二节题目为《"创教"的英雄哲士》，意思是说曹雪芹是一个抵达创立宗教之水平的思想家、哲学家，即相当于释迦牟尼与孔子一级的大哲士，而且早在他做此文的九十年前，就有一个叫陈蜕的学人提出过这种看法。周先生这段文章，我念给你听听，很有意思：

> 雪芹文化思想，在十八世纪初期，对中国文化是一种启蒙和革命的思想，其价值与意义和他的真正历史位置，至今还缺乏充分深入的探索和估量。整整九十年前陈蜕先生提出了雪芹是一"创教"的伟大思想家的命题，创教者，必其思想境界之崇伟博大异乎寻常而又前无古人，如孔子、释迦等人方能膺此光荣称号者也，陈蜕所见甚是，而九十年中，并无一人知其深意而予以响应支持，则不能不为民族文

化识见之趋低而兴叹致慨。

《东方赤子·大家丛书：周汝昌卷》，

华文出版社，1999年，第291页

梅：周先生把问题提得非常尖锐。意思是说，如果不知《红楼梦》的"创教"意义，那只能处于识见的低水平上。不管同意不同意他的论断，但是应当承认，《红楼梦》到底有没有宗教意味，是不是创立了一种宗教，确实是值得探讨的大问题。周汝昌先生在这里把曹雪芹视为"创教者"，其思想之崇伟博大前无古人，这显然是把《红楼梦》视为宗教性经典。

二、高于道德境界的类宗教境界

复：可惜周先生没有进一步阐释他的见解。不过，可以清楚看到，至少是陈蜕与周汝昌先生意识到《红楼梦》具有宗教大经典的崇伟博大，其思想境界已达到《圣经》《金刚经》这种宗教性经典的水平。对于陈、周这两位前辈的这一重大见解，我思索了很久，最终采取了一种半肯定、半否定的态度，或者说，是既支持又批评的态度。

首先是肯定，即肯定只有从陈、周两位先行者所意识到的精神高度去把握《红楼梦》，才能看到《红楼梦》高于其他文学名著的关键所在。《红楼梦》确实有一种类似宗教的大超越境界，它不仅高于家国境界，高于政治境界，而且高于道德境界。王国维说《红楼梦》不同于《桃花扇》，正是它具有宇宙境界，这就是说，从外延的广度上，它超越了家国、民族、阶级甚至历史的层面，属于无始无终无边无际的大时空。而从内涵的深度上，它又超越功利、道德和人造的种种理念。用冯友兰的语言表述，它属于超越"自然境界""功利境界"与"道德境界"的"天地境界"。冯先生的"天地境界"与王国维的"宇宙境界"是同一意思，只是用不同的概念表述而已。他们实际上都看到《红楼梦》有一种超世间的大境界，有一种天地大情怀与宇宙大情怀。而这，恰恰是宗教的特征。世上的任何大宗教，无论是犹太教、基督教、佛教、伊斯兰教，它们都有一种高于道德、大于道德的终极价值。《红楼梦》也是如此，它有一种明显的超越情怀和宇宙情怀。它完全拒绝人世间权力操作下的等级分类，无分别、泯是非、破对立，绝对确认众生平等，万有同源，不同生命类型可以并存并置。在人间的道德眼里，好人坏人之分，善人恶人之分，贵人贱人之分是理所当然、德所当然的，但《红楼梦》扬弃了这种非此即彼的二分法，把禅宗"不二法门"彻底化，从而完全打破尊卑之分、贵贱之分、好坏之分、内外之分。正因为去掉分别相，它便尊重每个生命个体，宽恕每一生命个体的缺陷，从而拥有基督、释迦似的大慈悲，这显然是一种宗教情怀、宗教精神。

梅：《红楼梦》的超越情怀与宇宙情怀确实是中国文学史上的特例。王国维发现李煜词也有这种情怀，但李后主还没有《红楼梦》表现得如此宏伟，如此崇深，如此博大。《红楼梦》确实具有《圣经》似的规模与气魄。我以前老是弄不明白，贾宝玉如此纯正高洁，怎么可以和薛蟠、柳湘莲等三教九流为伍为友，怎么对加害他的贾环一点也不生仇恨，甚至也未曾说过赵姨娘一句坏话。现在终于明白，宝玉正是具有超越情怀也就是具有宗教境界的生命，在他的心性中，根本就没有上层下层之分，没有好人坏人之分。宝玉远离赵姨娘，如你所说的，是出于本能，并非仇恨。

复：佛心就是真心，无分别心。能够看到"身为下贱"的生命个体可以拥有"心比天高"的水平，能容纳（并非同流合污）有严重缺陷的生命存在，这正是基督与释迦的眼睛和胸怀，这不是道德家能做到的。孔子有君子与小人之辩，孟子有人禽之辩，佛教则没有。如果有此分别，就会落入"人相"。贾宝玉不把贾环视为"小人"，不计较贾环用蜡油灯对自己的袭击与伤害，完全超越君子小人之辩和人禽之辩。贾宝玉能抵达的境界，不是孔子、孟子、荀子、朱子等圣人能够企及的。正是从高于道德境界这一意义上，我们必须确认，《红楼梦》有一宗教性的天地境界和宇宙境界。

梅：以前我也注意到王国维所说的"宇宙"之境，但只注意到外延上的意义。觉得《红楼梦》一开篇就开辟了"女娲补天"的宇宙语境，与《圣经》的《创世记》语境、故事和氛围极为相似，贾宝玉和林黛玉的前身神瑛侍者与绛珠仙草相濡以沫的故事也极像亚当与夏娃的故事，他们也有一个"伊甸园"时期。女娲，大荒山，无稽崖，灵河岸边，三生石畔，这些都是超越于家国的宇宙元素。《红楼梦》的男女主人公以及警幻仙境的女神，其生命都没有开始也没有结束。他们到人间来走一趟只是瞬间，瞬间结束，又回归到"白茫茫大地真干净"，即回归到宇宙的本体，回归到"洁"的本源，并不是灭（不是死亡）。佛教的所谓"生生之境"便是这种宇宙向本体回归的流动之境。从外延上看，《红楼梦》也抵达宗教大境界。

复：从外延上看《红楼梦》的境界也是很要紧的。这涉及界定宗教的一个最重要的尺度，也可以说涉及宗教的根本标志问题，这就是人间的一切事实与价值有没有一个超越的源头。任何宗教都有一种混沌感与神秘感，都有一种难以名状的神秘的源头。犹太教、基督教等都首先确认这一点，确认上帝是人间一切意义的源头。《红楼梦》的开篇所写的故事，与《圣经》有不同处也有相似处。不同处是虽有一个与上帝具有同样的"创世"功能的女娲，但她却不是贾宝玉、林黛玉的价值源泉。宝玉是创世者女娲抛弃的多余的石头。但是，宝玉、黛玉仍然有价值源头，这就是赋予他们灵魂（通灵）的另一神秘存在，无法命名的"无"。"无"是超越人间的另一创造本体，是一切"有"的源头，但不是上帝的功能。你是女性主义批评论者，应当特别注意"情"的起源，情天情地之上还有幻情天。太虚幻境可视为曹雪芹的天国，这一天国的主体全是女性，处于中心地位的警幻仙姑，居于离恨天之上，灌愁海之中，是一个司人间之风月债、掌尘世之女怨男痴的女神。连宝玉都是因为她才留在赤瑕宫充当神瑛侍者，也是经由她的决定，宝玉才能下凡。她座下的四大仙子（痴梦仙姑、引愁金女、度恨菩提、钟情大士）也都是清一色的女性。基督教的《圣经》故事中耶稣的十二门徒全是男性，而警幻众仙则全是女性。"女儿"二字是《红楼梦》的价值主体，也是价值核心。《红楼梦》的第二回，就说明"女儿"的地位重于元始天尊和阿弥陀佛，这就是说，在《红楼梦》中女儿的主体性地位，不仅是人的主体性地位，而且是"类神"（类似神）的主体性地位。生活在人间的女儿，其价值源头，是一个超越的天上女儿国。只不过这不是基督教意义上的真神，而是类神类女神。因此，它还不是第一义，而是第二义。第一义是"无"，无是终极真实，但不是神。

三、第三类宗教的假设

梅：过去的《红楼梦》研究，也有人认为，如果说《红楼梦》是宗教，那么，它可以定义为"情教"，是情感崇拜的宗教。而真实情感的载体，就是未婚的"女儿"。"情教"乃是以女儿取代元始天尊、阿弥陀佛。因此，我们是否也可以承认，这是另一类的宗教？西方《圣经》把女性视为男性的肋骨造成的，即男性所派生的，这一个价值源头很有问题，作为女性主义者，我始终无法认同这一关键性情节。而《红楼梦》的天国全是独立的、美丽的、聪慧的、永生不老的女儿。说到这里，我真要高呼"曹雪芹万岁"。因为，在他笔下，伟大的超越者不是上帝，而是居住在天上的女神，或者如你说的"类女神"。

复：判断一部文学经典是否有"创教"意义，并不能完全依据"有神"或"无神"。古希腊的两部伟大史诗《伊利亚特》与《奥德赛》，其中也有男神和女神。特洛伊战争就是因为天上女神的论争而引起的。但是，我们不能因此而判断《伊利亚特》是部宗教性经典。《红楼梦》虽然有太虚幻境及警幻仙子等类女神，但整部巨著的构架很像《伊利亚特》，这些女神并不是耶和华基督似的全能之神，她们也有局限，也带有人的缺陷。她们固然带有宗教的超越性，但又不像《圣经》那样，上帝是一切生命与价值之源。《红楼梦》的精神形态，是禅的形态。禅是从佛教的严格宗教形态中解放出来的一种特别的精神存在。它实际上是无神论，是以"悟"取代神，即以自身的觉悟代替神的启示的一种精神存在。说得更彻底一些，是"披着宗教外衣"而无宗教规范的存在。如果说得宽松一些，则可以说它是半宗教半哲学的存在形式。《红楼梦》类似禅，它有女神的外壳，但没有神的内核，没有宗教信仰、宗教狂热、宗教拯救，但又有禅的神秘感与宗教感，它与禅一样，也有一个真正的超人间的价值源头，这就是"无"，太虚幻境也来自"无"。

梅：但是，《红楼梦》又承认情的实在性。

复：《红楼梦》立足于禅又超乎禅的地方，正是强调情的中介。开篇空空道人的十六字诀：因空见色，由色生情，传情入色，自色入空。这十六字诀，以空开始也以空作结，但中间有两个"情"字，情是中介，是抵达空的桥梁。女儿是情的载体，这些女儿来源于空最后也回归于空。

梅：这样看来，对于《红楼梦》是否"创教"的问题，可以有两种回答：一，肯定"创教"，但它创立的是禅式的另一类宗教；二，否定"创教"，因为它只有宗教境界但无宗教规范。

复：可以做这样的归纳。我们先讨论"Yes"，肯定曹雪芹创立了一种非典型的另一形态的宗教。但这种肯定只是对于精神境界的一种极端性表达。前边讨论的《地球　祖国》一书，作者莫林和安娜就提出是否可设想建立第三类人间宗教的问题。他们对第三类宗教的设想与定义，可以帮助我们在更深的意义上把握《红楼梦》。他们说，这是一种没有上帝的宗教（但上帝的缺席却表明神秘无所不在），又是一种没有神灵启示的宗教（如佛教），它不同于这两类宗教，却拥有这两类宗教的精神之核：仁爱（基督教）与慈悲（释迦）。而且它的基本意义也不归结为理性，而是超理性。"这种宗教将会截然不同于天堂拯救宗教、人间拯救宗教、神灵崇拜宗教和带宗教性质的意识形态。然而，这种宗教能够理解其他宗教，并帮助它们回归本源。"（《地球　祖国》，第200页）这本源就是"博爱"，就是思想家帕斯卡所称的"爱德"。这种宗教将是一种没有神意赐福和光辉前景的宗教，但在未知的历险中，它将帮助人们联结在一起。这也是一种没有许诺但有根源的宗教，它扎根于文化与文明，也扎根于地球的历史与人的生命。与其他宗教一样，这种宗教具有信仰，但和其他宗教不同，它不以狂热压倒怀疑。莫林与安娜这部著作是论证自然生态保护的著作，他们通过第三类宗教的假设，呼唤人类应充分注意生态破坏的极端严重性。唯有把生态保护意识提高到宗教意识的层面，才能说明人类今天已经到了必须对自己栖居的大地具有信仰具有崇拜之情，才足以避免共同家园、共同祖国（地球）的沉沦。第三类宗教是摆脱沉沦的福音，是把爱推向山山水水推向一切草木飞禽的真理。《红楼梦》是文学经典，不是宗教经典，但它却有其他文学经典无可比拟的伟大性。这种伟大性便是伟大的宗教情怀，有如莫林与安娜所描述的宗教性——不同于典型宗教却有宗教似的信仰、宗教似的精神境界和宗教似的兼容博爱等超凡性质。

梅：莫林与安娜所讲的"第三类宗教"，实际上是没有宗教的宗教，或者说，是没有宗教形态，但有信仰，有神性。《红楼梦》也具有这样一种"教"味道味。从这一意义上说，陈蜕先生与周汝昌先生称曹雪芹为"创教"的英雄哲士就可以成立。

复：我相信周汝昌先生所说的创教，不是释迦牟尼这种典型的宗教形态，而是类似莫林与安娜所描述的第三类宗教，即有信仰、有崇拜、有博大情怀与博大境界，但没有神的赐福与许诺的宗教。这种宗教也没有救主与救赎意识，只有个体生命的自明与自救。我称《红楼梦》为"文学圣经"，也包含着这一层意义，即认为《红楼梦》具有神性的博大情怀与博大境界，具有对美的信仰，具有把少女等同于释迦的生命崇拜，而且还有一个准释迦、准基督的主人公贾宝玉。这确实具有宗教式的无限深广，以致形成一种开掘不尽、永远说不尽的神意深渊。所以，我喜欢把曹雪芹比作莎士比亚。英国人把莎士比亚视为深广的精神天空，宁可失去脚下的土地（印度）也不能失去精神的天空。卡莱尔先生说了这句话，之后丘吉尔又说了这句话。我们的故国总有一天会意识到《红楼梦》是我们的精神天空，会呼唤生命应当向《红楼梦》靠近。在上述的意义上，说曹雪芹是位"创教"英雄和"创教"哲学家，并非妄言，而是一种极有见解的对《红楼梦》博大内涵的把握。

梅：你曾说，《红楼梦》全书佛光普照，处处放射着大慈悲的光辉。我在阅读过程中，也不仅感受到人性的温馨与光辉，而且还感受到神性的神秘与深邃，确有《圣经》似的博大。而且，作为一个"女权主义"的同情者，我更喜欢《红楼梦》这种少女类似女神的大思路，西方《圣经》把女人描述成由男人的肋骨派生而成，这一点我始终有疑义。《红楼梦》也有一个"伊甸园"情节，这就是贾宝玉和林黛玉的前身（神瑛侍者与绛珠仙草的情节），这一类似亚当与夏娃的故事，在深层里却与《圣经》的"男派生女"的思想不同。贾宝玉与林黛玉幻化入世后，宝玉虽然类似释迦与基督，但林黛玉始终是引导贾宝玉精神飞升的"类女神"，其地位是主导性的，而不是派生性的，这一点，你也早已写到。

复：我说没有禅宗就没有《红楼梦》，其实，禅宗尤其是慧能之禅宗，已是一种没有宗教的宗教了。要说创设

"第三类宗教"，慧能才是真正的先锋。慧能的"教"里，早已没有宗教狂热，也早已没有神灵偶像、神灵启示、神灵救赎了，但仍然有佛教的博大情怀与博大境界，有佛性的信仰和佛性的本源，也有启迪个体生命自明自救的神秘意识。《红楼梦》的"创教"其实是禅的文学化、审美化、深广化，然后自成一种以"女儿"为偶像、以情感为本体的意味（感悟）体系。

梅：西方的《圣经》本身也是一部伟大的文学作品，借助形象、意象、感性，它的精神含量就更大，也产生更为深广的影响。《红楼梦》的哲学与"教味"对未来中国的影响，一定会超过禅宗，超过《六祖坛经》。

复：中国的儒、道、释三家，在民间也被广泛视为宗教，但都不是基督教、伊斯兰教那样的宗教，而是一种半哲学半宗教的精神存在。《红楼梦》调侃佛、道表面功夫，却兼收道、释精华，也有儒的深层影响，但自创另一精神大自在。周汝昌先生"创教英雄哲士"的见解与我们所说的"第三类宗教"可能会引起争论。今天我们也只是比周先生较为具体一些地提出问题，以后还可进一步论证。我想先放下"宗教"概念，回到你最初的问题，即《红楼梦》的神性问题，这是哲学问题，不是宗教问题。海德格尔就把"诗意栖居"的澄明之境称作"神性"，他指涉的"神性"，并不是我们通常所理解的上帝那种宗教神性，而是一种超越理性的、认识无法抵达的高境界，即通过人的心灵、人的想象力打通天地人神等万物万有而达到大圆融大和谐的诗意境界。如果对神性做出如此定义，那么，可以说《红楼梦》具有类（近似）宗教的神性内涵，其丰富量，可能不下于它的人性内涵。

四、易信仰：审美代宗教

梅：《红楼梦》与宗教的关系问题，你所论说的意思非常明白，这就是《红楼梦》虽有宗教似的大境界，大精神，而且也有准宗教的某些外壳，但并不是宗教。但如果要把《红楼梦》的"女儿"崇拜和超越情怀加以充分强调和表达，也可以借用"宗教"这一大范畴，但必须说明这是非典型的另一类宗教。那么，我在想，这一类宗教不正是美的宗教吗？《红楼梦》的信仰正如你在《红楼梦悟》首页的题词，有一种"美的信仰"。说得更明白一些，《红楼梦》所创立的广义上的宗教，乃是美的宗教。

复：你说的完全对。如果把"宗教"界定为一种广义的、只包括"信仰"和"超越"这两个大要素的精神存在，那么，《红楼梦》确实创立了天底下独一无二的美的宗教，其中包括美的信仰、美的偶像、美的使者、美的天国、美的理念、美的形式、美的意象系统、美的情感系统等等。

而美的对象又是包罗万象：人形美、人性美、人情美、灵魂美、自然美、宇宙美、社会美、艺术美等等。贾宝玉的《芙蓉女儿诔》礼赞晴雯具有质美、性美、神美、貌美，更是值得我们探究的审美内涵。从知性层面说，《红楼梦》是美的大百科全书；从灵性层面说，它就是美的宗教。

梅：近代从王国维开始，到了蔡元培更是响亮地提出以审美代宗教的命题，他们的思路是不是与我们的思路相通？

复：有相通的一面，有不相通的一面。相通之处是都在力图提高"审美"在整个文化系统中的地位，即努力把审美提高到与宗教同等的地位。在近代，把"美"推入神祠的地位，以科学、理性、真善美取代宗教，确实是一种很重要的思潮，用鲁迅的话说，是一种"易信仰，而非灭信仰"的思潮。鲁迅在1908年所作的《破恶声论》中，就介绍了19世纪西方（尤其是德国）的这种思潮。他说："夫欲以科学为宗教者，欧西则固有人矣，德之学者黑格尔，研究官品，终立一元之说，其于宗教，则谓当别立理性之神祠，以奉十九世纪三位一体之真者。三位云何？诚善美也。顾仍奉行仪式，俾人易知执着现世，而求精进。"鲁迅当时虽然只是一个二十七八岁的年轻学子，但已敏感地捕捉到这一种从重来世到重现世（不是重天堂）的认知上的大变动，即以理性取代神性的大变动。西方文化和中国文化最大的一点区别是西方文化具有宗教大背景，因此，他们要另立"理性之神祠"，便是翻天覆地的思想革命，易信仰的革命。在西方的大语境下，他们甚至主张也要像宗教一样，对美举行膜拜仪式。王国维、蔡元培提出审美代宗教，显然受到西方尤其是德国哲学家的影响。我们现在说曹雪芹创立美的宗教，也是在说，曹雪芹把美推上神祠的地位，以对女儿（美的象征）的信仰取代对于元始天尊及阿弥陀佛的信仰，也是易信仰而非灭信仰。

梅：这样看来，曹雪芹实际上是近代以审美代宗教的先驱者，以美的信仰取代宗教信仰的先驱者。

复：可以这么说。但是曹雪芹与近代的理性主义思潮又有区别，与"审美代宗教"的思路又不完全相通。其不同之处，最关键的一点，是曹雪芹既有对美的信仰但又保留宗教情怀，具体地说，是保留佛教的大慈悲精神。充盈于巨著中的是大悲悯与大同情心，所以我才说《红楼梦》中"佛光普照"。曹雪芹没有把审美与宗教两极化对立起来。审美与宗教都有一种高于道德境界的超越情怀，都放下社会功利算计，宗教的缺陷是不同的教派由于具有不同的理念常常纷争不已，而审美则完全放下理念和功利，纯粹面对审美对象，因此，它往往比宗教更带普遍性。但是，审美的彻底化也往往会走向"不关心"，即完全放弃社会关怀，缺少宗教那种"普度众生"的大慈悲精神。曹雪芹的伟大性，是他不仅充分审美，把人间情意上升到宇宙本体的地位，而且又把人间关怀贯彻到作品的情感系统中，审美情感与宗教情感并行不悖。他虽然没有"普度众生"的救赎意识，却有"关怀众生"的悲悯精神。刘姥姥胡编一个乡村雪地里受难姑娘（茗玉）的故事，贾宝玉立即信以为真，让人到祠庙里去探访，这固然是痴，但又是大悲悯。

梅：你把贾宝玉说成是准释迦、准基督，也是这个意思吧。宝玉见到美丽的少女就像见到一道光明，不在乎少女社会地位的差异，具有审美的纯粹性，是个痴人，但他总是关怀他人胜于关心自己。

复：不错，贾宝玉正是审美精神与宗教精神的载体与结合体。《红楼梦》中的"情"是一个大系统，它包括恋情（爱情）、友情、亲情、世情、宇宙情等等。俞平伯先生"评红"时过于偏重恋情，周汝昌先生则强调"亲情"，注意到中国文化特别是深层儒家文化对小说的浸透。我把贾宝玉比作准基督、准释迦，则是强调宝玉的世情和宇宙情，即关怀弱者、关怀他人的慈悲之情。玉钏儿把荷叶汤泼到他的手上，他不仅不埋怨，反而关心起玉钏儿有没有烫到手，这不是爱情，也不是亲情，而是世情。他和"边缘人"及三教九流柳湘莲、蒋玉菡、云儿等能成为朋友，也是世情。这种情怀，与其说是审美，还不如说是宗教。

梅：情确实是一个庞大系统。脂砚斋说曹雪芹的佚稿中有一"情榜"，果真如此，这情榜所界定的情的类型就很多。除了情感本身具有不同形态之外，情感系统还包括情境。你强调的"世情"，其情境就特别重要。有世情的人，常常也有大悲情，因为他们关注所处的具体的社会环境。前些时，我整理你和李欧梵叔叔关于轻重位置的对话，觉得你们用轻、重比例的视角来谈《红楼梦》很有意思。如果用这一视角看，审美情怀显得轻一些，宗教情怀则显得重一些，《红楼梦》可以说是轻重并举，并不是"轻"完全取代"重"。

复：你的这一说法，倒是新颖。贾宝玉的大慈悲精神确实可以用"重"来表述，不过从艺术手段上说，曹雪芹总是用轻来驾驭重。

梅：我读李泽厚的《华夏美学》，注意到他对中国文化的一个重要观点，这就是在中国文化系统中，审美高于宗教。或者说，第一位的是审美而不是宗教。

复：不错，关于这点，李泽厚做了许多论述，他认为在中国文化中最高的人生境界不是宗教或宗教神秘境界，而是审美境界，也就是庄子、禅宗所经常描述的境界。他自己也非常认同。他曾说："一般说，道德和道德境界之上的便是与神同一的宗教和宗教神秘境界。在我这里，不是宗教而是审美，不是与神同在而是与天合一，成为道德

211

之上的人生最高境界。"最有意思的是，他认为，既然宗教与审美都是道德之上的人生最高境界，你要把"审美"假设为"教"，也无不可，但其"教义"则有根本区别。他也使用"教义"二字，但加了引号。这段话我念给你听：

> 宗教或宗教体验常常是一种纯精神性的满足，在教义上基本是排斥、贬低、否定感性和感性生命的。审美的天人合一则相反，它在"教义"上是庆生、乐生、肯定感性的。它感恩天地，体验人生，回味生活，留恋世界，以此来建构人类心理的情感本体。这种高于道德或在道德境界之后的审美境界，当然便是忘利害、无是非、超时空、非因果的自由天地。也就是庄子、禅宗所经常描述、提及的境界。这境界不同于神宠的宗教体验，也不是孔孟仁义的道德境界。

《哲学答问》，载李泽厚：《实用理性与乐感文化》，生活·读书·新知三联书店，2008年，第142—143页

这段话把道德之上的最高人生境界即审美境界的"教义"特点讲得很清楚。不知道你有没有注意到，十几年来

我在谈论《红楼梦》时说的一句概括性的话，就说"它是一个无是无非、无善无恶、无因无果、无始无终的艺术大自在"，这个大结论与李泽厚所说的"忘利害、无是非、超时空、非因果的自由天地"相近，这也是《红楼梦》的审美境界。既然是超时空，既然是高于道德的与天合一，这里就包含着神秘体验，所以也可以说，《红楼梦》具有超越性的半宗教体验，类似爱因斯坦的宇宙宗教情绪。

梅：说到这个份上，我们似乎也可以说，中国美学是另一类宗教，是没有神灵但有神秘体验的宗教，或者说，是没有绝对的人格神，但有相对的神性意象的情感大美学。

复：《红楼梦》很了不起，它真正呈现中国人生的最高境界，把中国文化探讨自由天地的思想精华全部凝聚在文字之中。曹雪芹的审美观，不是一般的艺术观、自然观，而是大于艺术、大于自然的世界观、宇宙观、人生观，或者说，是上至天地宇宙、下达万物万象的通观，涵盖形上形下各层面。这是真正属于中国又带有普世意义的大审美观。

第四辑

第十章

红楼女性的文化类型

一、林黛玉的庄禅文化投射

梅：你在"红楼悟语"的第56则谈到《红楼梦》一些主要人物所折射的文化，我特别感兴趣。这段话可以作为我们讨论的出发点：

> 《红楼梦》的人物个个活生生，都不是理念的化身，但是，一些主要人物，却折射着中国诸种大文化的生活取向与精神取向。以女子形象而言，林黛玉折射的是庄禅文化，薛宝钗折射的是儒家文化。贾母表面上是儒家文化，内心深处则不以儒为然，她很会偷闲很会及时

行乐，人情练达又活得潇洒，心里深藏着对自由的向往，所以她与其子贾政（贾府中的孔夫子）常有冲突，倒是十分宠爱甚至理解孙子贾宝玉。与上述取向不同，王熙凤和探春倒是有点法家气概，尤其是探春，一旦让她"执政"（一度与李纨、宝钗共理家政），便着手改革，做出了兴利除弊的事来。她给王善保家的一个巴掌，是典型的法家文化的一巴掌。与"参政"一极相反的佛家文化则由妙玉所折射，但是，佛家流派众多，妙玉崇尚的经典，大约属于唯识宗。曹雪芹对此宗并不太以为然，所以说她"云空未必空"。贾宝玉和其他女子形象的文化含量，不仅其他文学作品难以比拟，即使是四书五经，也难以比拟。中国文化的大矿藏并不在四书五经中，而在《红楼梦》中。

你说，贾宝玉和其他女子形象都有很丰富的文化含量，当然，这也包括哲学含量。

复：关于《红楼梦》人物所投射的文化，可以写出很好的论文或专著。我在这里只是把瞬间的感悟写下来。文化主要不是在图书馆里，而在活生生的人身上，在人的思想、行为、语言、情感之中，在人的精神价值创造中。人是文化的载体，文化跟着人走。莎士比亚走到哪里，英国文化就会跟到哪里。歌德、康德走到哪里，德国文化也会跟到哪里。我说文化在人的身上还包括文学作品中塑造的不朽的人物形象。我们自身也投射、折射某种文化。

梅：托马斯·曼流亡到美国时说，德国文化就在我身上，这不是狂妄，而是说，在他身上的确负载折射着德国文化。如果歌德和陀思妥耶夫斯基还活着，而且走到中国或走到我这个华盛顿附近的校园，我们也会觉得他们带着德国与俄国的文化来了。他们去世了，但他们笔下的人物浮士德和阿廖沙还活着，他们也负载着大文化。我赞成你的观点。

复：正是这样想，所以我才特别留心《红楼梦》人物所折射的文化内涵。这个问题看来不难，其实一旦深下去也很难。我到台湾这一年，读了一些台湾出版的"评红"书籍，其中有一本名叫《红楼梦与禅》（圆香著，佛光出版社），此书名为说禅，实际上说贾宝玉、林黛玉、薛宝钗等所折射的唯识宗文化，尤其是第七识与第八识文化。在这位作者看来，林黛玉折射的是第七识（末那识），贾宝玉折射第八识（阿赖耶识）。七识（黛玉）离染转净，八识（宝玉）才能转凡为圣（该书第64页）。全书玄之又玄。在佛教诸流派中，唯识宗最难入门。此宗经籍汗牛充栋，非常烦琐，非常玄奥，是佛教中的经院哲学。除了其宗师玄奘和他的几个弟子，恐怕很少人真正明白它在说什么。禅宗的兴起恰恰在于它"不立文字"，放下唬人的经典教条。兴起的语境有一项应当就是面对经院哲学而摆脱经院哲学。探索《红楼梦》的文化内涵，不能不了解它投射的佛教文化，但又不能走火入魔，陷入唯识宗概念的深渊。

梅：你说《红楼梦》折射的主要是佛教大乘文化和庄禅文化，主人公贾宝玉、林黛玉心灵深处的交流，都是禅语禅悟。薛宝钗与林黛玉的差异，并非好坏、善恶、封建与反封建的冲突，而是中国两大文化——儒文化与庄禅文化的冲突，这也是曹雪芹灵魂的悖论。

复：不错。从文化取向上说，薛宝钗投射的是儒文化，林黛玉投射的是庄禅文化，贾宝玉则投射大乘佛教文化和庄禅文化。中国的禅宗是大乘佛教的一脉，但它经过老庄的洗礼和自身的改革，到了慧能，已完全中国化，慧能之后又进一步世俗化，到了马祖及其弟子，就变成"狂禅"。贾宝玉的文化内涵极为丰富，他有大乘原典精神，也有庄禅，尤其是禅，甚至有儒的深层内容，如守孝道与亲情，他包含多种文化，又超越各种文化，非常奇特，我们切不可把他简单地划入某种文化，等同某种文化。我选择"投射"一词来表述，可能较为准确，包括林黛玉也只能说她投射庄禅文化。庄与禅、佛与禅又有区别。例如禅重在心灵体验，不追求真人、至人、神人等人格理想。黛玉是《红楼梦》中说禅的第一高手，禅悟最高的天才，她也喜欢庄子，但不会追求庄子的人格理想。她和宝玉情意相投，是因为彼此都是性情中人，有真情也有真心。是情感意义上的真人，不是道家意义上的真人。《红楼梦》续书在贾宝玉离家出走之后，让皇帝封他一个"文妙真人"的称号，显然是败笔。贾宝玉最后大彻大悟，是离一切相，破一切执，化一切迷，归于空，返于无，精神境界比世俗皇帝高出千倍万倍，哪能再由皇帝强加给他一个"世俗角色"的莫名其妙的桂冠。即使是从"现实主义"来解释，说这是小说反映现实，我们也可质疑。在现实文化中，既讲真人，又何来"文妙"？庄子从不给"真人"再做世俗界定。

梅：每一个人，尤其是《红楼梦》中的主要人物，文化内涵都很丰富，确实不可本质化、简单化。但每个人物又确实有自己的文化取向，钗与黛就不同，一个重儒，一个喜庄禅，这是很明显的。《红楼梦》中的人物，如贾赦、贾琏、贾蓉、贾环以及邢夫人等，什么文化也没有，是一种只有欲望没有文化精神的人，压根就进入不了我们的论说范围，也谈不上什么投射。能说得上文化投射的，或自觉或不自觉，或在意识层面或在潜意识层面，都是比较重要的角色。在这些角色中开掘其文化积蓄，是《红楼梦》提供了可能，《金瓶梅》就没有这么多宝藏可开掘了。

复：《金瓶梅》人物负载的是市井文化、俗文化、民间文化，男人、女人都粗糙，与《红楼梦》的上层贵族文化不同。赵姨娘身上也折射俗文化、萨满教文化，我们且不谈。以主要人物而言，宝玉、黛玉、宝钗、妙玉等身上都投射精致文化。宝钗典型地投射着儒家文化，是贾政的侧影，心灵早已儒化。她劝宝玉说："你既说'赤子之心'，古圣贤原以忠孝为赤子之心，并不是遁世离群无关无系为赤子之心。尧、舜、禹、汤、周（公）、孔（子），时刻以救民济世为心。"（第一百一十八回）宝钗这段话，说明她以孔子为灵魂，关注的是家族群体与社会群体，焦虑的是人群的共存秩序。而林黛玉与贾宝玉相同，她离"救民济世"之思很远，考虑的是个体生命在人生短暂岁月中如何充分生活，是在当下特定时空中如何实现个体生命的价值与尊严。"仁"字是两人的关系，它派生于爱与关怀，但也派生于世故，使人花费太多心力消耗在人际关系之中。薛宝钗会做人，"行为豁达，随分从时"（第五回），但"从时"却时而是道，时而是术。林黛玉和贾宝玉没有半点心术心机。由于文化取向不同，薛宝钗就劝宝玉走仕途经济之路，而林黛玉则从来不做这样的劝说，所以深得贾宝玉的尊敬。但是，宝钗劝说宝玉济世，并不是她热衷于功名，而是从群体秩序、家族利益思虑，男女应当有所区别也有所分工，女子守持本分即可。她说："自古道'女子无才便是德'，总以贞静为主，女工还是第二件。其余诗词，不过是闺中游戏，原可以会可以不会。咱们这样人家的姑娘，倒不要这些才华的名誉。"（第六十四回）不要功名，把写诗当作一种游戏，无功利动机，这点倒是与黛玉相通。可见她们俩的文化差异只是重群体、重伦理与重个体、重自由的差异。既是这样，两者就可以互补互动。也就是说，钗黛既可分殊，也可合一，并非势不两立。因此，俞平伯先生所讲"钗黛合一"也没错。第四十二回，宝钗与黛玉推心置腹地交谈，猜忌之心完全化解，自此之后两人再也没有相互妒忌与非难。在这一回里，薛宝钗借着林黛玉引述《牡丹亭》《西厢记》的两句话，对黛玉说了一段知心话：

　　"你当我是谁，我也是个淘气的。从小七八岁上也够个人缠的。我们家也算是个读书人家，祖父手里也爱藏书。先时人口多，姊妹弟兄都在一处，都怕看正经书。弟兄们也有爱诗的，也有爱词的，诸如这些'西厢''琵琶'以及'元人百种'，无所不有。他们是偷背着我们看，我们却也偷背着他们看。后来大人知道了，打的打，骂的骂，烧的烧，才丢开了。所以咱们女孩儿家不认得字的倒好。男人们读书不明理，尚且不如不读书的好，何况你我。就连作诗写字等事，原不是你我分内之事，究竟也不是男人分内之事。男人们读书明理，辅国治民，这便好了。只是如今并不听见有这样的人，读了书倒更坏了。这是书误了他，可惜他也把书糟塌了，所以竟不如耕种买卖，倒没有什么大害处。你我只该做些针黹纺织的事才是，偏又认得了字，既认得了字，不过拣那正经的看也罢了，最怕见了些杂书，移了性情，就不可救了。"一席话，说的黛玉垂头吃茶，心下暗伏，只有答应"是"的一字。

在这段话里，薛宝钗所说的"性情"，当然不是林黛玉那种天真任性的性情，而是"藏愚"、"守拙"、守持"妇德"等淑贤之情，但这些话，出自内心，并非虚假，这是一个家族群体共生共存共享安宁所必需的品格，因此，林黛玉不仅不反驳，而且"心下暗伏"。这一回很重要，是钗黛关系的转折点。你可以留心一下这之后的几十回还有没有再发现钗黛冲突。两者的合一，也投射一种文化征兆，这就是中国儒道两大文化血脉的合一与相通。

梅：第四十二回写宝钗与黛玉两人的谈心、玩笑，确实非常动人。这一回把宝钗的学问写得很绝，仅仅她开的画器清单和颜料制作方法，就让人惊叹。林黛玉心里也服，却要开一回玩笑，玩笑中说了很重的内心话、敬佩话：

（她）笑着拉探春悄悄的道："你瞧瞧，画个画儿又要这些水缸箱子来了。想必他糊涂了，把他的嫁妆单子也写上了。"探春"嗳"了一声，笑个不住，说道："宝姐姐，你还不拧他的嘴？你问问他编排你的话。"宝钗笑道："不用问，狗嘴里还有象牙不成！"一面说，一面走上来，把黛玉按在炕上，便要拧他的脸。黛玉笑着忙央告："好姐姐，饶了我罢！颦儿年纪小，只知说，不知道轻重，作姐姐的教导我。姐姐不饶我，还求谁去？"众人不知话内有因，都笑道："说的好可怜见的，连我们也软了，饶了他罢。"宝钗原是和他顽，忽听他又拉扯前番说他胡看杂书的话，便不好再和他厮闹，放起他来。黛玉笑道："到底是姐姐，要是我，再不饶人的。"宝钗笑指他道："怪不得老太太疼你，众人爱你伶俐，今儿我也怪疼你的了。过来，我替你把头发拢一拢。"黛玉果然转过身来，宝钗用手拢上去。宝玉在旁看着，只觉更好……

林黛玉与薛宝钗在此至少是情感合一。至于理念，虽有差别，但也可和谐地共生共处了。

复：第四十二回是钗黛关系转折的一回，在全书中很重要。这之后，再也看不到她们的冲突。我们也没有必要为了意识形态的原因，刻意去强调她们的冲突。第四十二回这段和谐性的描写，倒是让我们了解，心灵倾向于儒文化与倾向于庄禅文化是可以互补的。

梅：你在"红楼悟语"第56则中说妙玉折射的佛教文化，可能是唯识宗文化，真是这样吗？

复：这也只是感悟而已。因为她的清高不是禅的清高。真的禅，应有平常之心，不会刻意端架子，不会那么巴结贾母，又那样瞧不起刘姥姥。她把刘姥姥用过的杯子视为脏物，这就暴露出她的差别心太大，离不二法门太远，近乎势利。佛教讲妙心，就是无分别心，她偏偏有很强的分别心。她饮茶居极品，这无可厚非，但做人也自居极品，就不自然了，所以她真的是"云空未必空"，折射的不是禅宗文化。唯识宗的第六识是意识，讲分别，她的这一识太发达，分别得走火入魔了。从《红楼梦》的叙事艺术说，曹雪芹对妙玉着墨不多，篇幅很少，却把妙玉写绝了，每段描写，都堪称人物刻画的千古奇文，而最精彩的是"栊翠庵茶品梅花雪"一节。这一节里有两个绝妙的细节，一是妙玉接待贾母，二是妙玉接待宝玉、宝钗、黛玉。我们不妨重温一遍。先看第一个细节：

当下贾母等吃过茶，又带了刘姥姥至栊翠庵来。妙玉忙接了进去。至院中见花木繁盛，贾母笑道："到底是他们修行的人，没事常常修理，比别处越发好看。"一面说，一面便往东禅堂来。妙玉笑往里让，贾母道："我们才都吃了酒肉，你这里头有菩萨，冲了罪过。我们这里坐坐，把你的好茶拿来，我们吃一杯就去了。"妙玉听了，忙去烹了茶来。宝玉留神看他是怎么行事。只见妙玉亲自捧了一个海棠花式雕漆填金云龙献寿的小茶盘，里面放一个成窑五彩小盖钟，捧与贾母。贾母道："我不吃六安茶。"妙玉笑说："知道。这是老君眉。"贾母接了，又问是什么水。妙玉笑回："是旧年蠲的雨水。"贾母便吃了半盏，便笑着递与刘姥姥说："你尝尝这个茶。"刘姥姥便一口吃尽，笑道："好是好，就是淡些，再熬浓些更好了。"贾母众人都笑起来。然后众人都是一色官窑脱胎填白盖碗。

这一段连标点只有351个字。接着的另一段细节，更精彩：

那妙玉便把宝钗和黛玉的衣襟一拉，二人随他出去，宝玉悄悄的随后跟了来。只见妙玉让他二人在耳房内，宝钗坐在榻上，黛玉便坐在妙玉的蒲团上。妙玉自向风炉上扇滚了水，另泡一壶茶。宝玉便走了进来，笑道："偏你们吃梯己茶呢。"二人都笑道："你又赶了来饯茶吃。这里并没你的。"妙玉刚要去取杯，只见道婆收了上面的茶盏来。妙玉忙命："将那成窑的茶杯别收了，搁在外头去罢。"宝玉会意，知为刘姥姥吃了，他嫌脏不要了。又见妙玉另拿出两只杯来。一个旁边有一耳，杯上镌着"瓟斝"三个隶字，后有一行小真字是"晋王恺珍玩"，又有"宋元丰五年四月眉山苏轼见于秘府"一行小字。妙玉便斟了一斝，递与宝钗。那一只形似钵而小，也有三个垂珠篆字，镌着"点犀盉"。妙玉斟了一盉与黛玉。仍将前番自己常日吃茶的那只绿玉斗来斟与宝玉。宝玉笑道："常言'世法平等'，他两个就用那样古玩奇珍，我就是个俗器了。"妙玉道："这是俗器？不是我说狂话，只怕你家里未必找的出这么一个俗器来呢。"宝玉笑道："俗说'随乡入乡'，到了你这里，自然把那金玉珠宝一概贬为俗器了。"妙玉听如此说，十分欢喜，遂又寻出一只九曲十环一百二十节蟠虬整雕竹根的一个大盒出来，笑道："就剩了这一个，你可吃的了这一海？"宝玉喜的忙道："吃的了。"妙玉笑道："你虽吃的了，也没这些茶糟踏，岂不闻'一杯为品，二杯即是解渴的蠢物，三杯便是饮牛饮骡了'。你吃这一海便成什么？"说的宝钗、黛玉、宝玉都笑了。妙玉执壶，只向海内斟了约有一杯。宝玉细细吃了，果觉轻浮无比，赏赞不绝。妙玉正色道："你这遭吃的茶是托他两个福，独你来了，我是不给你吃的。"宝玉笑道："我深知道的，我也不领你的情，只谢他二人便是了。"妙玉听了，方说："这话明白。"黛玉因问："这也是旧年的雨水？"妙玉冷笑道："你这么个人，竟是大俗人，连水也尝不出来。这是五年前我在玄墓蟠香寺住着，收的梅花上的雪，共得了那一鬼脸青的花瓮一瓮，总舍不得吃，埋在地下，今年夏天才开了。我只吃过一回，这是第二回了。你怎么尝不出来？隔年蠲的雨水那有这样轻浮，如何吃得！"黛玉知他天性怪僻，不好多话，亦不好多坐，吃完茶，便约着宝钗走了出来。

在禅宗尤其是慧能看来，人人皆有佛性，佛的种子就在自己的清静的自性之中。也就是说，人的地位虽有高低，但身上的佛性并无分别，这便是不二法门。按照这种佛理，贾母虽极富贵，刘姥姥极贫寒，但都有佛性，这就是无分别心，无分别相。大慈悲也正是从这种众生平等的佛理中产生。但妙玉不是这种情怀，她把茶分为三品，不知把人分为多少品。这种分别，正是唯识观。这种观念的要义，在于证明"幻化人非真人"，只承认一部分人具有佛的无量种子，并非人人皆有佛性，人人可以成佛。玄奘还认为，佛之种子不在"自性"之中（而在他性之中），识也"依他起"，其佛量种子也应"依他起"（依他起性）。佛学总是讨论净、染二性，按此分别，净层为诸佛，染层为众生。在妙玉看来，她是净极，刘姥姥是染极、脏极。宝玉知道妙玉"嫌脏"就是嫌刘姥姥用过的杯子"有染"。与唯识宗不同的天台宗、华严宗则讲除灭三性，即除灭分别性、依他性、真实性，唯识宗言"有垢净心，即是众生之体实，事染之本性"。《大乘止观法门》的主题正是在此。我在《论〈红楼梦〉的哲学内涵》文中说，禅宗的来源之一是如来藏，就是指"大乘止观法门"，此一大经典所揭示的佛理便是"藏体平等"，诸佛与众生同具染性，故诸佛亦可与众生相同之染事，另一方面，众生与诸佛也同具净性（即佛性），佛与众的差别只在于"觉与不觉"。后来慧能所说

"悟即佛，迷则众"，便是从这里来的。妙玉属于哪一宗，修的是哪一门，从她的行为语言就可以看明白。所以我说她折射的大约是唯识宗文化。

梅：你在《论〈红楼梦〉的哲学内涵》中说，般若智慧、大乘如来藏、中观哲学是禅宗的三大来源。刚才听你讲，大乘如来藏也就是"大乘止观法门"，这一法门排除分别性，曹雪芹一定赞成。"空"的内涵应是放下妄念、执着、分别，妙玉却对人的尊卑贵贱分别得如此彻底，对贾母极尽奉迎之能事，对刘姥姥如此鄙视，实在过分，难怪曹雪芹要说她"云空未必空"。除了大乘如来藏之外，中观哲学是否也在《红楼梦》的人物身上有所折射？

复：中观哲学是印度初期大乘佛教最重要的理论家之一龙树所创立。由于他的建树，终于使大乘佛教取代小乘佛教。在印度，其门徒为他立庙尊奉为佛，在我国则被尊为大乘八宗共同的宗师。他的代表作之一《中论》后来派生出佛教的中观学派。中观哲学有一"四句"论式，即"一切实非实，亦实亦非实，非实非非实，是名诸佛法"。第一命题是"一切事物都是真实的"，第二命题是"一切事物并非都是真实的"，这两个命题都具充分理由，构成一对悖论，因此便产生第三命题，即"并非一切事物都是真实的而且也并非不是真实的"，这不是非此即彼，而是亦此亦彼。我觉得曹雪芹的"假作真时真亦假，无为有处有还无"，正与中观哲学相通。禅宗也尊龙树为祖，是"八宗共祖"的八宗之一，它把中观哲学彻底化，抵达真假不二、有无不二。曹雪芹在彻底化之后又文学化，也抵达真假不二、有无不二，贾宝玉与甄宝玉不二。总之，是真我与假我共存于人的生命之中，而所谓觉悟，便是打破我执，破假我的一切执迷、执念，返回真我的本心。你对佛教哲学较为陌生，以后也不一定能进入它的深渊，但了解一下基本观点还是必要的。

二、史湘云的名士文化投射

梅：你在"悟语"第56则中谈到黛玉、宝钗、妙玉折射的文化，都没有提到史湘云。而她的文化取向，与钗、黛、妙都不同。她虽然也劝宝玉走仕途经济之路，但与宝钗显然不同。她更潇洒，更随便。

复：湘云折射的是中国的名士文化。所谓名士，是指恃才放达、自由散漫、不拘小节之士。第四十九回，史湘云针对黛玉等说："是真名士自风流！你们都是假清高，最可厌的。我们这会子腥膻大吃大嚼，回来却是锦心绣口。"名士虽然恃才傲物，心不媚俗，但身在社会之中，并不故作清高样。竹林七贤、扬州八怪都是著名名士，但我最喜欢嵇康，所以把他的"外不殊俗，内不失正"八个字抄赠你。湘云的名士理想大约也是如此。那个下雪天，湘云围着火炉烤鹿肉吃，并说："我吃这个方爱吃酒，吃了酒才有诗。若不是这鹿肉，今儿断不能作诗。"在湘云看来，诗虽高雅，但诗人却是需要酒肉在肚子里发热的。这种人生态度显得潇洒浪漫，与妙玉全然不同，与黛玉也不同。曹雪芹是个大手笔，一场烧烤新鲜鹿肉的游戏就把各人不同的文化性格折射出来。在鹿肉炉火面前，不仅王熙凤、平儿、探春均放下平日的身段，连原先忌脏的宝琴也在宝钗的鼓励下加入了吃的行列。唯有黛玉拒绝"同流合污"，说湘云作践了芦雪庵，一下子露出她的"殊俗"洁癖。湘云以"假清高"回敬了她，其实，真正的"假清高"是不在场的妙玉。她是《红楼梦》人物中真正的精神洁癖者。曹雪芹让她在这场玩闹中缺席实在非常得当，否则便乐趣全没。史湘云聪明至极，但和宝玉一样，始终持有一种儿童的憨态，这是她的可爱处。曹雪芹本身也是亦诗亦酒的大名士，湘云这种存有天真天籁的名士风度，大约也是他的一种审美理想。在他看来，所谓俗，所谓雅，所谓脏，所谓洁，关键是内心是不是"正"。慧能讲不是幡动，也不是风动，而是心动，意思是说关键在于心灵，嵇康的"内不失正"也是这个意思。隐逸文化中"小隐隐于山林，大隐隐于朝市"的著名命题，说的也是重要的是心隐心洁心清。在"朝市"的俗社会中仍然保持自己高尚的心灵原则，这才真的不容易。

　　梅：贾宝玉其实也是一个真名士，也是守持内心的本真，不在乎外部的姿态。

　　复：这正是宝玉的可爱处。他是个贵族慧能，天然地站立于"心动"的层面，而不是站立于小僧那种计较"风动"或"幡动"的层面。慧能之后，禅宗发展到马祖，一直到狂禅，佛教已全然世俗化，所以才有"酒肉穿肠过，佛祖心中留"的趣说。贾宝玉显然也受这种态度的影响，因此，他听芳官说藕官烧纸钱祭奠死去的同性恋人荳官时，虽然感动，但告诉芳官，对于神与佛，关键是心诚心敬，不在于香火纸钱。他说供奉时用什么都可以："随便有清茶便供一钟茶，有新水就供一盏水，或有鲜花，或有鲜果，甚至荤羹腥菜，只要心诚意洁，便是佛也都可来享，所以说，只在敬，不在虚名。"（第五十八回）可见贾宝玉和史湘云的态度相似，不避荤羹腥菜，自然也不避鹿肉。中国的名士文化正是一种不重外表、不重形式而重内在心性、内在智慧的文化。贾宝玉和史湘云都有名士风度。

　　梅："评红"者谈到史湘云时都把第六十二回的"憨湘云醉眠芍药裀"作为典型书写。读了这一节，便要让我想起阮籍这些好饮好醉放浪形迹的诗人。不过，历来只能看到男性诗人如此尽情尽兴，却难得见到一个女诗人如此自由酣畅，如此以天地为屋、醉卧于山石大自然之中。女性能抵达这种物我两忘的境界，真是千古一绝。我写《狂欢的女神》，正是写才华横溢而又旷达洒脱的女性天才，如果日后有时间，应补上"醉卧青石板凳的史姑娘"，她的大吃鹿肉和沉酣香梦，倒是女性中的真名士、真女神。

复：又找到一个好题目了，应当抓住。等着看你的"大观园里的狂欢女神"吧。名士确实都有一点狂劲。孔夫子讲中庸，但把"乡愿"视为"德之贼"，因此中庸一定要有"狂"和"狷"来支撑。贾宝玉不是大仁大恶，乃是中性中道之人，但他也有狂的一面。第三回作者用《西江月》二词描写他，第一句话便是"无故寻愁觅恨，有时似傻如狂"。"行为偏僻性乖张"，宝玉如此，湘云也是如此，史湘云就是一个似傻如狂的女性。还有一个也是类似史湘云的，但大约没有人注意此人也折射着名士文化，你猜这是谁？我觉得是青年史太君，她是史湘云的姑奶奶。也许史湘云承继的正是贾母的基因。不过，我们在《红楼梦》中看到的贾母，青春时代已经过去，已看不到她的"狂欢"，但还可看到她的名士气质与风度。

梅：这倒是没有想到，你说说看。

复：你记得第四十九回史湘云提醒薛宝琴时所说的话吗？她说："你除了在老太太跟前，就在园里来，这两处只管顽笑吃喝。到了太太屋里，若太太在屋里，只管和太太说笑，多坐一回无妨；若太太不在屋里，你别进去，那屋里人多心坏，都是要害咱们的。"听了这些提醒妹妹的话，宝钗笑道："说你没心，却又有心；虽然有心，到底嘴太直了。"史湘云把贾母视为"咱们"中人，与贾府中其他婆婆妈妈不同，不仅是因为老太太性格仁慈，地位又高，还因为她本来正是大观园里姐妹的先行者。据脂砚斋透露，她从前便是枕霞阁十二钗中的人物，也是性情少女。但最要紧的是我们从小说文本中可以看出，她虽年迈，但心态依然年轻。她厌恶贾赦这个名为她儿子实为苍白无耻的官僚，她不像贾政时时从"修身齐家治国"的儒家正统眼睛看宝玉，而用自然生命之美的眼睛看宝玉，所以她不能容忍贾政对宝玉的责打，全力保护心爱的孙子。经历岁月沧桑，年老时成为家族权威，心里什么都有数。最后决定宝玉婚事，取钗舍黛，说明她的城府之深。但是，即便如此，她在晚年仍然时时透露出潇洒爽朗的性格。她喜欢和孙子们玩笑戏闹，不喜欢一板正经的面孔和面具。只想经常痛痛快快地笑一场饮一杯，也是一个爱喝酒的人。第五十四回下半回写"王熙凤效戏彩斑衣"（"二十四孝"中故事）招引贾母欢笑，贾母果然笑道："可是这两日我竟没有痛痛的笑一场，倒是亏他才一路笑的我心里痛快了些，我再吃一钟酒。"你看，她又是笑又是饮。湘云不正是承继这种基因吗？更了不得的是她内心也不拘一格，厌恶千篇一律的文学旧套和艺术旧套。五十四回的上半回写"史太君破陈腐旧套"，就写她嘲讽千百年一贯制的才子佳人老套。她说："这些书都是一个套子，左不过是些佳人才子，最没趣儿。"然后认认真真地挖苦嘲笑一番。真的名士不仅外不拘形骸，而且内不拘老套，内外都得乐趣，都得大自在或小自在。贾母在年迈还有这份洒脱浪漫，正是骨子里蕴涵的乃是名士文化。史家这一老一少，史太君与史湘云，文化气质文化心理一脉相承，你称史湘云为"狂欢的女神"，而史太君在枕霞阁时恐怕也大致是这么一个风流倜傥的形象吧。

梅：你这一点破，我便比较了解贾母了。难怪这个老人家还是让人喜欢。贾母和史湘云有一个共同点是不仅活得潇洒，而且活得有趣。贾母到老都在寻找生活乐趣、情趣，其实，这也是诗意栖居的一种方式。太拘谨、太刻板、太沉重，就没有生活。我觉得生活情趣这种"轻"，也可以帮助我们解构"名利之累"这个"重"。史湘云编撰的那个灯谜，你特别喜欢，我也喜欢："溪壑分离，红尘游戏，真何趣？名利犹虚，后事终难继。"此谜的谜底是猴子，被宝玉猜中了。史湘云想到的是红尘生涯的"真何趣"，而名利这些虚幻之物并不能带给人以真乐趣真情趣。

复：研究《红楼梦》一辈子的俞平伯先生本身也是一个名士，是中国现代文学史上屈指可数的几个名士之一。他的生活态度基本上是名士态度。但他不是表现在外部的倜傥风流，而是注重生活与写作的情趣。他研究《红楼梦》，固然是在考证，但考证中繁而不琐，文章中夹有许多趣情趣事，让人读后觉得津津有味。他考证秦可卿与她公公关系的文字，也可以作为散文读。

梅：中国的名士文化源远流长，在魏晋时代那么发达，是不是庄子的影响？

复：这个问题还可再做些探讨。但有一点可以肯定，是名士文化在魏晋时已达到了高峰。按照冯友兰先生的意见，他认为"风流"与"率性"文化（他没有使用"名士文化"概念）就产生在这个时期，而主要是渊源于《列子》今本（古本已佚失）的第七篇《杨朱》。此篇把人的生活做了"外"与"内"之分。故事中的杨朱，说人不得休息，乃为四事所累，一为寿，二为名，三为位，四为货。有此四者，便畏鬼畏人，畏威畏刑。生活如何摆脱"畏"，就得从治外转到治内。冯先生说：

　　《杨朱》篇所说的"治内"相当于郭象所说的"任我"而活，所说的"治外"相当于郭象所说的"从人"而活。人活着，应当听从自己内心，而不是矫情迎合别人。也就是说，人活着，或循理或顺情，都应当出自纯真的内心，而不是为了迎合时尚。用三四世纪时通用的语言来说，就是任"自然"而不是循"名教"。这是所有新道家人士都一致的认识，但其间还有区别，以郭象为代表的理性派强调要按理性的要求来生活，而另一批任情派则主张要率性任情地生活。

梅：这也就是说，可把《列子》中的《杨朱》篇视为中国名士文化的一个思想源头。这源头强调的是听从自己的内心。

复：《杨朱》篇所描述的可视为晋代士人所追求的一种精神，但不是全部，也不能说是其中最好的。《杨朱》所感兴趣的是一种粗鄙的享乐，这种享乐不必鄙视，但并不是"风流"的真意所在。到了竹林七贤，才有了"风流"的实质。刘伶一丝不挂，尽情痛饮，别人批评他时，他说："我以天地为栋宇，屋室为裈衣（内裤），诸君何为入我裈中。"（《世说新语·任诞》）刘伶这种物我不分、天人不分，自由自在地活在天地宇宙之中，才算是真名士真风流。我们所看到的"醉眠芍药裀"进入物我两忘境界的史湘云，其文化心态意态，可追溯到刘伶、阮籍等。

梅：史湘云的风流偶傥，已不是粗糙的只顾享乐，而是对于生命自由的真理有所领悟。在中国文学戏剧中寻找"狂欢的女神"，其宗可能得追溯到《山海经》的女娲、精卫，可是在传说中她们的故事尤其是内心尚未展示，我们只能从她们的补天、填海行为上去想象。《山海经》之后，中国历史上如林黛玉所歌吟的西施、虞姬、明妃、绿珠、红拂等，都很精彩，在历史的风云变幻中都以自己的生命语言给人间留下永恒的记忆。但是却没有一个像史湘云这样满腹诗书，而且如此潇洒，如此不拘一格。《西厢记》中的崔莺莺，《牡丹亭》里的杜丽娘，在爱情中也狂欢了一阵，但其文化内涵，也不如史湘云深厚。其文化含量相去甚远。《三国演义》中的貂蝉虽也演出了一场狂欢性质的政治戏剧，可惜归根结底，她不过是被人拉着线的傀儡，高级的女奴与工具而已，其内心除了报主恩情和征服对手之外，什么也说不出，更谈不上什么生命境界。至于《金瓶梅》中的潘金莲、春梅，她们只能在肉体的情欲中狂欢，是彻头彻尾的大俗人。《红楼梦》创造了那么多的诗情女性，仅史湘云一人就足以压倒群芳了。

复：你的文章已经有了提纲了。史湘云折射的名士文化，确有丰富的文化含量，但她并不是名士文化理念的形象转达，不是名士的号筒。她是一个独一无二的活生生的个性，在她口直心快的言语中，有时也跟着薛宝钗劝宝玉走仕途之路，但这只是脱口而出，不知深浅，完全不像薛宝钗想得那么深，那么执着。性格中有些矛盾，有"不一致"，才丰富，才真实，才不是某种文化理念的图解。《红楼梦》中其他精彩女子形象也是如此。例如林黛玉，她最讨厌功名这一套，绝不劝宝玉去立功立言，自己也绝非名利之徒，但在贾元春省亲而命众弟妹作诗时，她就升起一个好好表现一下的念头。（第十七至十八回写道："原来林黛玉安心今夜大展奇才，将众人压倒，不想贾妃只命一匾一咏，倒不好违谕多作，只胡乱作一首五言律应景罢了。"）这个细节很有趣。对于此一细节，与其说她想出风头，不如说她任情率性、天真好强。绝不可用我们今天的道德评判语言去批评她。也正是有这种异质的精神细节，人物才不是理念的木偶。

梅：这么说，林黛玉也是名士，也是狂欢女神了。

复：说黛玉是狂欢女神未尝不可，不过，说她是名士则需再斟酌。如果她属名士，就会去吃鹿肉，但她拒绝，可见与名士的不拘形骸还是有很大区别。不过，她作为大观园的首席诗人，却有内心的狂欢。《红楼梦》中的第一狂欢女神，其实是林黛玉。你记得第七十六回林黛玉与史湘云的联诗比赛吗？那是一次心灵狂欢的较量，最后林黛玉动用她的最高才情，迸出一句"冷月葬诗魂"，吟出之后还对湘云说："不如此如何压倒你？"你看，此时林黛玉真是才高气盛，话下之意，便是你狂，我比你更狂。林黛玉的《五美吟》本身也是一次思想的狂欢，历史见识的狂欢，这种狂欢才真的横扫"二十四史"这些皇帝家谱。她的《葬花词》又是何等气概？天问地问人问，表面上是伤感，实际上是看空了一切。最后的焚诗稿，更是死前最后的绝望的狂欢，用自己的行为语言和死亡仪式，向无情无义无知的人间发出光芒四射的抗议。而她的爱恋过程，更是从天上转入地上。来到人间之后，寄人篱下，除了宝玉没人能真正理解她，她和宝玉的恋情也受到正统力量与种种世俗力量的排拒与压迫，但她还是凭借一股痴绝之情，勇往直前，一路挥洒眼泪。她的风流是更深沉的风流，她的狂欢是更加内在的狂欢。

梅：你所说的狂欢是广义的狂欢。不错，以更开阔的狂欢定义看，林黛玉确实内心才思汹涌，诗思超群，每写一首诗都是一次不同凡响的心灵狂欢。难怪你要封她为大观园里的"首席诗人"。她的诗句"未若锦囊收艳骨，一抔净土掩风流"，以风流自命，何等自傲自信，而她的"天尽头，何处有香丘？"又是何等的心事浩茫！这确实是灵的狂欢，大灵魂的诉说。这在中国文学和世界文学史上真是稀有之音，绝对稀有的现象。对于史湘云，我在前几年阅读时老想到"酒神"二字。这不仅因为她爱饮酒而且醉卧石凳，而且因为她的整个文化形态正像尼采描摹的酒神精神。这不是理性的阿波罗（Apollo），而是充满原始本能与生命激情的狄奥尼索斯（Dionysus）。

复：你的这一思想也许是一种有意思的发现。尼采《悲剧的诞生》我虽印象很深，但未把酒神精神与史湘云联系起来，也未从这个视角思考林黛玉。在尼采的著作里，酒神精神是放纵自己的原始本能，如痴如醉地享受生命的欢乐与喜悦，与讲究节度、理性观照人生的日神正相反。酒神狄奥尼索斯也可视为一种生命状态，心醉神迷的状态。这种状态，也是一种物我两忘的状态，是个体生命与宇宙存在的融合，精神以感觉为家园，正如感觉以精神为家园。尼采认为，日神艺术表现在史诗与雕塑中，酒神艺术则表现在音乐中。古希腊悲剧正是这两种精神互相撞击、互相补充的产物。20世纪俄国著名文学理论家巴赫金讲"复调""多声部""狂欢节"，把酒神精神带入他的理论，也扩大了酒神精神的内涵。狄奥尼索斯充分感性、充分沉醉、充分洒脱，以此特点来看史湘云，并不牵强，以后你也许会找到许多对应点。因为你的提示，我倒觉得钗黛二人，钗更接近日神精神，黛更接近酒神精神。一个讲究分寸节度，向往平静的生活；一个任情率性，内外一派风流。但黛玉是《红楼梦》中最丰富最精彩的诗意生命，仅用酒神精神又概括不了她。

梅：《红楼梦》也多次用"风流"二字描述黛玉，如"风流袅娜"（第五回）、"风流婉转"（第二十五回），但她的状态与史湘云还是不同。她的外表不如湘云洒脱，但内心比湘云更超脱，也具有更多的禅性。

复：所以要说林黛玉折射哪一种中国文化，就不那么简单了。她的文化内涵比薛宝钗、史湘云、妙玉、王熙凤等要丰富复杂得多。我在"悟语"第56则中说她折射庄禅文化，也只是我的直觉、我的感悟。我觉得她有一个基本的生命特点，是率性自然。"人法地，地法天，天法道，道法自然"，在老庄道家的眼里，"自然"是比道更难求的境界。她的诗，好也好在自然飘逸，绝无造作。第三十八回李纨作为评判者说明她夺魁的理由是"题目新，诗也新，立意更新"后，她却说自己的诗"伤于纤巧"。可见她把"自然"看得最为重要，纤巧也会伤害自然。第三回说她有一种"自然的风流态度"，这便是不知遮掩，没有世故，"心中不知有何丘壑"（脂评语）。这一点，林黛玉与史湘云是相通的，都是任"自然"，不是循"名教"，都是率性任情地生活。前边我们提到《列子》的《杨朱》篇，其中有一段话讲任情率性。管仲在与晏婴的对话中回答"任情"的内容是："恣耳之所欲听，恣目之所欲视，恣鼻之所欲向，恣口之所欲言，恣体之所欲安，恣意之所欲行。"林黛玉正是从"自然"走向"放逸"，恣口之所欲言，该说的话就说，缺少薛宝钗那种节制功夫。但是，林黛玉除了"放逸"的一面，还有"超逸"的一面。放逸一面表现在她的"情"，超逸一面表现在她的"灵"。第十六回，宝玉已感受到她超逸的这一面了，他"心中品度黛玉，越发出落的超逸了”，也就是说，此时黛玉在宝玉心目中，已不仅是人品，而且是逸品了。而支持林黛玉超逸的正是禅宗文化。在《红楼梦》所有的人物中，她是具有最高悟性的人，也是禅悟的先知先觉者。宝玉虽然聪慧，但是他的感悟总是抵达不到黛玉的高度（境界）。贾宝玉深知这一点，也特别佩服这一点，所以他对黛玉说，“我虽丈六金身，还借你一茎所化”，而且承认林黛玉是先知。第二十二回写他被黛玉的问题（“尔有何贵？尔有何坚？”）问住之后并不抱愧，只是“自己想了一想：'原来他们比我的知觉在先，尚未解悟，我如今何必自寻苦恼。'……”《红楼梦》作为一部悟书，它的最高禅悟即大彻大悟，是由林黛玉来呈现的。关于这点，我在《红楼梦悟》初版中多次提及，你可再留心一下。所以我说林黛玉折射的主要是庄禅文化，当然也折射一些名士文化。

梅：率性自然，这才是林黛玉。黛玉与妙玉相比，显得自然。她和宝钗到栊翠庵做客，竟被妙玉视为“大俗人”，难怪她们要在妙玉面前觉得不自在。妙玉的缺点恰恰在于不自然，内外也不太一致。

复：妙玉聪明至极，气质确实非凡，但不能算作率性之人。“率性之谓道”，她虽日夜修道，却未真正得道。林黛玉倒是真正得了道。我特别崇敬慧能，觉得他点破许多真理。他告诉我们，觉悟的功夫不是在外部诸相，包括佛相、空相，而是内心真有所悟，也就是"内觉"。他把"佛""法""僧"外三宝转化为"觉""正""净"内三宝，强调内三宝，这是佛教要义极为重要的转变。人的"洁"或不"洁"，关键也是在于内心，而不在于外相。妙玉的外部功夫已经做到了极处，但太多我相、智者相，也太多"洁相"，结果是"欲洁何曾洁"，而林黛玉却是内心的真纯洁，毫无挂碍，最后也"质本洁来还洁去"。

梅：惜春也谈禅说佛，最后也看破红尘，出家修道，但是她的功夫好像也是外部功夫，内里似乎也没有大彻大悟。

复：惜春是贾府女子中真正的"冷人"，也是一个最怕被水打湿自己羽毛的人。你注意了没有，在大观园的女儿国里，她总是冷冷地做旁观者，从未表现过青春热情。她虽然才气平平，但也不能说没有悟性。她和妙玉最谈得来。有一回，宝玉突然窜到她俩面前，妙玉痴痴地问宝玉："你从何处来？"宝玉想到"或是妙玉的机锋"，答不出来。妙玉微微一笑，自和惜春说话。惜春笑道："二哥哥，这什么难答的，你没听见人家常说的'从来处来'么。这也值得把脸红了，见了生人的似的。"可惜，这只是小悟性。此时她的小翅膀飞得比宝玉高，可是她却从未飞到宝玉那大慈大悲（即大彻大悟）的至高处，所以总是防备他人，好像心中也紧绷一根弦。更谈不上保护他人。王熙凤奉命抄检大观园，在她的丫鬟入画那里抄出了一大包银子来。盘问下才知道是入画哥哥托老妈妈带来寄存在那里的，箱中的金银是贾珍赏给她哥哥的。此事发生后，惜春觉得有损自己的面子，竟然要求王熙凤动用严刑，可是王熙凤知道这些东西并非赃物，只是私自传送而已，就准备放了入画，而惜春反而不饶，说："嫂子别饶他这次方可。这里人多，若不拿一个人作法，那些大的听见了，又不知怎样呢。嫂子若饶他，我也不依。"进而甚至要她嫂子尤氏把入画撵出贾府："快带了他去，或打，或杀，或卖，我一概不管。"最后入画向她求情说："再不敢了。只求姑娘看从小儿服侍的情常，好歹生死在一处罢。"求到这个份上了，惜春还不动心。可见她是何等绝情。你如果要找一个把面子看得比慈悲心更重要的人，惜春就是典型的例子。连尤氏都说她："可知你是个心冷口冷心狠意狠的人。"而她却回答说："古人曾也说的，'不作狠心人，难得自了汉'……"这些话虽然出自一个漂亮的贵族少女之口，我听了却毛骨悚然，觉得她的这种人性世界实在太寒冷、太残酷了。就这么一个崇尚妙玉、口说禅语、最后走进佛门的小女子，其心灵离佛有多么遥远。她和贾府中头号念佛的王夫人一样，内心都有一种冰冷的自私与残忍。曹雪芹呈现惜春和王夫人这种形象，让我们更感到慧能所强调的禅悟"内觉"是多么重要。那种把菩萨、经书、佛珠当作装潢门面的器具甚至当作掩盖内心黑暗的面具，只能使人性更加虚伪，更加不可救药。因此，我们要说惜春（也包括王夫人）折射什么文化，那么，可以说，她折射的是冰冷的假菩萨文化。宗教与学问的末流大致相同，最后都只顾一张面皮，至于真理如何遭难，心灵如何沉沦，那是无法顾及了。从《红楼梦》的整体叙事结构看，有惜春、王夫人这种形象在，主人公贾宝玉所负载的大慈悲文化显得更为难得，其剔除分别心的不二法门，其打破尊卑界限的博大情怀，也更显现出光辉。从书写艺术上说，有这种对照，其作品的精神内涵才更加深刻。

梅：无论是儒，是道，还是释，都有精华与糟粕，都有外相与内核。《红楼梦》中的释家文化、释家哲学精华主要是由主人公贾宝玉呈现，而其表面功夫——甚至可称糟粕——则由王夫人、惜春等体现，道家的末流则由炼丹炼到走火入魔最后吞砂而死的贾敬体现。而儒家也有深层结构与表层结构之分，这一点你在《论〈红楼梦〉的哲学内涵》中做了说明。

三、王熙凤、探春的法家文化投射

梅：除了儒、道、释三大家文化在《红楼梦》人物身

248

上都有折射之外，是不是法家文化、萨满教文化等也有折射？

复：有，在王熙凤、探春身上就折射着法家文化的一些特征，但两人的个性与折射点又有区别。中国法家文化的集成者是韩非，在他之前，法家分为三派：一派以慎到为首，强调"势"，即地位、权力与权威；一派以申不害为首，强调"术"，即政治权术；一派以商鞅为首，强调"法"，即法律制度。韩非认为三者缺一不可，三者的结合才能成为强有力的帝王统治工具。历来帝王是以儒治国还是以法治国总要费大心思。中国人一般称以儒治国为王道，以法治国为霸道。但鲁迅说统治者们即使宣称实行儒家仁政，也总要辅之以法家权术权势，因此王道霸道变成相辅相成的两兄弟。我则认为如果历史的发展是如李泽厚所说的"历史主义和伦理主义的二律背反"（你可看看我们合著的《告别革命》），那么我觉得，儒家强调的是伦理主义，而法家强调的是历史主义。伦理主义的主题是"善"，历史主义的主题则是发展。为了"发展"，不惜付出伦理代价甚至不择手段，所以法家总是无私无情。他们不像儒家那样以为"人之初，性本善"，反之恰恰以为人天生性恶，人性极不可靠，所以一定要用法律规则去限制恶、惩罚恶。

梅：你在阐述中国文化的论著中曾说，中国文化包括两大脉络：一是重伦理、重秩序、重教化之脉，以孔孟的儒家文化为代表；一是重自然、重自由、重个体生命之脉，以庄禅为代表。你为什么不说法家文化？

复：我谈的是中国文化的主脉，所以只谈儒、道，暂时放下阴阳家文化、名士文化、法家文化等。法家文化属于政治文化，也是先秦文化的重要一支，但到了汉代之后，逐步与儒结合，几乎没有独立的法家文化。"文化大革命""批林批孔"时，学者与权势者划分儒家和法家的界限，把诸葛亮、王安石、张居正等都划入法家，但他们本是儒，并非纯法家，而是儒法互用的政治家。这与意大利的马基雅维利的《君主论》不同。中国的韩非等比马基雅维利早出现一千多年，但欧洲出现了《君主论》之后，政治学就完全从伦理学中独立出来，只讲政治，不讲伦理，两者无法结合。马基雅维利认为，要达到政治目的便须不择手段，包括狮子般的凶心和狐狸般的狡猾，不可讲什么道德情义。他更接近韩非，不同于诸葛亮、王安石这种亦儒亦法。

梅：王熙凤好像不是半儒半法，而是真法真霸。为了达到目的，她不择手段，绝不讲什么"仁义道德"。王熙凤一旦"协理宁国府"，便是一路法家气派，威权章法双管齐下。府中那位负责迎送亲客的人"睡迷"而迟到，她便以"冷笑"斥之，接着便"抓住不放"，并以他为"反面教材"狠狠惩处一番，并发布一番"执法"宣言。小说描写道：

凤姐便说道："明儿他也睡迷了，后儿我也睡迷了，将来都没了人了。本来要饶你，只是我头一次宽了，下次人就难管，不如现开发的好。"登时放下脸来，喝命："带出去，打二十板子！"一面又掷下宁国府对牌："出去说与来升，革他一月银米！"众人听说，又见凤姐眉立，知是恼了，不敢怠慢，拖人的出去拖人，执牌传谕的忙去传谕。那人身不由己，已拖出去挨了二十大板，还要进来叩谢。凤姐道："明日再有误的，打四十，后日的六十，有要挨打的，只管误！"说着，吩咐："散了罢。"窗外众人听说，方各自执事去了。彼时宁国荣国两处执事领牌交牌的，人来人往不绝，那抱愧被打之人含羞去了，这才知道凤姐利害。众人不敢偷闲，自此兢兢业业，执事保全。不在话下。

仅协理宁国府一节，就足以看到王熙凤的法家气势。

复：这是表现王熙凤法家风度最生动的场面。而整个王熙凤协理宁国府的前前后后，所作所为，还有人们对她的评价，都可以看到她身上势、法、术三者皆备。贾珍采纳宝玉的建议，决定邀请王熙凤协理，也正是明白她从小就有"杀伐决断"之势。他对邢夫人说："……从小儿大妹妹顽笑着就有杀伐决断，如今出了阁，又在那府里办事，越发历练老成了。"（第十三回）得知贾珍的决定后，宁国府中都总管来升立即传齐同事人等警告说："如今请了西府里琏二奶奶管理内事，倘或他来支取东西，或是说话，我们须要比往日小心些。每日大家早来晚散，宁可辛苦这一个月，过后再歇着，不要把老脸丢了。那是个有名的烈货，脸酸心硬，一时恼了，不认人的。"（第十四回）无论是贾珍所说的"杀伐决断"之气，还是来升所说的"脸酸心硬""不认人"的"烈货"，都准确地描述了王熙凤。法家的重大特点就是只认法，不认人。为了执法，就敢杀伐，就是心硬，没有什么仁义可言。刚才你读的这段描写，王熙凤声色俱厉，正是一番杀伐，绝不讲情面。这一场面，除了表现出"势"与"法"（规则）之外，还表现出法家的一种术，这就是"深一以警众心"，就是我们常听到的以一警百：拿一个迟到者打大板开刀下马威，以警示众人。看来王熙凤还颇精通法术。有些中国政治史研究家就概括了韩非的阴谋十计：

一，深藏不露；

二，国之利器不可以示人；

三，"其用人也鬼"；

四，深一以警众心；

五，装聋作哑，以暗见疵；

六，倒言反事，即故意说错话，做错事，以错检验臣下是否真诚；

七，事后抓辫子，设法使人非讲话不可，讲了再抓辫子；

八，防臣如防虎，时时有戒心；

九，设置暗探；

十，谋杀。

转引自刘泽华主编：《中国政治思想史·先秦卷》，

浙江人民出版社，1996年

这一套驾驭群臣之术，也可说是法家的正宗。因此，要说势、法、术三昧，王熙凤倒是全面地折射法家文化。

梅：王熙凤折射法家文化，不难理解。我倒是觉得探春更为复杂一些。她是不是也折射法家文化？

复：探春的法家作风也有许多描述。只要读一读第五十六回"敏探春兴利除宿弊"，就知道她是多么能干。当时她和李纨、宝钗暂时共理家政，给她提供了"用武之地"。我老记得宝钗对她说的一句话："虽是兴利节用为纲，然亦不可太啬。"也许我们曾经处在一个念念不忘"以阶级斗争为纲"的时代，所以对探春的"兴利节用为纲"特别敏感。这一回里探春所表现出来的家政不是王熙凤那种一来就下马威，但却表现出法家的"精细"的思维特点。法家一向以冷静态度和周密思虑致力于功利目标而称著。凡法家干才，就有很好的算计思维。在法家面前，儒显得空洞，也显得缺乏操作性。要说政治学、经济学，法家才说得上，儒家只能玩伦理学。探春的思维正是周密至极的思维，"一个破荷叶，一根枯草根子，都是值钱的"，这是她的理念。所以她指令要把怡红院的玫瑰花、蘅芜苑的香草晒干后送到茶叶铺、香料铺里去卖。对此，贾宝玉曾有微词："这园子也分了人管，如今多掐一草也不能了。又蠲了几件事，单拿我和凤姐姐作筏子禁别人。最是心里有算计的人，岂只乖而已。"（第六十二回）宝玉本来就是个崇尚美的人，哪能想到自己院子里的玫瑰有什么经济价值。这就和探春产生文化冲突了。《韩非子·问辩》说得很清楚："夫言行者，以功用为之的彀者也。夫砥砺杀矢而以妄发，其端未尝不中秋毫也，然而不可谓善射者，无常仪的也……今听言观行，不以功用为之的彀，言虽至察，行虽至坚，则妄发之说也。"韩非说得很清楚，如果不懂得以功利为目标，精打细算，其他的说也白说，做也白做。探春的家政正是以功用为目标，以兴利节用为纲，可见她深得法家精髓。这不知是她无师自通，还是研读法家著作，我尚未考证。

梅：贾府里的婆子媳妇们早已发现"探春精细处不让凤姐"，真是精明得很。除了兴利，她除弊时也挺威严，连自己的生身母亲和兄弟多沾一点钱都不行。她这个人，要是当官治国，肯定是个铁面无私的清官。

复：她和王熙凤的区别，首先就在这一点上。同样都是计算性思维，但探春不贪赃枉法，而王熙凤却很贪心，在内收贿包揽，在外放高利贷盘剥。如果她去治国，肯定是个大贪官、大奸雄。法家的"势""法""术"三宝，探春注重的是"法"，也有"势"，但不像王熙凤那样，一肚子权术心术，很会搞阴谋诡计，以致葬送了几条人命（除了直接谋杀贾瑞、尤二姐之外，还导致张金哥和长安守备之子及鲍二家的自杀）。王熙凤本质上是"三国中人"，是曹操、刘备、孙权这类工于权术的人。而探春却很正，她依法治家，不徇私利，不要权术心术，不走邪门歪道。照理说，这才是法家的正宗。可是，法家的宗师们本身就讲权术，就擅长"阴谋诡计"。战国时，讲"术"的风气很盛，法家尤盛。术与法不同，法是臣之所师，术为主所执。韩非不仅教导君王用术，更可怕的是教导他们如何搞阴谋诡计。

梅：探春主持家政，和宝钗、李纨一起，倒是一个儒法互用的好结构。宝钗提醒探春在以兴利节用为纲治家时也不可太啬，就是很重要的补充。宝钗虽也有手腕，但还是有儒家"仁政"心肠，李纨也是。我对政治学一窍不通，但对曹雪芹笔下这种活政治，倒有兴趣。

复：不错，这应当是较理想的结构，选择儒法两家的长处，扬弃其权术心术的糟粕：既以法治家，又以德服众；既有秩序规则，又有人际温馨；既有算计，又有宽厚；既有冷静，又有热情。中国政治学讲究"贤者在位，能者在职"，与"内圣外王"的思想相通。宝钗、李纨这两位儒家属于贤者，只管大局，只出智慧，而探春则属于能者，她精细筹划，周密运作。两者结合起来，确实不错，否则，像探春那么一味讲利，最后连亲舅舅都不认，那也未免要从功利走向势利。

梅：如果说惜春是个"冷人"，那么探春应当算是"能人"了。真不愧是"才自精明志自高"，有抱负，有能力，有家族兴亡的责任感。只可惜她是个姑娘家，是个女性，在男权统治的社会里，才能得不到充分的施展。再加上她是赵姨娘所生，属于"庶出"，母亲和同胞兄弟（贾环）都不争气，其最后的结局，也只能遵命远嫁，真可说是"壮志未酬身先嫁"，让人为之叹息不已。

复：探春自己就直言不讳地说："我但凡是个男人，可以出得去，我必早走了，立一番事业，那时自有我一番道理。偏我是女孩儿家，一句多话也没有我乱说的。"（第五十五回）这一番话，绝不是大话，她确实是可以建功立业的人。我常和你说，历史充满偶然。如果荣国府的贾珠不早夭，或者贾珠、贾宝玉还有一个如同探春的兄弟，其贵族府第就会有另一番气象。可是，探春偏是女性，偏是"庶出"，这种天生的缺憾，在宗法社会里可是致命之伤。五四新文化运动的功绩，很根本的一点是摧毁宗法文化观念，让女性获得生命尊严和生命价值实现的机会。也就是让探春们可以"立一番事业"，让李纨们可以不再守节，让薛宝钗、林黛玉们的诗赋可以发表于社会。探春、宝钗、李纨、黛玉都是诗人，都是知识妇女，在五四运动中，得益最大的就是知识妇女。不过后来被解放的妇女，个个变成"双肩挑"，像李纨，就不仅要照顾贾兰，而且还得到外头工作。她是诗评家，也许还得当个编辑记者，够累人的。人间充满生存困境，你是个女性主义者，应当很了解这一切。

梅：不管是探春这种能者，还是李纨、宝钗这种贤者，还是黛玉这种慧者，也无论是王熙凤这种强者，还是迎春这种弱者，都跑不了"双肩挑"的命运，但"五四"后她们毕竟都带着独立人格在天地间站立起来了。五四运动的得益者，除了知识妇女之外，非知识妇女得益也很大，像晴雯、鸳鸯等就不必再去当人家的奴隶了，即使去当人家的保姆，也有自己的尊严。五四运动打破宗法文化的牢笼，其功不可没。

四、文学文化大自在

梅：无论是对儒对道对释，《红楼梦》都清楚地看到它们的负面，它们的弊端。尽管作品主旨更靠近庄禅，但也不等于就是庄禅，这一点很了不起。

复：任何一种中国文化理念都不能涵盖《红楼梦》，它吸收各种大文化的精华，又超越各种大文化，吸收佛文化的哲学和基本精神，又不迷信佛，这是曹雪芹对待各种文化的态度，气魄很大，很了不起。从理论上说，对于儒、道、释三大家，曹雪芹对其内在的深层的"道"比较尊重，对其外部的表层的"术"则有距离。曹雪芹是一个独立于大地的生命存在和智慧存在，《红楼梦》又是具有最高原创性的伟大作品，所以它对儒、道、佛任何一家都没有偶像崇拜。你记得第二十五回贾宝玉中了邪之后（赵姨娘请马道婆施魔魔法），急死一家人，连忙请神拜佛。癞头和尚和跛足道人也来了。事忙之后，林黛玉念了一声"阿弥陀佛"，薛宝钗却嗤了一声笑说："我笑如来佛比人还忙：又要讲经说法，又要普度众生；这如今宝玉、凤姐姐病了，又烧香还愿，赐福消灾；今才好些，又管林姑娘的姻缘了。你说忙的可笑不可笑。"宝钗这一态度，一是反映了《红楼梦》的儒、释分殊，二又反映了曹雪芹的态度。佛教传入中国后对儒是个冲击，所以才有唐代韩愈的反对迎佛骨的著名文章。贾府里的儒家代表，男为贾政，女的则是宝钗了。儒者调侃如来佛，这是很自然的。贾府中非儒尊释（特别是禅）一边的宝玉、妙玉等，也并不崇奉佛家偶像。曹雪芹尊重并吸收释家的大慈悲精神，使整部巨著"佛光普照"，但不树立如来佛的绝对权威。一个成道和尚，他给予"癞头"形象，一个成道"道人"，则给予"跛足"形象，都是喜剧性外形。除了佛，对道对儒也无偶像崇拜，这才有小说开头的名言："这女儿两个字，极尊贵、极清净的，比那阿弥陀佛、元始天尊的这两个宝号还更尊荣无对的呢！"要树偶像，也只有释迦与老子（孔子是轮不上的），但曹雪芹给他们的定位，却在"女儿"之下，这就是《红楼梦》的独特文化，中国文学中独一无二的创造性文化。

梅：这种文化好像已经含有现代信息。现代的女性主义就包含着把男权社会所树的偶像"放下"，崇尚女性的生命本身。"女儿"的美，"女儿"的生命之质，才是最为宝贵的。

复：不错，我们可以把曹雪芹视为中国现代意识的第一个伟大的先知先觉者。他继承了中国文化的全部精华，但又超越文化传统的已有内容，另创一种更具人性、更带诗意、更有自由元素的文化。20世纪中国打开大门而吸收西方文化之后，特别是"五四"中国本身也努力创造现代文化之后，我们才发现，曹雪芹原来是现代文化的伟大先驱者，是妇女解放、儿童解放、男性奴隶解放的先觉者。难怪聂绀弩老先生最后几年一再和我说："五四"要是把《红楼梦》作为旗帜，作为人的解放和妇女解放的旗帜就好了。周作人说五四运动有三大发现：发现人，发现妇女，发现儿童。这不正是曹雪芹的发现吗？曹雪芹发现妇女的最高生命价值，发现贾宝玉这种赤子也是儿童的最高精神价值。而且他还发现，不仅处于社会中心地位的贵族有价值，而且处于社会边缘地位的"边缘人"如蒋玉菡、柳湘莲等也有价值。这不是人的发现吗？曹雪芹与卢梭、孟德斯鸠、伏尔泰生活在同一世纪，可惜他没有西方这些启蒙思想家的幸运。他的现代意识在庞大的清王朝的文化专制下，根本放射不了任何光芒。

梅：你一再说，存在的意义就在于存在本身，就在于生命本身的尊严、欢乐、创造和对存在之外更宏伟存在的清明意识，这种思想，除了西方现代哲学给你的启迪之外，恐怕《红楼梦》也给你启迪。

复：《红楼梦》确实给我巨大的启示。这是生命的启示，存在意义的启示。这种启示，除了《红楼梦》还有《道德经》《南华经》《六祖坛经》《金刚经》等。它们的精华是相通的。禅宗到了慧能，有一个划时代的发展，它完全冲破经院的牢笼和教条主义的牢笼。"不立文字"是打破教条主义的宣言，"顿悟"则给予思想发现与艺术发现最高肯定，仅这一点，就从根本上"解放"了我的思想，使我的"此在"大门顿然敞开。到了慧能，他才彻底打破唯识宗的三门：分别门、依他门、真实门。对我启发最大的是打破前二门，因为打破真实门其实是无真无假的不二法门，本可归入"除分别门"，即万物万有的本体原是没有分别的，所谓尊卑、胜败、浮沉、善恶等界限都是人工制造的。剔除分别门，使我们的生命重新赢得完整，也是我们赢得慈悲之心的前提。还有，剔除依他门，即不求外部力量来肯定自身存在的可能和存在的意义，一切依仗"自性"，依仗自己对"自性"的开拓，相信自己的心灵状态可以决定一切，确立"自救"的人生大思路，这都是慧能给我的启示。《红楼梦》的大思路与慧能相通，它借石头通灵幻化入世的故事，赋予主人公一种"天外来客"的身份，因此，贾宝玉来到人间之后，不仅是个历史存在，而且是个宇宙存在（超历史）。他天然地拒绝人间权力操作下的概念统治，天然地打破尊卑、贵贱等各种等级观念，平等地对待一切生命，因此，也才有"身为下贱，心比天高"的价值尺度，才有对一切被社会界定为"下人"的大悲悯。贾宝玉作为宇宙存在，他除了天然地放下分别性，还天然地拒绝"依他性"，他完全是个独立的存在。在世俗生活中，他不去仰仗权贵，也不知皇妃姐姐这层宫廷关系对他有何意义。在思想理念上，他则有自己的一套哲学，一套被常人视为"古怪"的价值观，所以他才会把"女儿"二字看得比"阿弥陀佛""元始天尊"重要，也才会把男人世界视为泥浊世界，也才会把一个女奴（晴雯）被逐出贾府视为第一等大事，也才会把柳湘莲、蒋玉菡这些"边缘人"看得比王侯等"中心人"还可亲近。贾宝玉的思想行为有悖于儒，其实也有悖于道，有悖于佛。把"女儿"看得比道祖、佛祖还重要，难道不是"异端"吗？所以，贾宝玉又完全是个独一无二的文化存在、哲学存在，用中国文化的任何一种体系也无法去阐释他，涵盖他。同样，用西方文化的任何一种体系也无法说明他。王国维用叔本华哲学只能说明一部分，同样，用海德格尔哲学也只能说明一部分。正因为太丰富、太特别，所以才更值得研究。所以我希望将来的中国哲学史能有专门章节讨论《红楼梦》，它不是老子、庄子、禅宗可以代替的。

梅：你刚才讲的这番话特别要紧，看来也正是研究《红楼梦》哲学、《红楼梦》文化的关键点。这就是我们不能用现有的哲学文化概念去规范《红楼梦》，无论什么理念去套都套不住。它是哲学大自在，文化大自在。你多次说《红楼梦》是个无真无假（假作真时真亦假）、无善无恶、无是无非、无因无果的艺术大自在，我开始还不太明白，今天听你这么一讲，才了解你说的是什么意思。这样看来，

《红楼梦》的哲学内涵和文化内涵还有继续开掘的无限可能性。

复：可能一千年也开掘不完，讨论不定。就像希腊史诗《伊利亚特》，两千年后的今天还在开掘，还在阐释。在我的心目中，在我的文化价值天平上，曹（即《红楼梦》）是独立的一大家，是与儒、道、释并列并重的一大家。去年我在台湾东海大学讲座"我的六经"，最近又为日本佛教大学吉田富夫教授的退休纪念集写了一篇同样题目的文章。我的六经，不是《诗经》《书经》《易经》等，而是指《山海经》《道德经》《南华经》《六祖坛经》《金刚经》和"文学圣经"《红楼梦》，把《红楼梦》视为集大成的经典极品。《红楼梦》不仅有自己很特别的文学主题，而且有很特别的哲学主题。这种哲学主题已不是主体与客体、存在与意识这些对立关系，也不是性善性恶这些问题。它以情为本体，但又把情宇宙化；它有禅的不二法门，但又把"不二法门"宇宙化，也许可以称作"泛不二法门"。特别可贵的是，充斥于《红楼梦》中的是关于故乡与他乡、瞬间与永恒、存在与本真的思索。甚至可以说，《红楼梦》就是故乡与他乡、瞬间与永恒、存在与本真的二重变奏。其哲学境界不是家国境界，不是道德境界，而是打破主客之分的澄明境界。

梅：生与死、色与空、欲与理等哲学大主题也在《红楼梦》中，但曹雪芹都赋予特别的意象和语言。"盛筵必散"，就是他自己的哲学语言。刚才我们说，《红楼梦》是个哲学大自由，对任何一家都不是绝对肯定或绝对否定。对儒家文化和儒家哲学也是如此。你在《论〈红楼梦〉的哲学内涵》中说《红楼梦》对儒的态度是双重的：一方面憎恶其导致"仕途经济"的意识形态和典章制度，另一方面又尊重其"亲亲"甚至其"仁爱"的深层内涵和行为模式，并非单向的"反儒"。这一点我觉得有道理。但是，我又觉得《红楼梦》很有文化批判的锋芒，对皇统、儒统并不认同，对文学的一些流行的模式，如才子佳人模式也极为反感。在曹雪芹的文化思想结构里，其文化批判的内容，我们也应当注意。

复：这是当然的。《红楼梦》不把社会批判、文化批判作为创作的前提和出发点，但有很深刻的文化批判内容，而且很有力度。它不像"三言二拍"那样只是用因果报应的故事来做些道德劝诫，力图破除一些忘恩负义的不道德倾向，而是对一些文化倾向的拒绝。《三国演义》的主题指向，是对皇统的维护，《水浒传》虽造反，归根结底也是只反贪官不反皇帝。中国长篇小说敢于挑战皇统、儒统的只有《红楼梦》和《西游记》。《红楼梦》的文化批判是双向的：对上批判"正统"的权威文化，对下批判恶俗的"大众文化"。无论是"媚上"（迎合皇权和儒统）还是"媚下"（迎合大众的鄙俗心理），它都反感。先说对上层文化的批判。曹雪芹生活的时代，是乾隆的盛世时代，清代专制王朝的文化专制极为严酷，"文字狱"正处于高峰状态。面对黑暗王权，曹雪芹显然有自己的政治倾向，但是他很有文学智慧，没有把自己的作品写成谴责小说或其他类型政治小说，而是选择抒写个体生命尊严与日常家庭生活。写的是"家"，不是"国"；是"己"，不是"群"（不是民族大群）。因此，其文化批判的特点，一是含蓄的，二是由作品的人物自然地诉说。特别是对于皇统，他的批判更是含蓄。贾元春省亲的故事，已把皇帝的权威写得淋漓尽致。一个皇妃省亲，如此奢华，如此隆重，如此奇异的礼节（父亲贾政跪在女儿面前称"臣"等），真是惊天动地。但是即使在如此庄严的时刻，贾元春在自己的亲人面前还是要指出宫廷是"不得见人的去处"。这一句话，可说一句顶一万句。它包含着怎样巨大的信息永远无法说尽，这正是对皇统的质疑。不过，这项质疑在整部小说中的篇幅不大，而且也只能在"沐皇恩"的字眼下透露一点信息。

梅：后来皇帝抄检贾府，小说也只是客观地描写真相，没有任何微词。

复：直接挑战皇统，只有死罪，不可能有微词。《红楼梦》对上层文化的批判，主要是指向道统，有些篇章非常犀利。最典型的是贾宝玉对"文死谏，武死战"这一道统的批判。

梅：这是在第三十六回，我们还是重温一下贾宝玉的话：

　　袭人深知宝玉性情古怪，听见奉承吉利话又厌虚而不实，听了这些尽情实话又生悲感，便悔自己说冒撞了，连忙笑着用话截开，只拣那宝玉素喜谈者问之。先问他春风秋月，再谈及粉淡脂莹，然后谈到女儿如何好，又谈到女儿死，袭人忙掩住口。宝玉谈至浓快时，见他不说了，便笑道："人谁不死，只要死的好。那些个须眉浊物，只知道文死谏，武死战，这二死是大丈夫死名死节，竟何如不死的好！必定有昏君他方谏，他只顾邀名，猛拼一死，将来弃君于何地！必定有刀兵他方战，猛拼一死，他只顾图汗马之名，将来弃国于何地！所以这皆非正死。"袭人道："忠臣良将，出于不得已他才死。"宝玉道："那武将不过仗血气之勇，疏谋少略，他自己无能，送了性命，这难道也是不得已！那文官更不可比武官了，他念两句书记在心里，若朝廷少有疵瑕，他就胡谈乱劝，只顾他邀忠烈之名，浊气一涌，即时拼死，这难道也是不得已！还要知道，那朝廷是受命于天，他不圣不仁，那天地断不把这万几重任与他了。可知那些死的都是沽名，并不知大义。

把"文死谏""武死战"这些历代被视为大忠臣的人，说成"须眉浊物"，把他们的死战、死谏视为沽名钓誉的虚伪行为，这真是言前人所未言，发前人所未发。贾宝玉骂得很痛快，很彻底。

复：这段话不是指向朝廷，而是指向愚忠的道统，而且是变质变态的道统。"文谏"这一道统，在《论语》里就已有论述，也就是从孔子开始就有这一传统。《论语·宪问》记载：陈成子杀了齐简公之后，孔子就去见鲁哀公说："陈恒杀了国君，请出兵讨伐。"这就是谏，但鲁哀公却要孔子去告诉那三大家族，对此孔子不满，认为"谏"是我分内之事，你却要我问别人。有一次"子路问事君。子曰：'勿欺也，而犯之。'"意思是说，对待国君，不要欺骗他，但可以触犯他。朱熹有一注："犯，谓犯颜谏争。"这就是"谏"的开端。但在孔子时代，君臣关系有如朋友关系，"谏"也有如劝导朋友，对你的意见朋友可听可不听，不能强加给朋友。也就是说，"谏"要有分寸，要尊重对方。《论语·里仁》载："子游曰：'事君数，斯辱矣；朋友数，斯疏矣。'"子游说的意思是：事奉国君，如太烦琐，便会遭到羞辱。对待朋友，如太烦琐，便会遭到疏远。李泽厚在《论语今读》中特别对此做了阐释和评论。你读了之后，就会更深地理解贾宝玉的"批判"。

　　据原典儒学，君臣有相近于朋友一伦的地方，即应有某种独立性。即使臣下对君上的善意忠告，也只能适可而止，不可勉强。这与后世所谓"忠臣不惮辱"、以死相谏等行为观念颇不相同。这不同来自古代氏族社会与后世大一统专制帝国的不同。其实，连好朋友都不耐烦听你的意见，何况君主？尽管你一片好心，坚持仁义，徒然自取其辱。这种经验之谈，在黑格尔也许笑为处世格言中却有深刻的人生道理，即令人知道维系个体独立和尊严人格的重要。虽然儒学始终未能发展出如康德"人是目的"的哲学理论，却一开始就包含有这种思想的因素。它应可成为今日建构社会性公德的重要资源。

《论语今读》，

香港天地图书公司，1998年，第120页李泽厚把原典儒学和变形变质的后世道统行为模式分开。原典讲的是"事君，谏不行则当去；导友，善不纳则当止"，而后世把事君本应有的朋友关系变成君臣关系，甚至主奴关系，行为模式也变成"以死相谏"。在这些忠臣看来，道统高于皇权，而自己代表道统向皇帝说话，而且非让皇帝接受不可，为了道统，死而无憾。这种死谏行为表面看很悲壮，骨子里却是为了赢得维护道统的美名。

梅：李泽厚这段评论很有意思。他还特别指出这与维系个体独立与尊严人格有关。确实是这样，死谏者完全不知"人是目的"，完全不知个体尊严。他们心中只有朝廷，没有个体。贾宝玉无法接受"死谏""死战"的行为模式，显然也是从个体本位思考问题的。他的逻辑很有道理：如果是昏君，你死谏也没用；如果是明君，则用不着你死谏。你要以死表明你的意志，不过为了功名而已。

复：曹雪芹很了不起，他把人视为个体生命，臣是个体，君也是个体，两者都需要有独立人格。中国的专制制度发展到"文死谏""武死战"时，谁都没有自由，连皇帝也没有自由。而中国知识分子沽名钓誉的功夫达到"死谏"地步，也流行了千百年，直到《红楼梦》才给予揭露，这也很不简单。

梅：连"谏"也不知"止"，不知"了"，这真是中国上层文化的一种古怪特色。这种"死谏"而又可以获得美名的文化，其实也是"荒诞"，也是不可理喻。所以在贾宝玉看来，这"死谏"的大丈夫凛然之气，并非清气，也是男人世界的混浊之气。

复：中国科举场中的八股文章，也是阐释道统的文章，结果也成了沽名钓誉的工具。宝玉深恶"仕途经济"之路，也是看到表面文章背后的污浊："更有时文八股一道，因平素深恶此道，原非圣贤之制撰，焉能阐发圣贤之微奥，不过作后人饵名钓禄之阶。"这是说，八股科举之道已非"道"，而是术，谋求功名利禄之术。这也是道的变形变质。中国的考试制度，本来有它宝贵的一面，这就是在考试面前人人平等，从根本上改变官职的世袭制。当官不是靠世袭，而是靠才能，这没有什么不好。那些处于社会底层的读书人，只要努力读书，都有机会进入社会上层。"朝为田舍郎，暮登天子堂"，靠的就是科场。可惜，科举制度愈来愈僵化，到了以八股文章取士，思想心灵就被束缚死了。贾宝玉这种充满灵性的人，自然就对科举深恶痛绝。

梅：《红楼梦》对官场黑暗的揭露也是很深刻。前些时，我读吴思一本研究官场的书，很有意思。此书就举了贾雨村"葫芦僧乱判葫芦案"的例子。贾雨村在贾政支持下补授了应天府之职，一上任就碰上薛蟠为强占民女而打死人的事。按照官场的"显规则"，贾雨村听完诉讼就要缉拿凶犯。可是，他的"门子"向他使眼色，私下告诉他此案涉及贾府，并告诉他当官要知道"护官符"，这就是当地豪绅贵胄的名单，看哪些人碰不得。这徇私的护官符，就是官场的"潜规则"。吴思先生使用"潜规则"这一概念说明《红楼梦》揭露的官场文化的实质，十分准确。曹雪芹当时没有使用这一概念，但他却把"潜规则"实际上是执法原则（也没有心灵原则）的官场文化、仕途文化的丑陋充分展现出来，其批判性既有力度，又有深度。

复："潜规则"拿不到桌面上来，但它却在桌面之下大行其道。"显规则"变成"潜规则"的伪装。这种官场文化对政权、对社会、对人心都有极大的腐蚀作用。现代政治强调的"透明度"，大约正是针对这种"潜规则"。

梅：你刚才说，《红楼梦》的文化批判是双向的，除了把批判锋芒指向权力系统之外，还指向媚俗媚下的恶俗文化。这是不是指马道婆在赵姨娘收买下，从裤腰里掏出十个纸铰的青面白发鬼并两个纸人，还教赵姨娘把贾宝玉和王熙凤两人的年庚八字写在两个纸人身上，一并五个鬼都掖在他们各个的床上，而马道婆则在自己家中作法。这么一做，真做出了效应。

复：马道婆这一套，据说是萨满教的伎俩，极为恶毒又极为邪恶的伎俩。虽说是萨满教的小伎俩，可是在中国下层社会里却颇有市场。在中国现代文学作品中，我记得曹禺的《原野》里也写过这种人偶扎针的细节。不过，我不相信这种捣鬼术是有效的。曹雪芹对这种恶俗文化显然是深恶痛绝的。恶俗文化还有更可怕的一项，这就是在社会上广泛流行也广泛影响世道人心的低俗野史及低级文学作品。《红楼梦》第一回的开头部分，相当于全书的序言，就直言不讳地说明他写《红楼梦》的目的之一是"令世人换新眼目，不比那些胡牵乱扯，忽离忽遇，满纸才人淑女，子建文君红娘小玉等通共熟套之旧稿。……"你注意一下"熟套"二字，不仅开篇用了，而且在第五十四回又用了，回目就叫作"史太君破陈腐旧套"。属于"旧套"的有两种：一种是才子佳人的公式化文学作品，另一种则是诲淫诲盗的野史。这两种作品既没有心灵，也没有艺术。曹雪芹的批评可谓"毫不留情"，我们再看看第一回上的文字：

> 历来野史，或讪谤君相，或贬人妻女，奸淫凶恶，不可胜数。更有一种风月笔墨，其淫秽污臭，屠毒笔墨，坏人子弟，又不可胜数。至若佳人才子等书，则又千部共出一套，且其中终不能不涉于淫滥，以致满纸潘安、子建、西子、文君，不过作者要写出自己的那两首情诗艳赋来，故假拟出男女二人名姓，又必旁出一小人其间拨乱，亦如剧中之小丑然。且鬟婢开口即者也之乎，非文即理。故逐一看去，悉

皆自相矛盾、大不近情理之话，竟不如我半世亲睹亲闻的这几个女子，虽不敢说强似前代书中所有之人，但事迹原委，亦可以消愁破闷，也有几首歪诗熟话，可以喷饭供酒。至若离合悲欢，兴衰际遇，则又追踪蹑迹，不敢稍加穿凿，徒为供人之目而反失其真传者。今之人，贫者日为衣食所累，富者又怀不足之心，纵然一时稍闲，又有贪淫恋色、好货寻愁之事，那里去有工夫看那理治之书？所以我这一段故事，也不愿世人称奇道妙，也不定要世人喜悦检读，只愿他们当那醉余饱卧之时，或避世去愁之际，把此一玩，岂不省了些寿命筋力？

你再看看第五十四回贾母的批评，也很有意思。

梅：贾母一听到说书人要讲"凤求鸾"的故事，她未听就猜中情节了。因为她看得多、听得多，知道又落"熟套"了，她说："这些书都是一个套子，左不过是些佳人才子，最没趣儿。把人家女儿说的那样坏，还说是佳人，编的连影儿也没有了。开口都是书香门第，父亲不是尚书就是宰相，生一个小姐必是爱如珍宝。这小姐必是通文知礼，无所不晓，竟是个绝代佳人。只一见了一个清俊的男人，不管是亲是友，便想起终身大事来，父母也忘了，书礼也忘了，鬼不成鬼，贼不成贼，那一点儿是佳人？便是满腹文章，做出这些事来，也算不得是佳人了。比如男人满腹文章去作贼，难道那王法就说他是才子，就不入贼情一案不成？可知那编书的是自己塞了自己的嘴。再者，既说是世宦书香大家小姐都知礼读书，连夫人都知书识礼，便是告老还家，自然这样大家人口不少，奶母丫鬟伏侍小姐的人也不少，怎么这些书上，凡有这样的事，就只小姐和紧跟的一个丫鬟？你们白想想，那些人都是管什么的，可是前言不答后语？"众人听了，都笑说："老太太这一说，是谎都批出来了。"贾母笑道："这有个原故：编这样书的，有一等妒人家富贵，或有求不遂心，所以编出来污秽人家。再一等，他自己看了这些书看魔了，他也想一个佳人，所以编了出来取乐。何尝他知道那世宦读书家的道理！别说他那书上那些世宦书礼大家，如今眼下真的，拿我们这中等人家说起，也没有这样的事，别说是那些大家子。可知是诌掉了下巴的话。所以我们从不许说这些书，丫头们也不懂这些话。这几年我老了，他们姊妹们住的远，我偶然闷了，说几句听听，他们一来，就忙歇了。"李薛二人都笑说："这正是大家的规矩，连我们家也没这些杂话给孩子们听见。"

　　贾母说这些才子佳人的书都在"污秽人家"，也就是诬蔑诽谤他人，这实在值得今天的作家们"听取意见"。

复：文学的定义很多，批评的尺度也很多，众说纷纭，但是，无论如何，文学作品总是得给人一点新意，一点提升，一点力量，总得让人心灵更加美好，让人的目光更加清明。我们读了《红楼梦》，总的效果也正是这样。《金瓶梅》虽然是一部很杰出的现实主义作品，家庭的紧张残酷关系写得那样淋漓尽致，但是其中的性行为描写毕竟太肮脏龌龊，我们千万不要在"自由""解放"的概念下忘记这也是在"污秽人家"。我们作为文学批评者，眼光不可在贾母之下。

梅：《红楼梦》是部低调的文学，它不是圣者言，而是"石头言""假语村言"，没有训诫，也没有怒吼。这一点我们在《共悟人间》里已说过。但是，《红楼梦》一开篇对"历来野史"和"才子佳人"等恶俗之书的批判却是高调的，毫不含糊的。他说这些书讪谤君相，贬人妻女，奸淫凶恶，淫秽污臭，屠毒笔墨，坏人子弟。说得极为尖锐。但我认为这种高调批评是必要的。我读当代的一些文学作品，总是受不了其中那么多污秽描写，那么多"性作料"，那么多"暴力快感"。你思想那么开放，家里也有《金瓶梅》，但你还是不让我们在少年时代阅读它，我记得你说过"不忍"二字。所以至今我还是喜欢看删节本。

复：我一再说，文学跑不了三大元素：心灵、想象力、审美形式。《红楼梦》不仅完整体现这三者，而且三者都丰富到极致。从天上到人间，从青埂峰到大观园，从女娲到林黛玉，其宇宙广度、想象力度有哪部作品可以企及。而《红楼梦》中的心灵系列，从贾宝玉的大爱大慈悲之心到林黛玉等各种至美、至柔、至丰富的心灵，又有谁可以相比。除了想象力、心灵之外，其审美形式又是前无古人，它打破了多少熟套，多少原有的文学格局。我从论述"性格真实"开始（阐释鲁迅说《红楼梦》打破把好人写得绝对好，把坏人写得绝对坏的格局）到论述它的"性格对照"，到感悟它的诗意细节与史诗构架，直至我们刚才所说的它的远离才子佳人旧套的精神内涵与叙事艺术，都真了不得。所以我称《红楼梦》为"文学圣经"，为文学的伟大参照系，也因为进入了《红楼梦》，我就不会盲目崇尚乔伊斯、纳博科夫等，尽管我也觉得他们很不简单，但就其三大元素所构成的文学境界和文学总质量，总觉得《红楼梦》远在他们之上。

第五辑

第十一章

异端与荒诞意识

一、槛外人的异端内涵

梅：你曾多次说过，《红楼梦》是一部异端的大书。
这一思想尚未见到你详细论证。

复：《红楼梦》是一本典型的异端之书。妙玉自称"槛
外人"，不仅是妙玉个人的别号，而且是《红楼梦》主要
人物的"共名"，即不仅妙玉是槛外人，宝玉、黛玉也是
槛外人。槛外人与20世纪加缪的"局外人""异乡人"意
思相同，都是异端，生活在正统传统门槛之外的异端。对
于中国来说，宝玉、黛玉、妙玉都是站立于儒家典章制度
和意识形态门外的异端。贾政与宝玉这对父子的冲突，正
是正统与异端的思想冲突。宝玉"女儿水作，男子泥作"

的思想，拒绝走仕途经济之路的思想，嘲讽"文死谏，武死战"的态度，不喜读圣贤书偏读诗词和《西厢记》等等行为，都是异端表现。《红楼梦》中的头号槛外人是贾宝玉。

梅：中国思想史中有李卓吾这样的异端，在文学史上最典型的异端应当算是曹雪芹了。中国社会文化系统中，女子的地位那么低，曹雪芹却提得这么高，中国历史向来都是男人的历史，曹雪芹却展现女人的历史，仅此一点，就是大异端。

复：《三国演义》就不能算异端之书，它确立的皇统正统，是以刘备为贤君的刘家正统，也确立儒统，把诸葛亮描绘为忠君的典范。《水浒传》是造反之书，却不是异端之书。宋江确实只反贪官，不反皇帝，造反中仍然不忘忠孝两全，政治行为上反叛，思想上却不标新立异。

梅：你刚才说，宝玉、黛玉、妙玉这些"槛外人"与加缪的"局外人"相似，可是通常都把"局外人"解释为具有荒诞意识的人。加缪也是20世纪荒诞文学的代表性作家，那么，我想知道，异端意识与荒诞意识是不是一回事？曹雪芹有没有现代荒诞意识？你刚才对异端做了定义，是否也谈谈你对荒诞及荒诞意识的认识？

复：关于荒诞文学，我虽然没有做过系统论述，但在已往的谈论《红楼梦》和谈论行健、阎连科的文字中，已对荒诞文学做过多次定义。我的基本看法是，所谓荒诞，是存在本体无意义、无常规的极端呈现，它既是一种现实属性，又是一种大美学范畴，大艺术精神。它不仅是一种艺术手法。作为现实属性，它和现实世界已经确认的准则只有异化性关联，即反常的、变形的关联。作为一种艺术范畴，它不同于夸张、怪诞、讽刺、幽默等艺术手法，而是一种与浪漫主义、写实主义等并列的艺术大范畴，也可以说是在人类文学史上继悲剧、喜剧、古典主义、浪漫主义、写实主义之后产生的大艺术类型。我把荒诞意识与荒诞文学分开，认定荒诞文学的开山大师是卡夫卡，是他扭转了浪漫、抒情、写实等沿袭几个世纪的文学基调，创造了以荒诞为基调的20世纪西方现代文学的主流。从卡夫卡开始，之后的萨特、加缪、贝克特、尤奈斯库、品特等，其中一些代表作都属于这条脉络。而荒诞意识则比荒诞文学产生得更早。在卡夫卡之前，陀思妥耶夫斯基的作品中就有明显的荒诞意识。他的作品基调不是荒诞，所以不能称作荒诞文学。以《卡拉马佐夫兄弟》为例，这是一部灵魂性很强的写实主义文学，但荒诞意识则从这里发生。刘小枫在《拯救与逍遥》中早已说清了这一点。他说："在一种观点看来，法国作家马尔罗是一种可以称之为荒诞哲学的思想的先驱，正是他首先提出并描绘了荒诞人的信念和生活，成为加缪和萨特的前导。事实上，这是不确实的。

荒诞哲学的真正先驱是陀思妥耶夫斯基笔下的伊凡。虽然在陀思妥耶夫斯基之前，帕斯卡尔早就表述过人与世界之间荒诞的联系，甚至在莎士比亚那里，或斯多亚派的思想中，人们也可以找到荒诞观念的踪迹，但是他们还从来不曾像伊凡那样声称：'你要知道，修士，这大地上太需要荒诞了。世界就建立在荒诞上面，没有它世上也许就会一无所有了。'看清世界的荒诞性是一回事，认为大地需要荒诞，人没有荒诞反而无法生存是另一回事。伊凡正是在后一方面超逾了前人，而且，正是这后一方面，才是荒诞感变成荒诞信念和荒诞哲学的关键。"（刘小枫:《拯救与逍遥》，上海人民出版社，1988年，第439页）尽管等会儿还要与小枫商榷，但是首先应当承认，他是把荒诞哲学的沿革和关键讲述得很清楚的人。他区分"看清世界的荒诞性"和"认为大地需要荒诞"的界限，认为后者才是荒诞理念的关键，这便可以使我们讨论问题有一个较高的起点。

二、反讽小手法与荒诞大范畴

梅：哈佛大学的李惠仪教授曾经在她的著作《引幻与警幻》（*Enchantment and Disenchantment: Love and Illusion in Chinese Literature*）一书中深入地探讨了《红楼梦》，她用"反讽"（Irony）这一概念来解释曹雪芹笔下梦幻与觉醒、情欲与秩序之间的辩证关系，跟你的解释不大相同。首先，我觉得她没有像你那样，把《红楼梦》中的"荒诞"看成是一种"存在本体无意义、无常规的极端呈现"。你认为荒诞"既是一种现实属性，又是一种大美学范畴，大艺术精神"。在李教授的书中，她只是把反讽视为《红楼梦》特殊的一种美学修辞。其次，她区分了《红楼梦》与西方浪漫传统中关于反讽的不同的美学修辞，认为前者重视辩证法关系，后者则走向更极端的疯狂。她写道：

> 在某些意义上，引幻与警幻、情与对情的超越之间的辩证关系，饶有趣味地与反讽相类似。克尔凯郭尔的理解是，反讽协调着种种对立，走向更高层次的疯狂；而"通过幻境来理解现实""通过爱来获得启蒙"之类的说法却指出，对立的、零散的环节被协调着走向更高层次的统一。在中国传统的语境里，这种更高层次的统一所提供的解决方案是合二为一，即创造一个世界，能够同时容纳梦幻与觉醒、欲望与秩序。

> In some ways the dialectics of enchant-

ment and disenchantment, of feelings and the transcendence of feelings, bears interesting analogies with irony. But formulations such as "understanding reality through illusion" and "attaining enlightenment through love" suggest that opposite, discrete moments are mediated in the direction of a higher unity, while in the Kierkegaardian sense irony mediates opposites in the interest of a higher madness. The solution of this higher unity in the context of the Chinese tradition is to have it both ways, to create a world that accommodates both dreaming and waking, both desire and order.

在书的结尾，她还再次强调：

最终把《红楼梦》的反讽与更加绝望、痛苦的浪漫反讽区别开来的是曹雪芹深切关注他所质疑的一切：他所创造的美学幻境、他本人的过去，以及传统的抒情典范。我在前文指出王国维论文中的悲观主义是《红楼梦》中没有的。曹雪芹的感受力范围正可以解释这一点，按照王国维诗评的说法，就是曹雪芹既是"主观诗人"，也是"客观诗人"，既掌控着"诗人境界"，也掌控着"常人境界"。反讽不是被局限在一种逐步升级的辩证法中，反讽是从它对平常世界的新感受和新理解当中，引领出它的从容冷静和掌控之力的。

What finally distinguishes the irony of *Hung-lou Meng* from the more despairing and anguished Romantic Irony is Ts'ao Hsüeh-ch'in's deep commitment to all that he questions: the aesthetic illusion he creates, his own past, and the lyrical ideal of the tradition. Earlier I suggested that the pessimism of Wang Kuo-wei's essay is foreign to *Hung-lou Meng*. This may be explained by the range of Ts'ao Hsüeh-ch'in's sensibility; in the parlance of Wang's poetic criticism, Ts'ao Hsüeh-ch'in is both "subjective poet" (chu-kuan shih-jen) and "objective poet" (k'o-kuan shih-jen), mastering both the world of the poet（shih-jen ch'ing-chieh）and the world of the ordinary person（ch'ang-jen ch'ing-chieh）. Irony is not caught in an escalating dialectics, it draws its serenity and mastery from a new perception and understanding of the ordinary.

Li Wai-yee, *Enchantment and Disenchantment*：*Love and Illusion in Chinese Literature*，Princeton：Princeton University Press，1993, p.263, pp.267-268

　　我觉得李惠仪教授的这本专著写得非常扎实，但是对王国维的《红楼梦评论》没有太大的超越，她太局限在自己对于"反讽"的辩证法修辞上了，没有把握住《红楼梦》中传达的"荒诞"信息。

　　复：刚才我已说过，"荒诞"不是一种美学修辞，也不仅是一种写作方式，它不是与夸张、幽默、通感、反讽、怪诞等同一级的美学词汇。"荒诞"是20世纪卡夫卡之后出现的一个艺术大范畴，是与浪漫主义、现实主义、象征主义、古典主义同一级的艺术大范畴。卡夫卡扭转文学乾坤的功劳就在于他以荒诞的基调取代了写实主义、浪漫主义的基调。现实主义、浪漫主义作品中也充满反讽、幽默、怪诞、夸张等手法，但不是荒诞意识，不是加缪、贝克特、尤奈斯库一类的荒诞文学与荒诞哲学。例如《西游记》文本中充满怪诞，但不是荒诞剧。荒诞本身就是对浪漫与抒情的否定，它是用极端性的冷眼来描述现实的变形和浪漫的变形。我觉得《红楼梦》不仅是悲剧，而且是荒诞剧，主要有两个意义：一是它固然是美的有价值的毁灭（悲剧），但也是丑的无价值的呈现，即泥浊世界的价值颠倒与价值变质；二是它拒绝对正统价值的承担，揭示正统价值的荒诞性，以槛外人的眼光看到槛内人（正统）乃是肚子里空空荡荡的假人、套中人与稻草人。《红楼梦》这方面的内容非常丰富，以前的研究者未能充分开掘，实在是很大的阙如。《红楼梦》是以"大观"的眼睛看清世界的荒诞性，不是"认为大地需要荒诞"。但是如果站在维护正统、敌视异端的立场，会认为妙玉、宝玉、黛玉这些"槛外人"（如同加缪的"异乡人"）是荒诞的存在，那么，反过头来，如果站在异端立场便会"认为大地需要荒诞"，即使没有异端，为了社会的健康与平衡也要制造异端。《红楼梦》由秦可卿做中介让警幻仙姑引导宝玉游览太虚幻境，让他聆听新曲十二支，并表明她喜欢他乃是"天下古今第一淫人"，可是，最后又警示宝玉，望他改悟前情，留意于孔孟之间，委身于"经济之道"。淫人与圣人完全是两回事，不可同日而语，这就产生矛盾。这一矛盾内涵是作者的一种文本策略，正反交错，留给读者再思索，似乎与荒诞无关。

三、《红楼梦》的荒诞哲学

梅：你是不是也认为《卡拉马佐夫兄弟》中的伊凡是荒诞哲学真正的先驱？

复：我也是这么认为。谁是现代意识的开端？有人认为是尼采宣布"上帝死了"的那一刻。但是，伊凡所编撰的宗教大法官的寓言却比尼采更早就宣布基督是多余的。把神圣价值推向"碍事"的多余地位，荒诞意识就开始了。前边我曾引述弗洛伊德的话，说《卡拉马佐夫兄弟》是"迄今为止最壮丽的长篇小说"。这句话之后还有一句"小说里关于宗教大法官的描写是世界文学中的经典之一，其价值之高是难以估量的"。像我们这种以文学为天职的人，对宗教大法官的寓言读一百遍也不算多，因为其深邃内容永远开掘不尽。我和林岗在《罪与文学》中曾借用这个寓言说明人类心灵活动与功利活动的冲突，即人类社会与人类灵魂的悖论。今天我想从荒诞角度来谈论这个寓言。这个寓言说的是16世纪西班牙的塞维尔，有个年近九十的红衣主教，他认为要在人间建立天国，必须以"无比壮观的烈焰，烧死凶恶的邪教徒"，因为人是软弱与低贱的，一旦获得自由就会无所适从，因此必须用恺撒的剑（奇迹、神秘与权威）去制服他们，而且要在基督的名义下进行。正当他架起火堆，烧死了上百个异端的时候，基督降临了。人们把他围住，他向人群伸手，为他们祝福，并帮助瞎子治好眼睛，让瘸子起来走路，让入殓的小女孩复活。这位红衣主教大法官把这一切全看在眼里，最终带了卫队把基督抓了起来，关在牢房里。半夜，他提着灯，独自走进牢房，久久地打量犯人的脸，然后对基督说："真是你吗？是你吗？"他没有听到回答，但把自己的苦衷和理念告诉基督，吐出憋在心里数十年的话。申述之后，他请求基督不要来妨碍他们的事业，并请他自行离开，否则明天基督的信徒们就会拼命地在基督的火刑架上加柴。他对耶稣说，你没有必要来，至少暂时没有必要来。他还讲了一段关于自由的特别重要的话：

> 但我们最后还是以你的名义做到了这一点。为了这自由我们经受了十五个世纪的苦难，不过现在已经结束，彻底结束了。你不相信彻底结束了吗？你温和地看着我，是你不愿意赐予我愤怒吗？但是你要知道，现在，就是目前，这些人比任何时候更加坚信自己是完全

自由的，而实际上是他们亲自把自己的自由交给我们，服服帖帖地把它放在我们脚下。但这件事是我们完成的，不知道这是不是你所希望的？是不是你所要的那种自由？

宗教大法官以最神圣的名义（基督的名义）干着镇压异端的荒唐专制，却又标榜自由。但是，不镇压不使用恺撒的剑，他的事业又无法进行，因此又必须把基督推开。这就是荒诞。伊凡"荒诞必要"的理由，就是大法官申诉的理由：只能用痛苦的事实来谋求极限上的自由。我相信所有西方的重要作家都读过陀思妥耶夫斯基这一宗教大法官的寓言并都会有自己的阐述。20世纪的荒诞文学在某种意义上可以说是这一故事的再创造，所以到处是打着基督旗号又把基督推开的荒诞，也到处是在基督缺席的语境下人与世界的关系发生的变形变态。以卡夫卡为开端，世界文学翻开了崭新的一页。加缪笔下的局外人，所以是个异端，就是他看破各种把戏，不再遵守既定原则，自行其是，我行我素。

梅：你觉得曹雪芹只是在《红楼梦》中书写一些荒诞情节，留下一些荒诞理念的踪迹，还是《红楼梦》具有重大的荒诞哲学内涵？

复：不能把《红楼梦》简单地等同于现代荒诞文学，

因为它与20世纪出现的西方荒诞文学还是有很大的区别。但它又不仅是呈现一些荒诞痕迹而已。对莎士比亚，可以这么说，在他的悲剧里有荒诞的穿插，喜剧却未发展为荒诞剧。而《红楼梦》不同，荒诞内涵占有很大的比重。甚至可以说，《红楼梦》有一个类似宗教大法官的寓言的框架。那个贾宝玉，就像突然降临的基督，贾政则是请求宝玉离开的"儒家大法官"，他也是在对宝玉说，你没有必要来，你来了之后会扰乱我们家族的理念与秩序，会妨碍贾氏贵族的事业。但是，宝玉这个准基督没有走开，他留在贾政的府第里，处处被视为异端（孽障），他和林黛玉也自知是贾政事业的"局外人"，他用自己的生命形态否定贾政的价值形态。他拒绝立功、立德、立言，拒绝贾政们所安排的仕途经济之路。他的存在的确妨碍贵族府第的秩序和发展。所以一个最有灵性、最善良的具有基督心肠的儿子，却被视为呆子、孽障。这种颠倒，便是荒诞。

梅：贾宝玉在天外是多余的石头，没有补天的资格，来到人间之后也是贵族府中的多余人，妨碍既定价值秩序与价值理念。不仅贾政，连贾府的婆婆妈妈们都在嘲笑他，都把他视为异类。如你在"悟语"中所说的，他什么问题也没有，却变成了最大的问题人物，正如卡夫卡《审判》中的主人公，什么问题也没有，也成了问题人物。宝玉在贾政一类的眼睛里，问题极大，无论他说什么做什么，就是看不惯，就是要"审判"他，甚至要痛打一番，这不是荒诞是什么？

四、曹雪芹的"槛外人"与加缪的"局外人"

复：妙玉自称"畸人""槛外人"，也就是局外人、异乡人。我说曹雪芹的现代意识，指的就是他在两百年前就有站在传统门槛之外的局外人意识，比加缪早了一两百年，很了不起。"局"和"槛"都是一种边界。中国的槛外人、局外人和西方现代的槛外人、局外人具有不同的内涵，其不同内涵便是"槛"和"局"的正统内涵不同。西方现代的局外人，是自外于宗教神圣价值系统的人，中国的局外人，则是走出儒家价值系统的人。加缪创造了"局外人"形象默尔索，他与宗教神圣价值和在社会中流行的价值观念格格不入，与自己寄身的社会处处不相宜，甚至连对母亲的死亡也满不在乎，对自己的情人也极为冷淡，其思维方式完全在普通人的局外。《红楼梦》中的局外人、槛外人，不仅是"妙玉"，最重要的人物是贾宝玉与林黛玉。薛宝钗与林黛玉（包括贾宝玉）的观念冲突，正是局外人与局内人之争，槛外人与槛内人之争。槛外人是少数，槛内人是多数。宝钗守持的是儒家的理念之槛、圣贤道统之槛。而贾宝玉、林黛玉、妙玉等却置身道统的局外，处处与"故乡"不相宜，是真正的异乡人，在中国大地上最先觉悟到自己与常规生活格格不入的异乡人。

梅：你把贾宝玉与林黛玉也界定为槛外人、局外人，一点也不牵强。这种说法，在过去《红楼梦》的研究评论文章中也没有说过。我觉得很有意思。如果说他们都是以超越儒家价值门槛为标志，那么，中国最早的局外人、畸人应是庄子。但是，庄子对现实关系的超越，常表现为无待与冷漠（这一点，加缪的默尔索与庄子相似），而贾宝玉、林黛玉并不冷漠。相反，贾宝玉倒是个"无事忙"的热心人。他有关怀，任何青春生命的无辜死亡，都使他痛彻肺腑，与默尔索那种什么都不在乎的态度完全不同。"虚无主义"这一概念用于默尔索还说得过去，用在贾宝玉身上却不合适。

复：在虚无主义者眼里，世界一团漆黑，人间确实只以令人厌恶的形式显露。默尔索的冷漠，正是整个世界在他眼里全是令人厌恶的，但贾宝玉的眼里有两个世界，有净水世界（以少女为主体）和泥浊世界（男人为主体）之分。他厌恶的只是泥浊世界，而对净水世界，他不仅不厌恶、不冷漠，而且投入这个世界，拥抱这个世界。所以我们在讲曹雪芹的现代意识时，不能简单地把他划入西方现代人的范畴，也不能简单地等同于西方荒诞派。人文科学的困难，就在于如何把这些相似点与相异点分清。

梅：刘小枫认为现代西方人，即加缪这些作家，也有逍遥之境，与中国文化背景下的逍遥之境不同。他说："庄子式的逍遥之境是山水田园，而现代西方人的逍遥之境却是一片荒漠。进入前者，是复归，和返本，进入后者，就是永罚和放逐。"（《拯救与逍遥》，第495—496页）庄子把逍遥自适看作出世，逍遥者即局外人。而现代西方人则担当荒诞，把认识世界荒漠般的处境、拒绝救赎称为逍遥。他们不管神圣形态，只管事实形态。两者都冷漠，差别只在于前者以超脱来淡化冷漠，自我欺骗，后者则以超脱来担当冷漠，拒绝任何类似的欺骗。你觉得曹雪芹的现代意识是更近于庄子，还是更近于现代人？

复：曹雪芹虽然借用庄子"畸人""槛外人"的概念，也建构逍遥之境（大观园与妙玉的栊翠庵都是逍遥之境），但他并不冷漠。如刚才所说，贾宝玉的眼睛一直温情地看着青春生命及其毁灭，并为她们的死亡而大哭泣、大悲伤。每一个青春生命的毁灭都是对他的沉重打击，他不仅为她们啼泣、发呆，还为她们写出感天动地的挽歌。如果冷漠，能写出激情满怀的《芙蓉女儿诔》吗？这倒是和西方现代作家关于荒诞处境的认识相通。甚至可以说，曹雪芹是人类荒漠处境与荒诞处境的先觉者。他的著名诗句"白茫茫大地真干净"，描画的正是荒漠景象。还有，甄士隐对《好了歌》的注释诗，也正是荒漠景象："陋室空堂，当年笏满床；衰草枯杨，曾为歌舞场。蛛丝儿结满雕梁，绿纱今又糊在蓬窗上。说什么脂正浓、粉正香，如何两鬓又成霜？昨日黄土陇头送白骨，今宵红灯帐底卧鸳鸯。……"每一句都在写荒漠，不仅是外在荒漠，而且是内心荒漠。书写荒漠景象，是为了说明世界人生的荒诞——"甚荒唐，到头来都是为他人作嫁衣裳！"这是曹雪芹"睁着眼睛看"，正视"惨淡的人生，淋漓的鲜血"和陇头的白骨。伊凡说"世界就建立在荒诞之上"，甄士隐的描画，其思想完全和伊凡相通。这种描画，不是冷漠，而是热烈地拥抱荒漠的世界，不留情面地揭开现实世界虚假的面纱。曹雪芹的"无"，不是没有情感、没有关怀，而是以甄士隐这种"无"的眼光，穿透现实，揭示现存之"有"（被世人追逐的"有"）的虚幻性、欺骗性和荒诞性。因此，绝不能把曹雪芹列入虚无主义的范围之中。

梅：以卡夫卡为开端，西方20世纪的荒诞文学，如果从哲学上去把握其精神内涵，乃是"无"的本体论。呈现世界人生的无意义、无着落，正是荒诞派小说、荒诞派戏剧的根本主题。这些作品的总背景，是尼采的上帝放逐之后丧失精神家园。没有精神支撑点，无"家"可归，人便陷入荒诞。但是荒诞派作家们并不是去重新建立精神家园，呼唤上帝，而是确认上帝死亡已成事实，人类只能接受西西弗斯推大石上山的荒诞命运。唯一的出路，便是投入城市大墙之外的自然性故乡，外有大海，内有爱情。曹雪芹的文化背景与加缪完全不同。充斥《红楼梦》中的无意义感，只是功利世界、色相世界的无意义感。贾宝玉最后是自我放逐（不是上帝放逐），其行为语言是告别无意义的泥浊世界，并不是否定那些和自己"厮混"过的青春生命和诗意生命。这些生命在他的记忆中，永远地闪烁着意义之光。

复：呈现青春生命的毁灭是悲剧；呈现泥浊世界的颠倒梦想是荒诞剧。这就是我说的《红楼梦》的双重意蕴。

第十二章

东西方两大文化景观

曹雪芹与陀思妥耶夫斯基

一、宝玉与基督

梅：你把贾宝玉比成成道中的基督和释迦牟尼。比成释迦，较好理解。释迦牟尼出家前是个快乐王子，但有佛性，最后终于告别宫廷。但基督教的教义与佛教不同，也与曹雪芹的世界观人生观不同，这该怎么解释？

复：把贾宝玉看作未成道的基督，只是个比喻，是为了更形象地说明宝玉具有基督心肠，即爱一切人、宽恕一切人的基督似的大爱大慈悲精神。并不是说，宝玉就是基督，所以我是留有余地说他还是"未成道"，离基督还远。但我至今仍然觉得，宝玉的情怀与基督的情怀相似得令人惊讶，这在中国真是难以想象。例如基督的大爱覆盖一切，也覆盖敌人。基督没有敌人，连把他送上十字架的人也宽恕。你想，把铁钉钉进自己的手掌，把自己钉上十字架，这是何等的残暴，可是基督宽恕他。连这种人都能宽恕，还有什么不能原谅，不能宽恕？贾宝玉也正是这样的人，他没有敌人。贾环诬告他，让他差点被父亲打死，但他不怪贾环。贾环刻意用滚烫的油火弄瞎他的眼睛，虽未得逞，但烫伤他的脸，对此，宝玉也宽恕，不让王夫人去祖母那里告状。连想烫伤自己眼睛的人都能原谅，还有什么不能原谅？这不是基督精神是什么？基督的大爱不仅覆盖敌人，而且覆盖社会底层最没有地位的妓女，所以他制止人们对妓女扔石头。宝玉也是如此，他不像薛蟠那样眠花宿柳，他把妓女也当人看。《红楼梦》中唯一的妓女形象是云儿。在冯紫英家的聚会上，宝玉也和她平等唱和，一点也无歧视。这都是不可思议的平等态度。本来，这是基督才能抵达的精神水平，但宝玉抵达了。因此，把宝玉比作未成道的基督，并不牵强。但比喻总是有缺憾的。宝玉与基督又有很大差别。最重要的差别有三点。第一，基督讲拯救，宝玉则"闲散"（逍遥）。第二，基督是上帝之子，灵魂在此岸世界也在彼岸世界，宝玉原是一块多余的石头，通灵入世后只认此岸世界。基督是神，宝玉是人。第三，基督的十二弟子全是男性，自己也不近女色，宝玉则与金陵十二钗正册、副册的女子全都相好，而且是少女的崇拜者。

梅：《红楼梦》一开始就讲"色空"，受释迦思想影响最深。宝玉的骨子里是"佛"，所以他自称"丈六金身"。因此，宝玉与基督的区别便是佛教精神与基督精神的区别。但佛教也讲救苦救难，为什么你说宝玉不讲拯救，只是逍遥呢？

复：佛教有许多宗派，大乘的重心是普度众生，小乘的重心则是自我修炼。《红楼梦》所呈现的佛教精神主要是禅宗的精神，尤其是慧能的精神。慧能很了不起，他实现了无须逻辑、无须实证、无须概念范畴仍有思想的可能。他的思想基本点不是救世，而是自救。《六祖坛经》讲了那么多佛理，关键的一点是佛性就在自性中，不靠救世主，只靠自己对心中佛性的开掘。说得彻底一点儿，是说"我即佛""佛即我"。我悟了，便是佛，我迷了，便是众，一切取决于自己，全部问题在于能否自看、自明、自救。宝玉也是如此，他不喜欢读圣贤之书，正是不指望圣贤的拯救，而是自己努力去守持赤子之心。他喜欢黛玉，正是因为黛玉从根本上帮助他守持这种生命的本真。贾宝玉的生活状态是"快乐王子"的逍遥状态。逍遥不是放荡，不是轻浮，不是什么都不思索，不关怀。他的逍遥是对功名的放下，是权力欲望的放下。基督放不下的一些使命，慧能放得下，宝玉也放得下，差别很大。但不能把基督与慧能变成势不两立的价值体系，两者可以相通。一个主张不能放下，是因为他想拯救；一个主张放下，是因为他想解脱。两者都有关怀，都讲慈悲。慧能提醒大家要放下教条（不立文字），放下名缰利索，放下妄念、执着、分别和各种欲望，这是对人生要义的根本性提醒，是对生命价值的根本性导引，他要我们放下的是妄念、烦恼、幻相和一切沉重的外在之物，并不是要我们放下良心和赤子之心，这是要我们提升生命，提升心灵。宝玉的心灵为什么那么单纯，那么可爱，就是他无师自通地懂得该放下哪一些不该放下哪一些。秦钟病了，他放不下；晴雯病了，他放不下；秦可卿、尤三姐、鸳鸯死了，他为什么那样悲伤、痛苦，就是放不下。他的关怀何等之深。

梅：宝玉的"情"非常丰富，但这种情，并不是占有，而是关怀，是对他周边人的关怀。只是他没有力量拯救他人，只能关怀与同情，这也是大爱。

复：前几天我们讨论《红楼梦》的精神内涵包括"欲""情""灵""空"四维。欲和情的最大区别是欲指向利己，情指向利他。钱穆先生说，欲讲收入，情讲付出，方向相反。不能"付出"，不能给人温馨的关怀，算什么情！无论是亲情、爱情、友情、世情，都得付出，都得有对他人的关怀，宝玉的性情，正是这种老是牵挂他人的性情。这在某种意义上，也是救赎。给人一点温馨和火光，可能就会重新点燃起他人生活的信念，这种拯救意义也是深邃的。

梅：1991年，我在芝加哥大学旁听李欧梵教授的课程时，看了你认真地阅读刘小枫的《拯救与逍遥》。这部著作我也读过，写得很有文采，也进入许多根本性问题，尤其是中国文化与基督教文化的差异问题。我印象特别深的是他把贾宝玉这个"新人"形象和陀思妥耶夫斯基的梅什金公爵做了比较。刘小枫以其基督教的神圣价值尺度来看贾宝玉和《红楼梦》，给予许多尖锐的批评，不知你是否支持他的批评。

二、拯救与自救

复：小枫的《拯救与逍遥》，我确实认真阅读过。其中比较曹雪芹与陀思妥耶夫斯基的一章，我更是阅读多次，并认真思索，刚才和你谈论救赎与自救，心里也想着小枫的观念。有小枫的这本书和他提出的问题，我们才能深化对《红楼梦》的思索，这应当感谢他。我对荷尔德林的关注，也是得益于此书。二十年前的思路就这么的开阔，很不简单。尽管我也极其尊重基督教，但总是无法认同把"拯救"与"逍遥"视为绝对对立的两极，更无法认同用"拯救"的神圣价值尺度整个地否认庄子、慧能、曹雪芹的逍遥价值与"放下"态度。贾政以孔夫子为参照系，把宝玉视为异端，小枫则以上帝的神圣价值为参照系，把庄子、慧能、曹雪芹视为异端。我把《红楼梦》视为异端之书，是肯定异端；小枫把曹雪芹视为异端，是否定异端。庄、禅、曹雪芹虽然没有上帝偶像与神的偶像，但和基督一样，有对个体生命的衷心尊重。在对生命的尊重与护卫的根本点上，庄、禅、曹与基督教是相同的。当然，庄禅思想也有它的负面价值，尤其是后期禅宗所出现的犬儒倾向，即狂禅妄禅等，确实失去思想的严肃，但是，也不能把基督神圣价值视为唯一的绝对的价值。中世纪严酷的宗教专制法庭，正是把神圣价值视为唯一的价值，把其他价值视为异端。

梅：刘小枫先生在书中好像也设置一个宗教法庭，把庄子、慧能、曹雪芹都进行了审判。

复：小枫是在论辩，在说理，不是在审判，但也有相当尖锐的批判。他对中国文化精华确实批判得过于严厉，尤其是对《红楼梦》。还有一点，他对基督教文化，尤其是对陀思妥耶夫斯基在其作品中呈现的东正教文化，又过于肯定，缺少必要的批判与质疑。我非常喜欢陀思妥耶夫斯基，一直认为他和托尔斯泰是人类文学史上无可争议的两座巅峰。青年时代我醉心托尔斯泰，出国后更醉心陀思妥耶夫斯基。这可能和我人生之旅中前期更关注文学的社会性，后期更关注作品的灵魂性有关。林岗和我合著的《罪与文学》把陀思妥耶夫斯基作为重要论述对象，也是在说明文学的灵魂维度。我们在论证中说，中国因为没有大宗教的文化背景，所以文学作品较多"乡村情怀"，缺乏"旷野呼告"，即缺少灵魂的诉说，所以也就缺少"崇高"风格和灵魂的深度。我们只是做客观分析，很少价值判断。我们还认为，鲁迅不能接受陀思妥耶夫斯基的"忍从"是可以理解的。面对黑暗，面对压迫，面对苦难，总不能仅仅去拥抱黑暗，忍受苦难，总要有所抗争，有所不满，有所愤怒。但是，陀思妥耶夫斯基却要人们忍受苦难，以为苦难正是通向天堂必要的阶梯，苦难的深渊正是地狱的出口。这一点鲁迅无法接受，我和林岗也无法接受。

梅：刘小枫觉得曹雪芹正好相反，他逃避苦难，空有审美的情怀。他说："陀思妥耶夫斯基的情怀在一开始就指向受难的人类，指向尘世的不幸，而曹雪芹的情怀首先指向的是适意的处境能否有一个完满的情性。""宗教的情怀必得担当现时的苦难，这首先要求个我有一种放不下的心肠和自我牺牲精神。对于审美的情怀来讲，'放不下的心肠'恰恰是审美去向的障碍；至于自我牺牲精神，就更是格格不入。"他还认为，曹雪芹处于一个价值混乱、颠倒的时代，但他却把沉沦于世的人们所面临的一大堆困惑一笔勾销，适性得意地构筑"桃花源"和"红楼世界"。

复：《红楼梦》揭示那么多人间黑暗，揭示"贾不假，白玉为堂金作马""东海缺少白玉床，龙王来请金陵王"等骄奢淫逸，揭示贾赦、贾珍、贾琏等豪强权胄的胡作非为，等等，这怎么能说是面对一大堆困惑一笔勾销呢？曹雪芹的审美情怀，具体呈现于文本中，不是建构一个适情得意的不见人间苦难的桃花源，而是建构一个有美也有丑的审美张力场，在此审美场中，有光明，也有黑暗，那些美丽可爱的青春生命一个一个被逼上死路，就是黑暗。"我究竟不知晴雯犯了何等滔天大罪！"这就是宝玉面对黑暗的抗议。曹雪芹不仅面对苦难和黑暗，而且对制造苦难与黑暗的泥浊世界发出抗议。如果让陀思妥耶夫斯基来面对这一切，他倒是可能只有"忍受""忍从"的劝说。我一直记得刘小枫对俄罗斯精神的礼赞，他说："对世界的恐怖和动荡，对人类面临的价值空虚，俄罗斯精神能贡献出什么？俄罗斯精神永远抛弃了愚昧，经受了无数苦难，善于忍受。"引号里的话，正是陀思妥耶夫斯基的话。(《书信集》，人民文学出版社，1993年，第151页)曹雪芹面对苦难是揭露，是哭泣，是叩问，陀思妥耶夫斯基面对苦难则是要人们"善于忍受"。而小枫在批评曹雪芹的同时，却赞赏这种"善于忍受"的精神。对于这两位文学大师，小枫真是太偏心于欧洲的一位了，太苛求东方的另一位了。其实，曹雪芹的审美情怀，只是超越政治权力关系与功名利禄之场的清醒的意识，他不卷入现实权力斗争的旋涡，不在旋涡中去救苦救难，既不当救世主，也不当牺牲者，只当黑暗世界的观察者、见证人与呈现者，这不仅无可非议，而且正是作家最适当的角色与位置。

梅： 但是，你注意到了没有？刘小枫在推崇"善于忍受苦难"的思想时，是申诉了理由的。这理由就是爱的理由。陀思妥耶夫斯基的经典语言是："为了爱，我甘愿忍受苦难。"（陀思妥耶夫斯基：《中短篇小说选》下卷，人民文学出版社，1982年，第274页）刘小枫强调的也是这一点，他说："所谓拯救，并不是乞求一个来世的天国，而是怀着深挚的爱心在世界中受苦受难。无辜者的苦痛，就是我的苦痛，世界想使爱毁灭，就让我与爱一起受难。"所以他批评贾宝玉似的自我解脱，认定"自我解脱、成为顽石都是在强化世界的苦难"。陀思妥耶夫斯基拒绝"桃花源"，也拒绝"自我解脱"，他笔下的"新人"不是像贾宝玉那样离家出走，或像妙玉、惜春、紫鹃、芳官那样去当尼姑，而是像《卡拉马佐夫兄弟》里的阿廖沙，"毅然返回苦难的深渊，流着眼泪亲吻苦难的大地"（《拯救与逍遥》，第336页）。《卡拉马佐夫兄弟》第三部第一卷《阿廖沙》最后一段，写的正是阿廖沙返回苦难深渊的那个瞬间。这段散文诗我每次读后都眼泪汪汪。我再朗读一遍：

他在门廊上也没有停步，就迅速地走下了台阶。他那充满喜悦的心灵渴求着自由、空旷和广阔。天空布满寂静地闪烁着光芒的繁星，宽阔而望不到边地罩在他的头上。从天顶到地平线，还不很清晰的银河幻成两道。清新而万籁俱静的黑夜覆盖在大地上，教堂的白色尖塔和金黄色圆顶在青玉色的夜空中闪光。屋旁花坛里美丽的秋花沉睡着等待天明。大地的寂静似乎和天上的寂静互相融合，地上的秘密同群星的秘密彼此相通。……阿廖沙站在那里，看着，忽然直挺挺地仆倒在地上。

他不知道为什么要拥抱大地，他自己也弄不清楚为什么他这样抑止不住地想吻它，吻个遍，他带着哭声吻着，流下许多眼泪，而且疯狂地发誓要爱它，永远地爱它。"向大地洒下你快乐的泪，并且爱你的眼泪……"这句话在他的心灵里回响。他哭什么呢？哦，他是在欢乐中哭泣，甚至就为了在无边的天空中向他闪耀光芒的繁星而哭，而且"对自己的疯狂并不害羞"。所有从上帝的大千世界里来的一切线索仿佛全在他的心灵里汇合在一起，这心灵为"与另一个世界相沟通"而战栗不已。他渴望着宽恕一切人，宽恕一切，并且不是为自己，而是为一切人，为世上的万事万物请求宽恕，而"别人也同样会为我请求宽恕的"，——他的心灵里又回响起了这句话。他时时刻刻明显而具体地感到有某种坚定的、无可摇撼的东西，就像穹苍一般深深印入了他的心灵。似乎有某种思想主宰了他的头脑，——而且将会终身地、永生永世地主宰着。他倒地时是软弱的少年，站起来时却成了一生坚定的战士，在这欢欣的时刻里，他忽然意识到而且感觉到了这一点。阿廖沙以后一辈子永远、永远也不能忘却这个时刻。"有什么人在这时候走进我的心灵里去了。"他以后常常坚信不疑地这样说。……

这段崇高瞬间、神圣瞬间的描述动人心魂。这是人类文学史上最著名的诗意瞬间之一。与此相比，我总觉得贾宝玉悬崖撒手、离家出走的瞬间没有如此动人。

复：这段散文诗似的文字，我也特别喜爱，不知读了多少遍。文字所呈现的阿廖沙确实有崇高感，确实异常动人。基督从十字架下来复活之后，并没有回到天国，而是回到苦难的人间和弱者一起承受不幸，这当然是一种伟大精神。阿廖沙扑向大地、拥抱大地的那一刹那，天上世界与人间世界就在他的心灵里打通，这也正是基督精神的呈现。陀思妥耶夫斯基原想以阿廖沙为主人公写出上下两部长篇，可惜写完第一部不久便去世了。阿廖沙就是陀思妥耶夫斯基笔下的基督（圣徒），整个小说的结尾就是他修炼成道下山，在一群孩童的欢呼声中，去拯救苦难的世界。作为文学作品，《卡拉马佐夫兄弟》无疑是人类文学史上最伟大的经典之一。但我们现在应当进入的真正问题是：能否以阿廖沙为参照系而否定东方的另一种基督似的人物贾宝玉，陀思妥耶夫斯基所颂扬的"忍受苦难"的精神是不是应当成为一种绝对精神和绝对价值尺度？曹雪芹在《红楼梦》中所表现的"返回本真"的精神是否应当成为"返回苦难"的对立项？这些问题涉及东西两大文化的差异，涉及基督教文化与庄禅文化的差异，恐怕论辩一辈子也不会有结论。但是，我还是要从评论《红楼梦》的立场对于上述的真问题讨论一下。除了"忍受苦难"这一点要进行一些叩问之外，我想把讨论的重心放在贾宝玉与阿廖沙的比较。通过比较，我们也许会更了解贾宝玉的心灵指向。

三、返回苦难与超越苦难

梅：那么，我们就从"忍受苦难"是否应当作为一种绝对精神说起。为了爱，它是否拥有绝对的理由？

复：陀思妥耶夫斯基是想把"忍受苦难"作为绝对精神。但是，细读一下《卡拉马佐夫兄弟》的小说文本，就会知道这是一部复调小说，同时存在着理性与神性的双音，甚至有野性与神性的双音。理性的载体是伊凡（阿廖沙的二哥），野性的载体是德米特里（大哥），阿廖沙则是神性的载体。伊凡作为西方理性的呈现者，也正是神圣绝对精神的质疑者。他的质疑也有充分理由。他曾经激情澎湃地给阿廖沙讲述一个故事：某乡间有一个八岁的男孩子，他在玩耍时扔了一块石头，不小心打伤了一个将军的狗的一条腿。将军放出全部猎犬，当着母亲的面，把男孩撕成碎片。讲完这个故事，伊凡问阿廖沙：假如大家都应该受苦，以便用痛苦去换取和谐，那么孩子跟这有什么相干呢？如果有人是在一个备受折磨的小孩无辜的血泪上建立起全人类幸福的大厦，你能容忍这种行径吗？阿廖沙回答：不，我无法忍受。伊凡笑了。陀思妥耶夫斯基是个非常伟大的作家，尽管他张扬"忍从""忍受苦难"，并让阿廖沙来体现这种精神，但他并不是一个传教士，更不是设置宗教法庭去做精神裁判，而是在作品中设立一个双音对话的思想论辩场与张力场。所以他让伊凡申辩不能忍受苦难的强大理由：当孩子被猎犬撕成碎片、受此血腥苦难的时候，你高举着爱的旗帜，那么，请问，为了爱，你是让孩子的母亲（或兄弟们）忍受猎犬的撕咬、吞下悲惨的眼泪，还是告诉母亲和兄弟们：你们必须抗议与抗争，不能容忍这些吃人的黑暗动物。阿廖沙心灵充满爱与悲悯，伊凡的内心何尝不是洋溢着爱的眼泪。他也是一个倾听良心呼唤、充满人道精神的理性主义者，坚信在这个世界里，只要还有孩子被将军的猎犬随意撕咬，人间便没有爱可言。李欧梵说他在人生之旅中有三本书给他深刻的影响，其中有一本就是《卡拉马佐夫兄弟》，而"伊凡的心灵，真是为我大开眼界"（李欧梵：《西潮的彼岸》，时报文化出版事业有限公司，1975年，第145页）。他所说"大开眼界"，大约是伊凡讲述的西班牙宗教大法官的寓言，但是，他讲的猎犬的故事不也使我们"大开眼界"吗？这个故事，是伊凡的故事，也是陀思妥耶夫斯基灵魂隐秘深处的故事。这是他血脉深渊中的另一种声音与呼唤：无法忍受苦难的声音与呼唤。尽管这种声音没有成为陀思妥耶夫斯基思想的"主旋律"，但毕竟是他灵魂复调中的一支歌，一支要从"忍受苦难"的体系中挣扎出来、突围出来的歌。陀思妥耶夫斯基自己尚且如此，我们这些中国的读者与文学评论者更无须把他"忍受苦难"的精神绝对化和标准化。当然，也不必拿陀氏之尺来丈量曹雪芹和他的《红楼梦》。

梅：你提醒注意陀思妥耶夫斯基小说中灵魂的双音，对我很有启发。弗洛伊德曾说，《卡拉马佐夫兄弟》是迄今为止最壮丽的小说。它的思想确实丰富复杂极了。舍斯托夫《在约伯的天平上》说陀思妥耶夫斯基有两种视力，巴赫金则说有多种声音，都看到"最壮丽小说"的内在张力。就此而言，《红楼梦》与《卡拉马佐夫兄弟》极为相似，也是最壮丽的小说，也是灵魂复调的小说，拥有思想张力场的小说。你在《罪与文学》中把林黛玉和薛宝钗的思想分歧，解释为曹雪芹灵魂的悖论，一是重秩序、重伦理、重教化，一是重个体、重自然、重自由，两者都符合充分理由律，两者分别呈现出中国文化的正、负血脉。看来，文学的大经典，其思想都不会太"本质化"。

复：林黛玉和薛宝钗作为曹雪芹灵魂的悖论，有时冲突，有时合一，所以，说"钗黛分殊"是对的，说"钗黛合一"也是对的。《红楼梦》第四十二回，描述她们两人化解情感纠葛，归于和谐，此后黛玉再也没有把锋芒逼向宝钗，但是其心灵方向和差异却是无法改变的。《红楼梦》比《卡拉马佐夫兄弟》出现得早。陀思妥耶夫斯基于1880年11月写完第一部，不久就去世了。曹雪芹于1763年（乾隆二十七年）去世，《红楼梦》也没有写完，但遗稿比《卡拉马佐夫兄弟》早了一百多年。这两位伟大作家除了我们刚才说的其代表作都有灵魂的张力场之外，还有许多极其相似的地方。要说清这些相似点，大约需要几部学术专著。我们今天只能涉足几处。这种比较，不仅是两部最壮丽小说的比较，而且是两颗最伟大心灵的比较，甚至也是东西方两大文化体系的比较。

梅：这真是激动人心的题目，光是思索就会使我们感到无比幸福。

复：你有这种幸福感真使我太高兴了。天底下最美丽的东西，归根结底是人的心灵。这两位作家虽然信仰不同，但都有一颗人世间最柔和、最善良、最仁慈的伟大心灵。这是任何知识体系都无法比拟的心灵。这两颗心灵都是极为敏感，尤其是对于人间苦难都极为敏感。陀思妥耶夫斯基被苦难抓住了灵魂，曹雪芹也被苦难抓住了灵魂。只是他们一个倾向于拥抱苦难，一个倾向于超越苦难。这两位天才的眼里都充满眼泪，无论是感激的眼泪，还是伤感的眼泪，都是浓浓的大悲悯的爱的眼泪。他们两人创造了两座世界文学的高峰，风格不同，但都告诉我们：创造大文学作品，无论是守持什么立场和"主义"，都应当拥有大爱与大悲悯精神。一切千古绝唱，首先是心灵情感深处大爱的绝响。

四、宝玉、阿廖沙、梅什金

梅：贾宝玉和阿廖沙、梅什金公爵的心灵也极为相似，都是极端柔和的大慈大悲的心灵。要说他们"不食人间烟火"，那是他们完全不能接受人间相互杀戮的战火硝烟，完全不能接受仇恨的火焰。

复：幸而有曹雪芹，幸而有陀思妥耶夫斯基和托尔斯泰，幸而有莎士比亚、歌德、雨果这些从古到今的伟大作家，他们通过自己的天才，为人类社会树立了心灵的坐标，如果没有这些心灵的火炬，这个世界就会黑暗得多。很可惜陀思妥耶夫斯基写完《卡拉马佐夫兄弟》的上部就去世了，以阿廖沙为主角的另一部没有写出来，所以我们现在所见到的阿廖沙形象还比较单薄。没有伊凡和德米特里那么丰厚，也没有贾宝玉那么完整。但仅以未完成的阿廖沙来说，他与贾宝玉多么相似。两个都是天使般的人物，两个都没有常人惯有的生命机能：没有仇恨的机能，没有嫉妒的机能，没有算计的机能，没有贪婪的机能，没有撒谎的机能。老卡拉马佐夫，那么冷酷、专横、贪婪，那么奸猾与厚颜无耻，谁都厌恶他，最后被私生子斯梅尔佳科夫所杀，而亲儿子德米特里、伊凡也有杀他的念头，只有阿廖沙，世上唯一的一个，不责备他，他宽恕一切人悲悯一切人，包括被世人视为恶棍的父亲。这不是孝道，而是为不幸父亲承担罪恶的大心灵。对于格鲁申卡，那个世人眼里的放荡女人，也只有阿廖沙真正对她尊重，正如格鲁申卡说的："他是世上第一个怜惜我的人，唯一的这样一个人。"当阿廖沙去看她时，她禁不住突然跪下，疯狂似的说："小天使，你为什么不早些来呀！……我一辈子都等待着你这样的人，等待着，我知道早晚总有那么一个人走来宽恕我。我相信就是我这样下贱的人也总有人爱的，而且不单是为了那种可耻的目的！……"贾宝玉也是如此，在他心中，不仅没有任何敌人、仇人，也没有任何"贱人""下人"，甚至也没有任何"坏人""小人"，那些被常人视为"身为下贱"的下人，他却看到她们"心比天高"。那些被世人视为劣种、人渣的贾环之流，他仍然视为兄弟，正如阿廖沙是唯一不责备老卡拉马佐夫的人，他是唯一不责备赵姨娘和贾环的人。所以阿廖沙、贾宝玉都被世人视为怪种。其实，他们的"怪"，正是世人无法企及的宽容与慈悲。

梅：从精神气质上说，贾宝玉和《白痴》里的梅什金公爵极为相似。梅什金这么一个善良到极点的贵族，被世人视为"白痴"，正像贾宝玉这样一个聪慧、仁厚到极点的贵族子弟被视为"呆子""孽障"。他们两人都和他们所寄身的现实社会格格不入，总是要被嘲笑。贾宝玉比梅什金幸运的是有一个大观园，一个喜欢清水的鱼儿可以寄身的池塘。

复：我曾读到诺贝尔文学奖的获得者、著名德语作家赫尔曼·海塞关于陀思妥耶夫斯基的一些评论，极为精彩。关于梅什金，他的描述和评论，简直就是对贾宝玉的叙述。我念两段给你听：

> ……白痴以不同于他人的方式思维着。这并非是说他的思维比别人缺乏逻辑，而更多地耽于天真的幻想，他的思维就是我所称的"魔化"思维。这个温文尔雅的白痴否认他人的全部生活、全部思想、全部感觉、全部世界与现实。在他看来，现实全然不同于他们的现实。他们的现实对于他则完全是虚幻的。在这方面，他是他们的敌人，因为他看到的和要求的是一个崭新的现实。

梅：也许是因为我总是沉浸在西方学院的逻辑、分类等方法上，因此对庄子，齐物论和禅的不二法门总是无法理解。

复：无论是庄还是禅，它们都拒绝既定的价值尺度与价值形态。所谓"空"，便是超越已有善恶、是非、因果、恩仇的无我之空。因此，空不是虚空，而是悬搁妄念、妄心（分别心），也是悬搁价值形态的净空，即剩下清静自性、清静本心。按禅的说法，出于本心（清静之心）即可成佛。梅什金和贾宝玉等"白痴""呆子"思维方式确实如赫尔曼·海塞所发现的那样，是一种消解对立两极的神秘体验，也就是说，在清静的本心中，万物万有皆平等存在，光明与黑暗、善与恶、福与祸、生与死皆平等存在，一切都取决于你的本心。海塞说梅什金"扬弃文明"，这正如老子、庄子、慧能、贾宝玉扬弃知识和圣贤（"弃智绝圣"），在思维方式上完全相同。让我们读一下赫尔曼·海塞关于梅什金的一段评论。它好像就在描述贾宝玉：

> 梅什金与其他人的不同之处在于，他既是一个"白痴"和"癫痫患者"，但他同时又是一个极为颖悟的人，他比其他人更切近和深谙无意识的世界，在他看来，体验的最高境界乃是瞬间的妙悟与凝视（他本人曾有过几次这样的体验），是在刹那敞亮中与大化冥合、浑然一体，从而领悟和肯定世界上存在的一切的魔化之力，梅什金的本质即在于此。他具有魔化的力量，但他不仅从典籍中去研究、赞叹和汲纳神秘的智慧，而且实际地体验了神秘的智慧（尽管只是在罕有的瞬间）；他不仅生发过许

多奇思妙想，而且还不只一次地达到魔幻的临界点。在此时此刻，一切都得以肯定，无论是最古怪的念头，还是与之相反的念头都成为真实的。

……

人类文化意义上的最高的现实就是世界之被划分为光明与黑暗、善与恶、自由与命令。至于梅什金的最高现实乃是对一切定理之相反相成、对对立两极之平等存在的神秘体验。归根结底，《白痴》主张一种无意识的母权，从而扬弃文明。不过，白痴并没有打碎法则的石板，他只不过是把它翻转过来，指出在石板的背面还写有相反的东西。

白痴，这个仇恨秩序的人，这个可怕的破坏者，他并不是作为罪犯而出现的。他是一个可爱的、矜持的人，天真而优雅、真诚坦荡而慷慨大度。这就是这部令人可怕的小说的奥秘。

赫尔曼·海塞等著:《陀思妥耶夫斯基的上帝》，社会科学文献出版社，1999年，第47—48页贾宝玉和梅什金一样，也以不同于他人的方式思维着。人们都把世界划分为善与恶、真与假、是与非的两极对立，但贾宝玉和梅什金的思维却是"对对立两极之平等存在的神秘体验"，赫尔曼·海塞大约不知道，在中国叫作"齐物论"，叫作"不二法门"，在《红楼梦》里叫作"假作真时真亦假"，在贾宝玉的潜意识里，便是没有尊卑之分、等级之分、上下之分、输赢之分。在等级森严的帝王统治，贵族专制的社会里，这种思维方法当然要被视为"魔"，视为"怪"，视为"孽障"。所以，在贾政眼里，他的儿子只是个"混世魔王"。

梅：关于贾宝玉与梅什金公爵，夏志清老师曾做过比较，说得很精彩，被许多人引用。他说：

维斯特（Anthony West）先生在评论这部小说的两种英译本的那篇卓越的文章中曾把宝玉比做德米特里·卡拉马佐夫。但我认为虽然这两个人都有深受折磨的心灵，宝玉却缺乏德米特里的那种尘世间的感情和活力，没有表现出他那种在爱与恨间，在极端的谦卑与反叛之间的永恒的犹疑不决。宝玉的坦白，他的天真和优柔，他的理解和怜悯的能力，使他更像陀思妥耶夫斯基的另一个主角，梅什金公爵（Prince Myshkin）。两个人都处于一个被剥夺的世界，在这个世界里怜悯的爱被判定或被怀疑为白痴（描述这位中国英雄的重要的字是"呆"和"痴"）。两个人都发现这个世界的痛苦是不堪负荷的，结果就忍受着阵阵发作的精神错乱和麻木无情。两个人都是同两个女人有关系，而都未能满足她们的期望。梅什金公爵作为一个白痴的结束，因为纳斯塔西亚（Nastasya）死后，他发现在一个贪婪与淫欲的世界里基督之爱是不会有效的；当宝玉最后从其呆痴中脱颖而出时，他已认识了爱情的破产，但很典型地，他弃绝世界以担负起一个隐者的无感情。

刚才听你引述赫尔曼·海塞的话，把梅什金称为"秩序的破坏者"，这可以给夏先生做个补充，即贾宝玉和梅什金确实都有破坏的一面，反叛正统理念的一面。但千万不要把他们说成"革命者"。他们只是对传统价值的否定。海塞还说梅什金天真而优雅，真诚坦荡而慷慨大度，这些评语，也完全适用于贾宝玉。他们两人都是天真的正统价值理念的否定者，也正是在这个意义上，林黛玉才成为贾宝玉的知音，而薛宝钗则未能成为贾宝玉的心灵同道。薛宝钗的思维方式在正统的眼中是最正常、最符合规范的方式，她不是秩序的破坏者，而是秩序的忠诚儿女。

复：贾宝玉和梅什金确实都极为天真，说得更为彻底一些，都是混沌世界的孩子。你注意到了吗？在描写大观园时，曹雪芹曾用"混沌世界、天真烂漫"八个字来形容这个世界。梅什金和贾宝玉都是赤子。这是他们的根本相似之处。海塞所说的思维方式，还属于头脑，而赤子状态，则属于心灵。这是更深层的共同点、共通点。这两个小说主人公的相同点，也是曹雪芹和陀思妥耶夫斯基这两位伟大作家的共同点。他们都是伟大赤子。《红楼梦》作为灵魂自叙性小说，贾宝玉就是曹雪芹灵魂投影，贾宝玉天真的孩子状态就是曹雪芹的心灵状态。而陀思妥耶夫斯基也是如此，梅什金和阿廖沙就是他的人格投影和灵魂化身。而陀思妥耶夫斯基曾经这样进行自我描述，他说：

> 我是时代的孩童，直到现在，甚至（我知道这一点）直到进入坟墓都是一个没有信仰和充满怀疑的孩童。这种对信仰的渴望使我过去和现在经受了多少可怕的折磨啊！我的反对的论据越多，我心中的这种渴望就越强烈。
>
> 我不知道我忧伤的思想何时才能平息？人只有一种状态是命中注定的：他心灵的氛围

是天和地的融合。人是多么不守规矩的孩童；精神本性的规律被破坏了……我觉得我们的世界是沾染了邪念的天上神灵的炼狱。我觉得，当今世界具有消极的意义，因而崇高的、优雅的高风亮节成了讽刺。如果有人进入这图画，和整体的印象与思想不协调，总之，完全是无关紧要的，那么结果将会如何？画面被毁坏了，存在便不可能了！

可是眼看着宇宙在一层粗糙的表皮包裹下受苦受难，明明知道只要意志的一次迸发就能将它打破并与永恒完全融合，了解这一切并作为卑微的创造物而存在……太可怕了。

这两段话虽是他早期写的，后期他的信仰已由怀疑走向坚信。但他的孩子状态都永远没有变。作为"时代的孩童"，他从塑造梅什金到阿廖沙，其天真状态一直如此。

梅：曹雪芹和陀思妥耶夫斯基到了后期即进入写作其代表作的时候，灵魂负荷都很沉重，尤其是陀思妥耶夫斯基，但是，他们自始至终都是"时代的孩童"，创作时没有功利之思，只有心灵之火，这是他们成功的原因。这种相同点，让我想起一个问题，为什么一个谈"空"，一个谈上帝，但都会与孩童联系起来。老子说圣人皆孩儿，好像是个放诸四海而皆准的真理。

  复：按照佛教的学说，"我"空了，佛才能进来；"我"腾出净洁的空间，佛才有立足之处。同理，只有忘我、无我之时，上帝才能进来，如果我的心胸塞满权力欲、财富欲、功名欲，上帝固然可以拯救，但要格外费力，是否救得成，也未可知。把"空"与"无"理解为虚无主义是不对的。"空"，是看破物质的幻相，并非精神的空虚。"空"时的心灵不仅最为清净，而且最为充盈。扬弃虚妄之物恰恰赢得新的实在。曹雪芹和陀思妥耶夫斯基把自己的理想人物都塑造得像个孩童赤子，自身也像孩童赤子，就因为孩童未被世间流行的价值形态所充塞，也未被固有的思维方式所驱使，他们的心灵还是一个未曾被权力、财富、功名所侵占的"空"场。

  梅：贾宝玉与阿廖沙（还有梅什金）有许多共同的根本之处，但确实也有很不同的地方。他们的思想差异反映着作者不同的大文化背景和大文化立场。

  复：不错。曹雪芹与陀思妥耶夫斯基是中华民族与俄罗斯民族最有智慧的伟大儿子，他们分别负载着这两国民族文化精华最丰富又最深刻的宝藏。两个民族的灵魂内涵是什么？到这两位伟大作家的作品中去寻找就找到了。如前边我们在谈论美学时说，曹雪芹把生命价值视为最高价值，把青春生命视为最高的美。至美的生命即美的极限，林黛玉与晴雯的生命即价值高峰。所以曹雪芹唯一牵挂的是美好的青春生命，其他价值形态都要建立在充分尊重这种个体生命的基石之上。《红楼梦》的全部情、全部爱都投入个人生命之上，除此之外，没有更高的情与更高的爱。这种爱是情爱，是亲爱（亲情），但又是波及一切生命的世情，包括对不情物与不情人的兼爱，也是博大的爱。贾宝玉体现着这种爱。把贾宝玉说成无情的石头，说成只忙于构筑自己桃花源，恐怕太冤枉了这位"怡红公子"。而陀思妥耶夫斯基是基督教的忠诚信徒，他并不把个体生命价值视为最高价值。在他的价值体系中，有一种高于生命价值的神圣价值，这就是上帝所代表的最高价值，生命是上帝所创造的。上帝的圣爱才是最高的覆盖一切的爱。为了实现这一最高价值，个体生命可以牺牲，可以忍受苦难，可以放弃个体的一切欲望，包括情爱的欲望。阿廖沙体现的正是这种价值观。所以他的目标不是"复归于婴儿"，不是守持赤子状态就满足，他还要复归苦难的大地，亲吻不幸的人间，永远背着十字架在充满荆棘的世界上苦行苦旅。这无疑比贾宝玉更为崇高。但是这种价值观，必须有一个前提，就是确认上帝的存在，有了上帝的存在，才有陀思妥耶夫斯基及其理想人物的价值逻辑链条，即上帝—圣爱—拯救—牺牲—忍受苦难—拥抱苦难的大地。《卡拉马佐夫兄弟》所以能打动全世界的心灵，就是凭借这一价值逻辑。我也从心底深处仰视这一逻辑，但又清醒地意识到，我们的中国文化没有上帝这一前提，也不可能拥有上帝所派生的价值逻辑链条。中国文化只有一个"人"的世界，没有"神"（即上帝）的另一个世界。我和林岗合著的《罪与文学》，苦苦追索的正是在没有上帝的条件下，我们良知的源泉与根据在哪里，是不是没有上帝，我们的良知就无所附丽。思索的结果，我们找到《红楼梦》，找到另一种圣经，这就是把个体生命视为最高价值的圣经，把青春生命视为最高美的圣经。这部经典极品虽未能把"崇高"范畴推向极致，却把"柔美"范畴推向极致，它虽不是刚性史诗，却是柔性史诗。我和林岗在全书的论证中，拒绝褒此抑彼，拒绝在曹雪芹与陀思妥耶夫斯基这两者之间做出高低价值判断，认为拯救固然有充分理由，逍遥也有充分理由。阿廖沙返回大地拥抱苦难大地拥有充分理由，贾宝玉逃离大地告别苦难大地也有充分理由。

　　梅：你认为贾宝玉最后离家出走，不能像阿廖沙那样承担苦难的理由是什么？

　　复：理由是自救。他无力当救世主，连最心爱的几个女子都救不了，还能救世界吗？晴雯、鸳鸯、林黛玉等已当了牺牲品了，他如果真想去拯救，也只能多一份牺牲品。在确认世界无法拯救，自己也无力拯救时，自救便有了理由。守护生命的尊严，守护生命的本真状态，拒绝与泥浊世界同归于尽，这难道不是巨大的理由吗？贾宝玉的出走，既是反叛，也是自救。曹雪芹正是因为自救，才赢得逍遥之境，才赢得精神价值创造（写作《红楼梦》）的时间和心境，才获得其生命的意义。没有放下世俗的负累，如何提起注满血泪与智慧的如椽大笔？"五四"以来，在革命即拯救解放全人类的名义下，山林文化、隐逸文化被声讨、被围剿，逍遥之境没有存在的合理性，作家的自由就从这里开始丧失。

梅：这两年，我一直留心现代隐逸文化的命运，结果发现中国现代社会、现代文坛没有隐逸文化的立足之境。中国古代还有放任山水的自由，《儒林外史》中还有王冕的逍遥自由，而现代社会则没有这种自由。周作人、林语堂、废名等都想当现代隐士，结果隐士梦全都破灭。中国现代文化的苦难负荷太重，不允许"象牙之塔"的存在。你曾告诉我，象牙之塔的毁灭是中国现代文化的一大现象。所谓象牙之塔，其实就是逍遥之境，独立创作之境。它的毁灭，固然有政治权力的压迫，但更多的是拯救国家的道义压力。

复：你说得对。象牙之塔并不仅是为了自适、为了虚度时日，而是构筑一个属于自己的精神王国进行潜心的创造。扫荡这种王国，就不可能有《红楼梦》。所以我既能理解陀思妥耶夫斯基的荒漠之境，也能理解曹雪芹大观园的逍遥之境。

　　梅：我能理解你这些观念。多年来，你自己就在拯救与逍遥中徘徊，在宗教与审美中徘徊，在神性与理性中徘徊，在理性与感性中徘徊，在神主体性与人主体性中徘徊，在孔子与庄子中徘徊，在屈原与陶渊明中徘徊，在耶路撒冷与雅典中徘徊，在鲁迅与行健中徘徊，在基督与慧能中徘徊。最近这几年，你感到拯救无力，感到所谓"改造世界"不是你所能及，因此你的人生天平便往逍遥一端倾斜。虽然你对陀思妥耶夫斯基和曹雪芹都衷心仰慕，对其文学成就都给予最高的礼赞，但在灵魂的出路上，你却往曹雪芹这一端倾斜。我们不是教徒，虽格外尊重宗教，但不必有宗教式的思维，不必有一个终极真理的决断与结论，不必有"二者必居其一"的立场。我们是文学的信仰者，我们重视过程而不重视结论，我们就生活在悖论中，生活在提问中，生活在张力场中。我们不把《卡拉马佐夫兄弟》看作基督教教义的形象演绎，也不把《红楼梦》看作佛教理念的形象转达。我们只把它们看作伟大的文学作品。作品文本的本身就充满矛盾，就充斥各种不同的声音。小说传递给我们的是"复调"，是双音与多音，不是终极真理的绝对命令。所以你在《罪与文学》中借助陀思妥耶夫斯基说明文学的灵魂维度和"崇高"审美范畴是符合学理的，而借助曹雪芹说明文学的生命本体价值和"柔美"审美范畴也符合学理。我们比较贾宝玉与阿廖沙，也不是去做道德价值判断，而是探讨他们相同和不同的生命内涵和美学内涵。

复：你对我的描述大体上是准确的。现在我更牵挂个体生命，无论是对自己还是对待他人。所以也完全能够理解贾宝玉那种对于生命尊严和诗意生活的追求。至于陀思妥耶夫斯基，我从他身上知道了什么叫作"灵魂深度"，至今仍然陶醉于他的深度描写。但是，我又无法接受他的那种"忍受苦难"的"灵魂负荷"，更不会与讴歌苦难产生共鸣。我的第一人生不断走向知识，第二人生则不断走向生命，凡是进入生命深层的伟大文学作品，都让我倾慕与醉心，都援助和提高了我的心灵。所以，无论是对于陀思妥耶夫斯基，还是对于曹雪芹，我都充满感激。

附

录

"红楼"真俗二谛的互补结构

答剑梅问

一、关于贾宝玉的"神性"

梅：这次到北京过暑假，见到许多朋友，有你的老朋友，也有我的新朋友。谈话中总是绕不开你的"红楼四书"和《双典批判》。有些朋友提到的问题，我回答不上。自己还没想通、想透，不敢乱说。这回你到我这里，正好可以给我再解开一点"疙瘩"。

复：你尽管问。我很想知道朋友们提出一些什么问题。

梅：有一位朋友问，你父亲说他并不把《红楼梦》作为研究对象，却写出了四部带有很强学术性的"红楼四书"，这该怎么解释？

复：我说过，我读《红楼梦》和读其他书不同，完全没有研究意识，也没有著述意识，只是喜欢阅读而已。也就是说，至少我的出发点，不是把《红楼梦》作为研究对象，而是作为生命体认对象。

梅：作为"研究对象"和作为"生命体认对象"，两者的根本区别在哪里？

复：作为"研究对象"，也就是作为纯粹的批评对象，对于"对象"，只做客观分析与价值评估。评论主体（也就是我）不做生命参与，不做感情参与。而作为"生命体认对象"，则一定是生命参与，情感参与。这不是纯客观的冷静分析和逻辑推演，而是把自己的情感融入小说文本之中，用自己的心灵去感悟作品中的心灵。用何其芳的诗歌语言表述，叫作"以心发现心"。也就是和作品中的诗意形象"心心相印"，尽可能地打开小说人物灵魂的门扉，谋求抵达其灵魂的深渊。

梅：这种"生命体认"，是不是相当于"审美"？审美其实并不是"研究"，而是"体认"。

复：不错，我正是把《红楼梦》作为审美对象，对整部作品尤其是其中的主要人物，只做审美判断，不做政治判断和道德判断。在我看来，审美判断，便是情感判断。把《红楼梦》作为生命体认对象，便是投入心灵去做情感判断。像秦可卿这个人物，如果用道德判断，就会判她为

"淫妇"。而这种判断的水平，只是焦大的水平，不是曹雪芹的水平。如果对秦可卿进行情感判断，那就会觉得她很美，不仅有心有情，而且有胆有识，也是贾府专制门庭里的一个"槛外人"。又如薛宝钗，如果用某些政治意识形态的准则去"研究"她，就会误认为她是封建意识的载体，但如果用生命去体认，用感情去判断，就会觉得她是与林黛玉相对应的另一种美的类型。她有"缺陷"，但也很可爱。

梅：审美判断即情感判断，这一论点，我以前还没有听你说过。刚才猛然一听，觉得甚有道理。你在《红楼梦悟》中曾说，就"精神内涵"而言，《红楼梦》涵盖"欲""情""灵""空"四大层面。王国维受叔本华影响，对"欲"讲得比较多，强调的是欲望造成悲剧这一面，而对"情""灵""空"三个层面则讲得不充分。有朋友问我，你父亲讲"灵"，是不是指"情性"之外还有"神性"？

复：我的确是觉得《红楼梦》的精神内涵中有佛性与神性的一面，就以主人公贾宝玉而言，他的人生过程是一个从欲到情，从情到灵，从灵到空的过程，这是悲欢歌哭的生活历程，又是生命不断提升、不断感悟的过程，最后他悟到"空"而辞别家园。所谓悟到"空"是指悟到人生的各种色相没有实在性，只有虚幻性。最后的实在是一颗"心"，至于心外的各种物，包括"玉"，全都是虚幻的。

美丽绝伦的"十二钗"归根结底是"太虚幻境"中的幻相，并非实相。《红楼梦》中"空"的层面是哲学层面，有这一层面才有高度。而《红楼梦》的深度则主要体现在"情"与"灵"的层面。我们说贾宝玉很有"灵性"，并不是说他极端聪明灵巧，而是指他有一种他人不可及的"神性"。林黛玉所以能成为他的知音，正是她看到这个"外不殊俗"的贵族公子却有一种大脱俗的内心，也可以说是一般人性无法企及的"灵犀"与"灵明"。贾宝玉在你争我夺的男权泥浊社会中，在沽名钓誉的国贼禄鬼的包围中竟然能处污泥而不染，竟能拒绝加入追逐功名财富权力的浊流，竟有力量跳出席卷一切的潮流与风气甘当一个"槛外人"，这正是超越一般人性的神性。

梅：你说过，贾宝玉乃是五毒不伤，世俗社会中的什么邪恶都浸入不了他的身心，这也是神性吧。

复：对，这也是神性。处于荣华富贵之中，能不受荣华富贵的浸袭而始终保持质朴的内心，这是一般人能做得到的吗？

梅：学术研究从根本上说，是一种理性判断。但在具有神性的生命面前，理性显得无能为力，此时你的"生命体认"就呈现出长处来了。

复：不错。理性不仅有限，即你所说的无能为力，而且常常不可靠。20世纪从50年代到70年代我国的《红楼梦》研究，充满政治"理性判断"，但也充满"理性独断"。在这种判断之下，薛宝钗、贾政等许多人物都被本质化地判断为封建主义卫士。使用意识形态理性，根本就无法理解贾宝玉。怎么会有这么一种生命，完全没有世俗的仇恨机能、嫉妒机能、猜忌机能、贪婪机能，这种生命可能吗？用理性很难回答，贾宝玉这种超世俗机能的生命如何可能？这很难用理性语言回答。只能说，贾宝玉天生有一种从大荒山无稽崖那里带来的特别的心性，"神瑛侍者"不同凡响的心性。这种天性，超乎一般人性，只能说是神性。

梅：你把宝玉比作释迦牟尼，比作基督，称他为准基督、准释迦，也是指他具有神性吗？

复：是的，王国维说李后主具有释迦与基督"担荷人间罪恶"的心性，也就是说李后主具有神性的特征。我做此比喻，要点是指贾宝玉有一种大慈悲精神。在他的心目中，不仅没有敌人，也没有坏人。在许多人眼里，也许会认为薛蟠是坏人，赵姨娘是坏人，贾环是坏人，甚至王熙凤是坏人，但贾宝玉心目中完全没有这种概念。尽管赵姨娘母子一直在加害宝玉，但宝玉从未说过他们母子一句坏话。他和薛蟠称兄道弟，和薛蟠一起喝酒唱和，还为薛蟠遮掩罪过。佛教修炼四无量心，即慈无量心、悲无量心、喜无量心、舍无量心，宝玉四项全都无师自通，无修而成，你说奇怪吗？这是天生而成的。慈的重心是关怀，悲的重心是悲悯，喜的重心是排除烦恼，舍的重心是放下功名利禄，这一切宝玉全都具备。什么是佛性，宝玉便是一部佛性的活字典。我所以把"情"与"灵"分开，也是为了强调宝玉有佛性的一面，《红楼梦》有深邃的佛性内涵。情的核心是"爱"，灵的核心是"慈悲"。慈悲的境界比爱的境界高。爱的对立项是恨，爱恨总是一体，有爱就有恨，即所谓爱恨交融。而慈悲绝对没有恨，它超越爱恨而宽恕一切人，悲悯一切人，甚至悲悯一切生物。贾宝玉有很深的爱，无论是对待恋情、亲情还是对待友情、世情，他都很真挚，但他更为难得的是在种种情感中，从未有过怨恨、猜忌、嫉妒等，而且把真情感推向一切生命，推向全宇宙。地上鱼儿，天上鸟儿，画中美人儿，他都投下自己的真情感。

梅： 欲是人性，情也是人性，慈悲则带神性。贾宝玉确实拥有大慈悲之心。在他的心目中，完全没有等级观念，贵夫人与丫鬟，王子与戏子，在他心目中都是一个样。

复： 你说的很对，他完全没有等级观念，没有高低之分。他的"不二法门"，不是理念，而是心性。我说他把禅的不二法门贯彻到人际关系中，这是我的分析，而对于宝玉来说，他并没有先验的"不二法门"的预设。在他的天性中，人天生就是平等的。在等级社会中，人们所处的社会地位不同，这种情况很难改变，可能永远无法改变。

我们过去的"革命"就想改变这种状态，以争取经济地位、社会地位的"平等"。看来，这是乌托邦，即永远不可能。贾宝玉并不是想改变这种状况，他不是造反派，不是革命派，但他的天性告诉他，人的心灵应是平等的，人格应是平等的。如果要分贵贱，那也只能从心灵上去区分。"身为下贱，心比天高"，处于社会最底层的人，其心性可以无比高贵。所以他才会在《芙蓉女儿诔》中称赞晴雯"其为质则金玉不足喻其贵"。宝玉心性是天生的，我们用"不二法门"的方法论和情感本体论去解释，实在是不得已，理性语言很难描述贾宝玉这种带着神秘的博大情怀。

梅：你在谈论蔡元培的时候，也强调他的天性，说他的"兼容并包"的文化情怀是一种天性，不是一种理念，更不是一种政策。

复：首先道破这一点的不是我，而是梁漱溟先生。他在几十年前就说蔡元培的襟怀是一种天性。如果把"兼容并包"作为政策，势必朝令夕改，今天"放"，明天"收"，很不牢靠。天性就不同了，那是从心性深处发出来的"慈无量""悲无量"，是自发、自然的对各种天才的欣赏，而且是出自内心的欣赏。这不能不说是一种神性。我们这些世俗中人很难企及，只能好好学习。

梅：学大乘佛教、学禅宗，光读佛经，很难进入。一旦阅读《红楼梦》，感悟贾宝玉，倒是慢慢明白了。例如，禅把自己的核心最后归结为"平常心"，我开始觉得没什么，不了解它的真精神。读了《红楼梦》，才觉得贾宝玉这样一个拥有荣华富贵的贵族子弟，处于等级社会的塔尖顶上，还具有那么一种平常心、平等心，那么一种同情一切人的菩萨心肠，真是很美。你在《〈红楼梦〉与西方哲学》一节中，把这种平常心与尼采的超人哲学做比较，一个强调高贵来源于森严的等级（尼采），一个强调高贵来源于美好的心灵（曹雪芹），相比之下，曹雪芹才是真人道，真人性，真神性，才代表人类的未来精神走向。

复：尼采认定高贵来源于外，即来自外部的等级之分，来自上等人的道德。曹雪芹则认为高贵来源于内，即来自超等级、超势利的内心。两种哲学，两种道德观，哪一种更值得我们向往？我们当然要崇尚曹雪芹，扬弃尼采。尼采那套超人哲学、权力意志哲学，哪能与曹雪芹相比。尼采这套哲学只能导致压迫，导致侵略，导致纳粹式的疯狂。

二、悟"空"何以产生力量

梅：说到"空"，我和朋友、学生谈起，他们常感到困惑。他们说，空无既然是一种虚幻，也就是说，悟到人生乃是一场虚幻，为什么你父亲还老是说，读了《红楼梦》不仅不会消沉下去，反而会积极起来？你是怎么从《红楼梦》中获得力量的？

复：我的确说过我从《红楼梦》中获得力量。《红楼梦》的色空哲学、悟空哲学让我更深切地明白，人生不过是像宝玉（神瑛侍者）、黛玉（绛珠仙草）到地球上来走一回，仅此一回，仅此非常短暂的一回，几场悲欢，几场歌哭，几场争执，转眼即逝，无可挽回。死时即使像秦可卿那样赢得惊天动地的厚葬，享尽死的哀荣，也是无法改变死的事实，花容玉貌，最终也化作一具骷髅。这空无才是最后的实在，而生前的荣华富贵倒是真虚幻，真虚无。明白这一点至少可以给我们两点启迪：首先，我们不必把短暂的人生投入对于荣华富贵无休止的追逐，不必羡慕《好了歌》所讽嘲的那些"世人"的生活方式，日夜为金钱、权力、功名而焦虑；第二，既然人生这么短，那我们就要珍惜，要抓住人生的这一瞬间。我很喜欢李泽厚讲哲学讲美学时，把"珍惜"作为一种大范畴。海德格尔在《存在与时间》中讲"烦""畏""死"等大范畴，然后叩问存在的意义，李泽厚则突出"珍惜"这一大范畴。而且在"珍惜"前边加上一个重要定语：时间。这就变成"时间性珍惜"。言下之意是说，我们不必像海德格尔哲学所提示的那样，只能在死神面前，在冲锋陷阵的时刻才实现"勇敢"与存在的意义。我们可以在短暂的人生中通过"珍惜"来创造意义。《红楼梦》作为诗意生命的挽歌与悲歌，它提示我们的便是"珍惜"二字。

梅：贾宝玉的确很珍惜人生，他被称作"无事忙"，十分恰当。本来是个"富贵闲人"，贾府中最闲的闲人，却也忙乎得很，总是想和女孩子们说说玩玩，或与姐妹们一起写诗说梦，他也是在创造意义吧！

复：意义是自己创造的。人生总是自己赋予自己以生命意义。贾宝玉本来是一块石头，本无生命，更无生命意义。他来到地球后，便自己创造生命意义。意义系统是一种庞大的系统，它包括"情"，甚至可以说情乃是意义系统的一种根本。贾宝玉最珍惜的是情。他总是为情而情，为爱而爱，没有情之外的功利目的。情在贾宝玉那里，便是意义本身。这一点也是人之所以成为人的地方。猪狗禽兽就不懂得情的意义，它们只是本能地相处，有时也互相依偎和互相保护，但只是出自本能，全然不知情的意义。《道德经》说：天地不仁，以万物为刍狗。这句话，我们可以悟出一个人生大道理，这就是，人生的意义不是靠"不仁"的天地赋予的。人应该自己创造"仁"，创造"义"，创造"情"，创造"意义"。贾宝玉降生一年后，那么多宝物放在他的面前，他只抓住脂粉钗环，他的父亲极为失望，完全不知道自己的儿子到人间就紧紧抓住一个"情"字。

梅：你讲"欲""情""灵""空"四个层面，最终还是以情为根本。

复：聂老（聂绀弩）一再强调《红楼梦》是一部"人"书，这是很对的。我们说贾宝玉有神性，是指他有"灵明"，有大慈悲精神，并不是说他就是神。相反，《红楼梦》的精彩之处恰恰是把他写成一个真正的人，一个有真性情的人，"真"到让人感到他怎么这么傻。这个人，以情支撑整个人生。他欢喜，他悲伤，他困惑，他绝望，全为一个情字。曹雪芹很伟大，他通过贾宝玉这个形象，把人生最核心的密码揭开了，这密码就是人生全靠"情"支撑着。不仅贾宝玉如此，人世间的一切真人真生命全都如此，你说是不是？

梅：真是这样。说人生如虚幻的一场梦，但有"情"在，这梦也就有了实在感。《红楼梦》中的诸女子，就是梦幻之花，都有实在感。离开这些青春女子，贾宝玉的情感便无处可以存放，心灵便没有着落，也就丧魂失魄了。

复：情使许多人去死，林黛玉就为情而死，但情也使许多人战胜死亡，感到活着有意义。加缪说，自杀问题是最基本的哲学问题，很有道理。人为什么不自杀，人为什么要活下去，这活下去的最根本理由便是情，便是有所眷恋。有情在，贾宝玉就眷念人间，黛玉、晴雯、鸳鸯等心爱女子死了，情不在了，他就想逃离人间。

梅：贾宝玉和林黛玉不仅是一般的情痴，而且是痴绝，他们把情看得很绝对。尤其是林黛玉，她对待爱情，有一种彻底性。别的都是"臭男人",唯独宝玉干净。她彻底得充满排他性。她的所谓"尖刻""嫉妒"等,正是恋情的彻底性。贾宝玉的彻底性则是另一种形态,他爱一切人,泛爱得很彻底,所以才没有敌人。你说贾宝玉以情支撑人生,可是他也喜欢写诗,用我们现代的话说,是喜欢写作。他是不是也觉得人生只活在恋情中还是不够的,还需要用文学艺术来创造意义?

复:我刚才已经说过,人可以通过多种方式赋予自己的生命以意义,恋爱是一种,写作当然也是一种。但是《红楼梦》中男女主角以及史湘云等女子写诗和我们当代人的写作状况很不相同。他们写诗全是为诗而诗,为写作而写作,即为艺术而艺术,完全没有诗外目的,也没有诗外功夫。也可以说,他们只是为情而写,写的全是情。通过写诗、赛诗,他们的生活更快乐了,心灵更丰富了,这就是意义。但是,这意义是派生的。她们绝对不会想到曹丕那种文学乃是"经国之大业"的观念。要说萨特"存在先于本质"的存在主义公式,大观园里的诗人们倒是个范例,他们先选择为生活而生活,为爱情而爱情,为诗而诗,然后才在写诗中派生出另一种人生的意义,这是自然派生,不是刻意追逐。这与我们当下的作家很不相同。当下作家总是先有伟大目标、伟大抱负、伟大理念即先有"本质",然后再从事写作。还有一些是为了小功名、小山寨、小门户而写作，也是本质先于存在。

梅：你说过，大观园里的诗国是曹雪芹的"理想国""梦中国"，这种国度的诗意，恐怕正是这种国度"存在先于本质"。

复：人的一生该怎么过？人为什么而活？该怎样活？确实是个根本问题。人生是否有意义，全取决于自己。《红楼梦》对我们的启迪是，不要老是追求那些虚妄的幻相，而要赋予生命以诗意即真实的意义。本来无一物，现在有了这身体，有了这心灵，我们就不要辜负自己的身心，就该珍惜，这不是就有了力量吗？所以我说阅读《红楼梦》不仅不会消沉下去，反而会积极地对待人生。

三、真俗二谛的中道互补结构

梅：这两三年，我进入第二部英文书籍的写作，研究"庄子的现代命运"，也理解鲁迅为什么拒绝庄子，但总觉得庄子在现代社会中并非只起消极作用。其实，庄子在现代社会"物化"与"异化"的潮流中可以起很大的抗争作用。现在大陆地区又肯定孔子，新一波的尊孔潮流又汹涌起来。我们要肯定孔子是伟大的思想存在，但是，光讲儒，而不知人生有"虚幻"的一面，也会陷入追名逐利的泥潭，此时庄子倒是可以起到一些调节作用，也就是可以对儒做些补充，这也许正是李泽厚伯伯所讲的"儒道互补"吧。

复：你说得很好。《红楼梦》的精神结构也可以说是
"儒道互补"结构。我在《共悟红楼》中已说过，钗黛是
曹雪芹灵魂的悖论，钗投射儒文化，黛投射庄禅文化，两
者有冲突，但也各有存在的理由。两者价值取向不同，但
可以互补。"钗黛合一"的说法，实际上是朦胧地意识到
"钗黛互补结构"，《红楼梦》确有反儒的一面，那是反对
"文死谏，武死战"这类愚忠愚孝的表层儒、伪形儒，但
《红楼梦》并不反对深层儒，即不反对儒家的重亲情、重
世情这种"情本体"。曹雪芹看到儒生们只知表层儒，拼
命追名逐利，最后变成毫无个性、毫无灵魂活力的国贼禄
鬼，他从根本上蔑视这些"唯有功名忘不了"的"儒生物"，
所以他才创造出负载庄禅文化的男女主人公贾宝玉和林黛
玉来"调节"。贾宝玉和林黛玉跳出贾政等儒士们的"俗
眼"，看穿"仕途经济"和荣华富贵的虚幻。他们来自天
上（大荒山、无稽崖、三生石畔），天生具有一双"天眼"，
这双天眼是对儒家肉眼的补充。

梅：你在"红楼四书"中一再说，薛宝钗呈现儒的重
伦理、重秩序、重教化的文化；林黛玉呈现的是庄禅的重
个体、重自然、重自由的文化，两者都具有存在的充分理
由。人类社会要生存下去，两者都得兼顾。我读《红楼梦》，
并未读到儒和道二者非此即彼、你死我活的观念，倒是读

到一种你在论述红楼哲学时点破的"中道"。

复：我讲《红楼梦》的哲学，归纳了几个要点，也可以说，我发现了几个关键点：第一是大观视角；第二是心灵本体；第三是灵魂悖论；第四是中道智慧；第五是澄明之境。刚才我们所讲的钗黛互补，正是曹雪芹的灵魂悖论，也正是中道智慧。

梅：你能先和我说说什么是中道智慧？我对于佛学，完全是个门外汉。

复：我也是佛学的门外汉，只是这些年读了一些佛学的书。佛学博大精深，经典汗牛充栋，所以我阅读时特别注意不要陷入概念之中，尽可能"入乎其内，出乎其外"。我们要向慧能学习，他不识字，但能捕捉要害，抓住要领，不为概念所障。我们通过《红楼梦》可以领悟到活生生的佛学，这部小说，全书佛光普照，也全书浸满中道智慧。

中道智慧的始作俑者是龙树。他是印度早期大乘佛教的理论奠基者。以他的名字为碑界，大乘佛教才取代小乘佛教而成为佛教主流。他逝世后，印度为他立庙，供奉为佛。在我国，他则被大乘八宗（即三论宗、天台宗、华严宗、唯识宗、禅宗、净土宗、密宗、律宗）尊为共同的祖师。龙树的代表作之一《中论》对"空"下了经典定义。他在两首偈颂中说："众因缘生法，我说即是无，亦为是假名，亦是中道义。"他把"空"定义为"因缘生"，又称"空"

为"假名"、为"中道"，可见"中道"乃是大乘的原始智慧，也是最高智慧。他在《中论》中又给"中道"做了如此定义，他说："离有无二边，故名为中道。是法无性，故不得言有；亦无空，故不得言无。"龙树这段话说得很明白，"中道"就是不做性本恶、性本善的假设（是法无性），不走绝对有或绝对无这两极。我们平常也会告诫自己，不要走极端，这种平常话里就包含着最高的佛理。由龙树的中道论开始，以后的大乘便用它作为佛说的总纲。到了梁代，当时出现三大法师（开善寺的智藏，庄严寺的僧旻，光宅寺的法云），他们精通大乘经论，把中道引入解说二谛即俗谛与真谛。所谓俗谛，指的是"世间法"，即世俗社会认定的真理；所谓真谛，指的是"超越法"，即超越世俗真理的真理。我在"红楼四书"中称之为超越世界原则的宇宙原则。把二谛打通而统一起来便是中道。用我们熟悉的语言来表述，就是"俗"与"真"两者并非势不两立，而是两者相反相成。吕澂先生在《中国佛学思想概论》（上卷）中说，合真俗二谛来看中道，则"俗对真而见其假，真对俗而见其实，两者统一不能相离，这就是中道"（《中国佛学思想概论》第六章：南北各家师说·上）。以二谛来看《红楼梦》，不仅可看到书中有"假作真时真亦假，无为有处有还无"的"中道"宣言，有脱离"大仁""大恶"的贾雨村"中性"提示，更了不得的是，作为文学作品，它塑造的林黛玉和薛宝钗这两个女主人公，正是一个体现真谛，一个体现俗谛。体现俗谛即体现世间人价值取向的是薛宝钗，体现真谛即体现超世俗价值取向的是林黛玉。薛宝钗的所谓会做人，所谓世故，是世间人的真实；林黛玉的所谓不让人，所谓任性，是超世间人的真实。《红楼梦》固然展示两者的差异，但未在两者中做绝对的价值判断。尽管在价值天平中，作者倾斜于"真谛"一边，但并没有对俗谛进行攻击和诅咒，因为有这一种哲学背景，所以作为"中道"载体的主人公贾宝玉才会陷入既爱黛玉也不薄宝钗的情感困境。后世千万读者才会觉得黛玉美宝钗也美，才会为拥黛或拥钗而争论不休。而作者本人给秦可卿命名为"兼美"，给她最高的殊荣（厚葬），则是她兼容真俗两谛，既有世间人的属性（懂得生活，敢于婚外恋，与大俗人王熙凤结交并深通家族兴亡事务），又有局外人的超人间属性（警幻仙子的"妹妹"，孤高自傲，拥有哲学智慧）。曹雪芹把秦可卿写得如此神秘，如此可爱，又给予如此光荣的结局，就因为她呈现出"中道"的兼得二谛的至真至美。

梅：你这番阐释，真是非常新颖。今天我又逼着你说出新话来了。曹雪芹对钗黛之分之合，采取了一种中道态度，所以我们看不出作者的非此即彼。以往的红学研究曾批判"钗黛合一说"，看来，这一说是有道理的。钗黛互补结构也就是真俗二谛互补结构，这样说，恐怕最接近曹雪芹的创作初衷。你对秦可卿做此中道的解说，也很新鲜，她确实是俗谛中人，又是真谛中人，两者都很真实。贾宝玉也是如此，两谛兼备。

复：与秦可卿相比，妙玉就太不"中道"了。她把真谛推向极致，只想当人之极品。不仅要喝极品茶，而且还想要当极品人，结果变成和世间格格不入，最后甚至丢失大慈悲心。她认定刘姥姥用过的杯子就是脏，就该扔掉，这不仅离开了俗谛，也离开了真谛。曹雪芹给她安排的下场非常悲惨，他显然不赞成妙玉的极端之道。

梅：这样看来，《红楼梦》对于父与子的冲突，也是持守"中道"立场。

复：不错。如果借用孔夫子"吾道一以贯之"的语言，那么，可以说，《红楼梦》正是"中道一以贯之"。对于贾政与贾宝玉的冲突，作者虽然同情贾宝玉，但对贾政也未丑化，甚至也有同情、理解。因此，他痛打贾宝玉之后，宝玉没有说过一句埋怨的话。我所写的短文《小议贾政》就是说明曹雪芹对于贾政并无任何负面的政治判断与价值判断。贾政作为贾府里的孔夫子，贾宝玉作为贾府里的庄子，也是一种互补结构，一种俗谛与真谛的二律背反。贾政是俗谛中的正谛，他体现世俗社会的价值标准，他用这种标准要求贾宝玉。而贾宝玉拒绝这种标准，但他也理解父亲为什么这样要求他，因此，他始终是个孝子，对父亲始终保持敬畏。贾宝玉既是热烈拥抱生活的凡夫俗子，又是超越世俗泥浊的真人玉人。从俗谛上说，他既是逆子，又是孝子；从真谛上说，他既是真人，又是俗人。他也是一个"兼美"，一个打通俗谛与真谛的中道呈现者。

梅："中道"好像不同于"中庸"，这两者有什么区别？

复：中庸作为儒家学说的中心范畴，在表层上与中道精神相通，这就是不走极端，主张凡事应恰到好处，但是中庸以中和为目的，为常行之道，它往往不得不牺牲某些原则而"和稀泥"。中道则无须牺牲原则，它超越冲突的两边，立足于更高的精神层面俯视两端，理解冲突双方的理由，用悲悯的无量博大眼睛看待双方，努力寻找其可以相通的灵犀。我们读了《红楼梦》，就可领悟到曹雪芹的大悲悯，他对冲突的双方，并没有好与坏的绝对判断。他对呈现俗谛和呈现真谛的双方人物都同情，都理解，都爱。他既同情晴雯，也同情袭人，对两者都热烈拥抱。总的说来，中庸属于道德境界中的理念，中道则属于天地境界中的理念，后者高于前者。关于中庸与中道的区别，还可以从更多的角度说明，例如中庸只讲常道（何晏曾做解释：庸，常也，中和可常行之道），中道则不仅讲"常"，还讲"断"，其哲学主题是常断不二、有无不二（即无差别），常与断相反相成。该谦和时就谦和，该决断时就决断。是常是断，因缘而生，不会"庸"到底。因此，我把"中庸"视为俗谛，把"中道"视为真俗二谛的统一。

梅：你很喜欢嵇康所说的"外不殊俗，内不失正"八个字。前边四个字是俗谛，后四个字是真谛，两者统一而不相离，这也是做人的"中道"准则。有人主张以出世的态度做人世的事业，也是谋求两谛的结合。

复：说两谛"不相离"，比较准确。说两者一体，就不一定准确。说钗黛不相离，贾政、贾宝玉不相离，是说她们（他们）相反相成，不是说他们就是一体一个样。具有中道智慧的人，在微观的某一具体态度上，也会走极端，持最鲜明的立场与态度，如嵇康对于司马氏政权，他就持守这种极道。但是在宏观的整体的人生态度上，即在真谛与俗谛的关系上，他却持守"外不殊俗，内不失正"的中道。对鲁迅我也作如是观。我们看到他对具体的一件事或一理念，常持极端的彻底态度，例如主张"痛打落水狗"，主张"一个也不宽恕"等，但他在真俗两谛的人生抉择中，又恰恰符合中道智慧。李泽厚用"提倡启蒙，超越启蒙"八个字来概括他，非常准确。前者属于俗谛，后者属于真谛。他热烈地拥抱是非，积极地介入社会，充当启蒙者与救亡者，这是俗谛。"文化大革命"中和"文化大革命"前，鲁迅研究者强调世俗鲁迅的这一面。到了90年代，一些新学人则强调鲁迅孤独的具有现代感的一面，几乎把鲁迅描述成一个存在主义者。其实，完整的真正的鲁迅是两者的统一体。他既全身心地关怀社会，投身变革社会的事业，自始至终从未丢失过参与社会的热情，但又能从世俗生活中抽身，进入形而上思索，而且是充分个人化的思索。非常了不起。所以鲁迅既不同于陈独秀等，也不同于克尔凯郭尔。两谛不相离，这才是鲁迅的特色，也才是鲁迅伟大的地方。

梅：我相信你以中观眼睛和中道智慧来阐释《红楼梦》比以往那种两极性的"阶级意识"解说更贴近这部伟大小说的真实内涵和深层内涵，也有意思得多。"红楼四书"出版后，你做了《让"红学"回归文学与哲学》的演讲并接受江迅等著名记者的采访，在访谈中你讲道：西方五百年来完成了两次巨大的"人的发现"。第一次是文艺复兴时期人的发现，此次发现是发现人的伟大，人的辉煌，人的了不起；第二次发现是18、19世纪西方启蒙运动之后叔本华等哲学家发现人的黑暗，人的荒诞，人并不是那么好。后一发现导致20世纪西方荒诞剧与荒诞小说的崛起与勃兴。你说曹雪芹并不知道西方这五百年的思想文化史，但他的《红楼梦》却涵盖西方两次"人的发现"的基本内涵。一方面把人的美、人的精彩推向诗意的顶端；另一方面又把人的脆弱、人的混乱、人的污浊充分揭示出来。前者以青春少女为坐标，后者以功利男人为坐标，两者的人性都得到充分呈现。从这个角度上说，曹雪芹在对人的基本认识上是不是也可以说符合"中道"？

复：你讲得很好。曹雪芹并不笼统地说人绝对伟大或绝对辉煌，也不笼统地认为人绝对黑暗绝对荒诞，他只真实地呈现人生人性的真相，把两者都逼真地、活生生地描述出来。他见证了人性可以发展到非常美好非常优秀的程度，几乎抵达神性的程度，如贾宝玉和林黛玉；也见证了人性可以发展到非常污浊非常黑暗的程度，几乎可以接近猪狗的程度，如贾蓉、贾环、贾瑞等，但他们并不是"大恶"，只是人性的颓败者。西方文艺复兴时期第一次"人的发现"，其重心的确是发现人乃是"宇宙的精英，万物的灵长"（哈姆雷特语），有此发现，人才能从中世纪的宗教统治中站立起来。不过即使是在这个时代，西方的思想者们其实也发现了人的不可靠，所以才有马基雅维利《君主论》的诞生。马氏第一次把伦理学排除出政治学之外，因为他不相信人的善性。他说那些获得巨大权势、巨大财富的人，不是运用暴力就是运用欺骗的手法，他们总是千方百计地用伪造的所谓正义的美名来掩藏他们取得这些东西时所用的那些可耻的伎俩。尽管有《君主论》出现，但那个时代的思想主流还是肯定人的优越。几个世纪之后霍布斯、休谟、爱尔维修、霍尔巴赫等，他们开始从哲学上质疑人，认定人本来就是一种天性自私的"利己动物"。

到了叔本华，他对人更是悲观到极点。在他看来，人完全是受其"生存意识"主宰的生物，这种生存意识便是欲望。人不是上帝制造的天使，而是被这种"欲望"即魔鬼驾驭，是注定只能拥有悲剧性人生的可怜虫。人并不那么好，人的问题极大，这是叔本华的发现。

我的确读出《红楼梦》描写人的中道智慧。关于这一点，只要与《金瓶梅》做个比较就可以分出高低。聂绀弩老伯伯生前一再和我说，《红楼梦》作为一部"人书"，它发现人，发现奴婢也是人；而《金瓶梅》则是发现"兽"，发现人的身心中的兽性即无穷无尽的贪欲性，连奴婢也是兽也燃烧着欲望。聂老并不是否定《金瓶梅》的价值，只是说《金瓶梅》只看人的动物性一面，而《红楼梦》则是对人性的全面把握，它看到人性可以变得很美，以致接近神性，也可以变得很丑，以致接近禽兽性，这才是对人的"中观"，所以我说它涵盖西方两次"人的发现"的基本内容，很了不起。

梅：《金瓶梅》也写出人性的真实，是一部非常杰出的现实主义作品，但是，它只写出"欲"的真实，未能写出"情""灵""空"另外三个层面。这三个层面的真实与丰富，《红楼梦》写得非常动人，非常深邃。

复：人可能有神性，但并不是神；人可能有兽性，但并不是兽。《红楼梦》不把好人写得绝对好，也不把坏人写得绝对坏（鲁迅语），从而展示人性最丰富最复杂的图画。

四、关于高鹗续书的评价

梅：最近读了梁归智教授的文章，他把你和王蒙、刘心武、周汝昌做了比较，对你的"红楼四书"做了很高的评价。他在多年前就希望《红楼梦》研究应侧重从文学、美学、主体精神等方面去把握，你正是这样做了。他还说，如果周汝昌先生不是如此年迈，倘若眼睛还能阅读你的"论红"书籍，特别是如果读了你关于曹雪芹"创教"的论述，一定会特别高兴。但是他也指出，说你的"论红"，似乎没有注意曹雪芹原著与高鹗续书的分别，你能回应一下这一批评吗？

复：梁先生的文章我读了。他对《红楼梦》很有研究，文章很有见地。我的确把一百二十回的《红楼梦》作为一个艺术整体来"体认"，觉得严格分清前八十回与后四十回以及相关的探佚之事是传统红学家的使命，我对此无能为力。我只能对已完成的艺术整体进行审美并从中得到审美的"至乐"，一百多年来的现代《红楼梦》研究，许多著名学者也都这样做。王国维的《红楼梦评论》把一百二十回本作为一个整体，鲁迅的《中国小说史略》也是如此。虽然作为一个艺术整体审视，但我还是留心续书和原书的差别，注意续书的得失。我在六百则红楼"悟语"中，陆续触及高鹗的得失。我看到续书的一些败笔，例如把最恨科举八股的贾宝玉送进科场，还与贾兰一起都中了举；还有，贾宝玉离家出走之后还让皇帝赐给他一个"文妙真人"的封号，这实在不通，既"文妙"就不是真人，既是真人，就无须文妙，真人根本就无须世俗帝王的肯定与褒奖。这类情节都是为了迎合世俗的"衣锦还乡""荣宗耀祖"的心理，显然俗了。然而，高鹗也不简单，如果后四十回真的是他一个人的续书，那也真了不起，尤其不简单的是续书保留了形而上的结局，以心物分野、觉迷分野作为全书的落幕，让读者进入哲学层面而可回味无穷，这不能不承认高鹗的高明。《红楼梦》最后一回（第一百二十回）写贾雨村来到"急流津觉迷渡口"睡着了，终于一迷到底，与此同时，宝玉则大彻大悟，"觉"而远走高飞。觉则佛，迷则众，最后两人就在觉迷江津渡口面前分道扬镳。这种结局是禅式结局。这之前，高鹗还写了贾宝玉离家出走前丢失了胸前的那块通灵玉石，宝钗与袭人惊慌地到处寻找，而宝玉告诉她们：我已经有心了，还要那块玉干什么。最高的价值是心而不是物。高鹗把《红楼梦》思想（价值观）落脚到这一点是对的，"心"才是本体，心才是最后真实，这也是禅式结局。大约高鹗给予

《红楼梦》以形而上的终结，所以牟宗三先生特别肯定、赞赏后四十回，和周汝昌先生的看法完全相反。

梅：你对高鹗续书的评价似乎也采取中观眼睛，不做极端性判断。

复：可以这么说。不过我不是用"中观""中道"去丈量后四十回，而是从文本出发，我既看到高鹗续书的缺陷，也看到高鹗续书的成就。这种没有偏激的评价，正好与"中道"态度相符。

2010年9月于美国

《红楼梦》方式 *

与剑梅的通信

爸爸：

　　刚才我在《明报月刊》上读了你的《〈红楼梦〉阅读笔记》。记得你说你写了五十节，但刊登出来的只有二十节，我真想都读一读。你那么喜欢《红楼梦》，那么全身心投入，真让我感动。你因为拥有《红楼梦》而赢得一种幸福感和排除孤独的力量，这种感受，我还没有。但我也很喜爱《红楼梦》，以后还要好好读，好好领悟。记得你写过，聂绀弩老伯伯在临终之前有一个未了的心愿，就是想写出一篇《贾宝玉论》。你在这些随想中似乎也在猜测

---

* 此文是《共悟人间——父女两地书》的一篇。刘剑梅时任美国马里兰大学"亚洲与东欧语言文学系"副教授，现任香港科技大学教授。

聂老的所思所想。贾宝玉这个形象真是太丰富了，他好像很傻、很笨，其实是一个具有大爱、大慈悲、大关怀（自然也是大聪明、大智慧）的人，所谓大智若愚、大情若痴者，大约贾宝玉就是了。

说实在的，和这个世纪的西方前列名著如《尤利西斯》相比，《红楼梦》要伟大得多。从阅读感受来说，读《红楼梦》简直整个生命都要被它拖进去，真真是"引人入胜"，而读《尤利西斯》则像跋涉高坡，辛苦得很。倘若不是从事文学研究这一职业，我宁可不看。难怪福克纳说要像教徒读《圣经》那样才能进入《尤利西斯》的世界。我总觉得《尤利西斯》虽然手法有原创性，写得格外细致，但失之太繁，繁得让人受不了。这也许是中国人的阅读心理无法适应乔伊斯这种写法。连翻译《尤利西斯》的译者萧乾也这样说过："《优利赛斯》我想应该把它翻出来，不一定印很多，得让人作参考，让人知道究竟它是个什么东西。……但就我们国家的现实来说，去写这个东西就太说不过去了。"这段话是十几年前他在接受香港《开卷》杂志的采访时说的。也许有人听了会觉得奇怪，而我却能理解。

小梅

1999年2月6日

小梅：

你对《尤利西斯》的看法，很有意思。而翻译《尤利西斯》的萧乾老先生竟认为中国作家不可学习乔伊斯，他的观点也很有意思。也许我的心理比较开放，各种文体都能容纳，加上我喜欢阅读散文（不会因缺乏故事情节而感到乏味），读《尤利西斯》时又比较从容，所以也是觉得津津有味。不过，今天想起来，还是觉得读托尔斯泰的《战争与和平》及陀思妥耶夫斯基的《卡拉马佐夫兄弟》有意思，更不用说读莎士比亚了。20世纪的小说有许多新写法，也有很高的成就，但与19世纪相比，我总觉得还是19世纪的成就更高。20世纪的小说，从卡夫卡开始，许多作家把小说变成大寓言，中国作家也学习了这一点。寓言往往负载一种观念，一种哲学，一种对世界的大感受与大发现，但弱化了故事情节和人物性格，这种寓言式的小说与传统小说相比，其优劣得失何在，是一个需要研究的大题目。

至于《红楼梦》，我觉得它实在太精彩了，太了不起了。我对《红楼梦》的爱可说是一种酷爱。所以我庆幸自己出生在《红楼梦》之后。如果诞生在这之前，此生此世没有《红楼梦》相伴，我会觉得人生要寂寞得多。在海外，有《红楼梦》放在案头，就根本不会失去故乡与祖国。中国文学批评家应当有自己的视角，而《红楼梦》就提供给我们一个最精彩的参照系。眼睛里装进《红楼梦》，对其他作品的优劣就会看得很清楚。《红楼梦》点亮我的一切，当然也点亮我的审美眼睛。你虽然是从事近现代文学的研究，但不要被专业所束缚，要从狭隘的专业中漂流出来，好好读《红楼梦》。爱因斯坦说过，不能光读现代的作品，还要读古典的作品，生命才能深厚。而《红楼梦》可说是我国古代文学和古代文化的集精华之大成者。中国文化的精华之最，我觉得并不是四书五经，也不是二十四史，而是《红楼梦》。这部伟大小说所蕴含的人性宝藏和艺术宝藏才是中华民族的真金子。这一奇迹的产生不知经过多少年月的积淀。我在《独语天涯》中写出了一点点的心得，因为觉得可说的话太多，干脆就提纲式地说话。例如其中的一则，我说我国的古代小说，大体上都是一个情节暗示一种道德原则，唯有《红楼梦》是多重暗示。一个人物的命运，都有多重暗示，这一点就可写一篇很有意思的论文。

中国文化史的经典著作，从孔子到朱子，其思维方式其实都是"圣人言"的方式，即"圣人道出真理"的方式，并未把真理"开放"。后来形成独尊的话语权力，与此有关。而《红楼梦》则用"假语村（贾雨村）言""真事隐（甄士隐）言"娓娓叙述故事的方式，没有"告诫"气味，而且又以完全开放的方式去看待被尊为真理的古代经典，并敢于叩问。这种叩问不是控诉与审判，而是质疑，但又有同情的理解，所以《红楼梦》中没有世俗视角中的好人坏人之分，不把悲剧视为几个"蛇蝎之人"作恶的结果。冲突的双方都拥有理由，都有某种"善"。这一点，王国维是先觉者，他对《红楼梦》悲剧的认识，后来一直无人可比。我说《红楼梦》是一个无是无非、无真无假、无善无恶、无因无果的艺术大自在，就是指它的开放性，也是指它所遵循的禅宗的"不二法门"。《红楼梦》是一个多维世界，不仅有现实的一维，还有超验的一维。其人性世界，也是多维的。贾宝玉的大性情用世俗的语言说，他是一个泛爱主义者，而用文学批评的语言说，他是一个人性多维的丰富世界。与《红楼梦》相比，《金瓶梅》就大为逊色。它只有一个现实世界，没有超验世界（也没有超验语言）；它只有世俗的因果、善恶判断而没有超越的宇宙视角，更没有现实描述背后的哲学态度。

把文学话题搁下。你以后学习与钻研中国古代文化，也可从《红楼梦》入手，这部小说中的日常生活与日常关怀，是最具体、最生动、最有灵魂活力的中国文化。儒家、道家、释家，理学、心学、禅学，全都可以从中感受到或悟到。尤其是儒、道之前的《山海经》，更是与《红楼梦》直接相连。从《山海经》到《红楼梦》，中间又有魏晋风骨、唐宋诗词、明末性情，把握住这一脉络，便可把握住故国的自由文化气脉。这一气脉可能正是中国文化的未来指向。你从现在开始，有空就翻翻《红楼梦》，不断领悟，十年以后，你的内心一定能丰富得多。我们不必把研究《红楼梦》当作政治工具和夤缘求进的阶梯，所以，《红楼梦》是属于我们的。

爸爸

1999年2月9日

不为点缀而为自救的讲述

原"红楼四书"总序

　　去国十九年，海内外对拙著《漂流手记》（散文九卷）有不少评论，其中我的年轻好友王强所作的《漂泊的哲学与叩问的眼睛》一文道破了我的写作"奥秘"：讲述只是拯救生命的前提和延续生命的必要条件。他以讲述《一千零一夜》故事的动因为喻，说明我的作品不是身外的点缀品，而是生命生存的必需品。相传萨珊国国王山鲁亚尔因王后与一奴隶私通，盛怒之下将王后及奴隶处死。这之后又命令宰相每天给他献上一少女，同寝一夜，第二天早晨杀掉，以此报复女人的不忠行为。宰相的女儿谢赫拉查德为拯救少女，自愿嫁给国王。她每夜给国王讲一个故事，国王因为还想听下一个故事就不杀她，结果她讲了一千零一个故事。她的讲述是生命需求，是活下去的需求。我的

《漂流手记》第四卷《独语天涯》，副题叫作"一千零一夜不连贯的思索"，全书写了一千零一则随想录。王强的评论击中要害，说明我的讲述理由完全是谢赫拉查德式的生存理由。王强讲的是我的散文，其实，我的《红楼梦》写作，也是同样的理由、同样的原因。动力也是生命活下去、燃烧下去、思索下去的渴求。不讲述《红楼梦》，生命就没劲，生活就没趣，呼吸就不顺畅，心思就不安宁，讲述完全是为了确认自己，救援自己。正因为这样，在写作《红楼梦悟》之前，我就离不开《红楼梦》，喜欢和朋友讲述《红楼梦》，与那个宰相之女一样，不讲述就会死。至于讲完后要不要形成文字，倒不是那么要紧。倘若不是学校、朋友、出版社逼迫，我大约不会如此投入写作，几年内竟然写了"红楼四书"（包括《红楼梦悟》《共悟红楼》《红楼人三十种解读》《红楼哲学笔记》）。这一点，剑梅也可作证，如果不是她的逼迫，我大约不会对她讲述，而且讲完还认真地整理出《共悟红楼》对话录。

除了个体生命需求之外，还有没有学术上的需求呢？当然也有。不过，这不是缔造学术业绩的需求，而是追寻学术意境的需求。说得明白一点，是想把《红楼梦》的讲述，从意识形态学的意境拉回到心灵学的意境，尤其是从历史学、考古学的意境拉回到文学的意境，做一点"红楼归位"的正事。《红楼梦》本来就是生命大书、心灵大书，本就是一个无比广阔瑰丽的大梦（有此大梦，中华文化才更见力度）。梦可悟证，但难以实证，更难考证。在人文科学中，我们会发现真理有仰仗逻辑分析的实在性真理与非逻辑非分析的启示性真理，后者就难以实证。熊十力先生把智慧区分为量智与性智，前者可实证，后者则只能悟证。世上几个大宗教和中外文化中的一些大哲学家都发现第一义存在（上帝、道、无等）难以言说，既不可证实也不可证伪。康德说"物自体"不可知，与老子的"道可道，非常道"相通。文学蕴含的多半是感性的启示性真理，是难以考证实证甚至难以论证的无穷意味。《红楼梦》中的所谓"意淫"，是一种想象活动。这种想象本身就是神秘的、反规范的、无边无际的心理过程。这恰恰是典型的文学过程。贾宝玉和他的许多"梦中人"的关系，都包含着这种"在想象中实现爱"的关系，这是《红楼梦》很重要的一部分精神内涵，但很难实证与论证，只能悟证。再如小说文本中多次出现的"幽香""香气"，也无法实证。第五回宝玉梦中到太虚幻境，"但闻一缕幽香，竟不知其所焚何物。宝玉遂不禁相问。警幻冷笑道：'此香尘世中既无，尔何能知！'"第十九回中，宝玉在黛玉处，又"只闻得一股幽香"，于是"一把便将黛玉的袖子拉住，要瞧笼着何物。黛玉笑道：'冬寒十月，谁带什么香呢？'宝玉笑道：'既然如此，这香是那里来的？'黛玉道：'连我也不知道。

想必是柜子里头的香气，衣服上熏染的也未可知。'宝玉摇头道：'未必。这香的气味奇怪，不是那些香饼子、香毬子、香袋子的香。'"到底警幻仙子和黛玉身上飘散出的是什么香味，有的学人说，这是美人身上的体香，也有人说是衣服中的物香，而我却通过悟证，说明这是警幻、黛玉"灵魂的芳香"，对于黛玉，也许正是其前世"绛珠仙草"的仙草味。这种不可实证却可让人通过感悟进行想象和审美再创造，便是文学，便是历史学、考古学和其他学科难以企及的文学。我在"红楼四书"中使用的"悟证"法，既不同于知识考证与家世考证，也不同于逻辑论证，虽是近乎禅的通过直觉把握本体的方式，但我却在"悟"中加上"证"，即不是凭虚而悟，而是阅读而悟，参悟时有对小说文本阅读的基础，悟证过程虽与"学"不同，却又有"学"的底蕴与根据。这算不算独立的自性法门，只能留待读者去评论。

《红楼梦》的情思浩如渊海，有待一代一代读者去感悟，而悟证又有益于《红楼梦》研究回归文学。期待"红楼归位"，自然是有感而发。20世纪红学兴旺，但也发生一个文学在红学中往往缺席的问题。以意识形态判断取代文学研究且不说，20世纪一些具有代表性的红学家，固然有王国维、鲁迅、聂绀弩、舒芜等拥抱文学的学人，但无论索隐派、考证派、新证派都忽略了文学本身，所以才有俞平伯先生晚年"多从文学哲学着眼"的呼唤。蔡元培是我最为敬爱的知识分子领袖人物，但以他的名字为符号的"索隐"研究，却把《红楼梦》的无限自由时空狭隘化为一个朝代的有限时空，尽管其经世致用、以"评红"服务于反满的目的可以理解，但其结果毕竟远离了文学。在考证上开山劈岭的胡适，其功不可没，没有他的努力，我们可能还不知道我国最伟大的小说，其作者叫作曹雪芹，也不知道《红楼梦》大体上是作者的自叙传，作品的故事框架与曹雪芹的人生家世框架大致相合。可是，胡适作为一个"历史癖"，却不会欣赏《红楼梦》的辉煌星空，他竟然认为"《红楼梦》比不上《儒林外史》；在文学技术上，《红楼梦》比不上《海上花列传》，也比不上《老残游记》"。他甚至认同苏雪林的论断："原本《红楼梦》也只是一件未成熟的文艺作品。"（1960年11月20日致苏雪林的信，载《胡适论红学》，安徽教育出版社，2006年，第267页）胡适这种看法十分古怪，他断定《红楼梦》"未成熟"，恰恰暴露了自己文学见解的幼稚。鲁迅说："博识家的话多浅，专门家的话多悖。"（《且介亭杂文二集·名人和名言》）专门家胡适倒应了鲁迅"多悖"的评价。把胡适的考证推向更深广也更见功夫的周汝昌先生给我们提供了非常丰富的曹氏家族沧桑的背景材料，使我们在阅读文本时更明白曹雪芹在处理"真事隐"与"假语村"两者关系时费了怎样惊人的功夫（这可能是世界文学史上独一无二的个案）。周先生的《红楼梦新证》成了20世纪红学的一个里程碑，可是，周先生竟然把对《红楼梦》的文学批评、文学鉴赏排除在红学之外，把红学限定在曹氏家世的考证和遗稿的探佚之中，这又一次使红学远离了文学。俞平伯先生早期也错误地认为"《红楼梦》在世界文学中底位置是不很高的""应列第二等"（《红楼梦辨·红楼梦底风格》）。后来他做了修正，认为可列"第一等"。可是，在1980年5月26日的国际研讨会上他却说："我早年的《红楼梦辨》对这书的评价并不太高，甚至偏低了，原是错误的，却亦很少引起人注意。不久我也放弃前说，走到拥曹迷红的队伍里了，应当说是有些可惜的。"（王湜华编：《红楼心解》，陕西师范大学出版社，第276—277页）连俞先生也未能理直气壮地肯定《红楼梦》为世界一流一等作品，勉强肯定之后又发生摇摆，这不能不令人感到困惑。不过，前贤的努力毕竟为我们提供了再思索的前提，即使偏颇也提供我们再创造的可能，无论从哪一个角度上说，我们都应当铭记前人的功劳与足迹。说要把《红楼梦》研究从历史学、考古学拉回文学，这只是我个人的意愿，并没有"扭转乾坤""改造研究世界"的妄念。

德国天才诗人海涅曾把《圣经》比喻成犹太人的"袖珍祖国"，我喜欢这一准确的诗情意象，也把《红楼梦》

视为自己的袖珍祖国与袖珍故乡。有这部小说在，我的灵魂将永远不会缺少温馨。

是为序。

刘再复

2008年7月10日

于美国科罗拉多大学校园

后记

重新拥抱文学的幸福

　　父亲在海外的精神之旅，到了近年，回归到中国文学经典和中国文化经典，而这些经典中，最让他痴迷眷恋的精神故乡就是《红楼梦》。他面壁沉思时悟的是《红楼梦》，浪迹四方时携带的也是《红楼梦》，此时父亲在我心中的形象，就是带着精神故乡穿越时间和空间的漂泊者和思想者。他讲述《红楼梦》不是为了表现自己和点缀自己，而是为了穿越生命困境而拯救自己。他不故作学问姿态，但求生命境界。文学思索可以和生命如此贴近，这是父亲给我最重要的启发。我因为从小就喜欢读《红楼梦》，现在又受父亲的感染，便起了与他对话的念头。但是我对《红楼梦》的感悟离父亲太远，所以与其说是"对话"，不如说是充当一个很好的"听者"，只能好好地倾听父亲的

370

讲述。

想和父亲对话，自然也不是为了装潢自己，说到底，也是为了救助自己。对话除了可以帮助我"自知其无知"（苏格拉底语）之外，还帮助我回归文学。这些年读了太多西方学院派的著作，中"毒"太深，几乎离开了文学。不仅是我，而且我还发现我的同事们谈论的都是"全球政治""第三世界""帝国主义话语霸权""反殖民扩张"等等大概念，似乎也没有真正关注文学的。经过了后现代主义的洗礼，文学批评和文学作品越来越脱节。罗兰·巴特（Roland Barthes）"作家已死"的宣言，保罗·德曼（Paul de Man）等解构主义者的审美缺席，都不顾作者的意图，不理会文学是人学，完全否定人的主体意识和价值判断。这样一来，文学批评家也就不需要具备任何文学直觉，只要会运用西方理论，即使面对再差的文学作品，也可以讲出一番玄玄乎乎的道理。我本来是出于对文学的热爱才进了北大中文系，在美国也从事文学教育，但是到了后来只感到困惑和迷失，不知道自己到底是在讲述文学话语，还是政治话语。

在《影响的焦虑：一种诗歌理论》（1973）一书中，哈罗德·布鲁姆（Harold Bloom）提出了"审美自主性原则"。在他看来，审美完全是一种个人行为，与社会关系无关，并认为文学批评作为一门艺术，终归是一种精神现象，"只有审美的力量才能透入经典，而这力量又主要是一种混合力：娴熟的形象语言、原创性、认知能力、知识以及丰富的词汇"。正是从这样一种批评思想出发，布鲁姆认为，只有那些经得住纯粹审美考验的作品才有可能成为经典。在《西方正典》(*The Western Canon*)一书中，布鲁姆更是站在传统的立场表达了对当前颇为风行的文化批评和文化研究的极大不满，把女性主义批评、新马克思主义批评、新历史批评、解构主义批评等通通称为"憎恨学派"，因为正是这些人颠覆了经典。布鲁姆守持精英主义的象牙之塔，对经典所固有的美学价值和文学价值做了辩护。他认为，阅读经典只是一个心灵自我对话的过程，而"心灵的自我对话本质上不是一种社会现实。西方经典的全部意义在于使人善用自己的孤独，这一孤独的最终形式是一个人和自己死亡的相遇"。布鲁姆回归文学经典的论述，可能偏激，但也提醒我们不要以政治话语取代文学话语。这一思路与我父亲相通，也是我新近的一种觉悟。

父亲回归《红楼梦》，并引导我也回归中国文学经典，重拾进入文学的初衷。如果说布鲁姆在《西方正典》中是以莎士比亚为坐标来阅读西方的文学经典，那么父亲的坐标则是《红楼梦》。在与父亲的对话中，《红楼梦》中那些美丽而聪慧的少女们再一次回到我的精神生活，她们不是政治棋盘中的"棋子"，也不是男权社会中的摆设和花瓶，而是有思想、有个性、有灵气、有才情的世界主体。尤其是林黛玉，连宝玉都被她所"启蒙"。林黛玉身上的灵性，常常让我联想起伍尔夫的小说《到灯塔去》中拉姆齐夫人所感受的"第三道闪光"：

> 她从手里编织的活计上抬起头来，正好遇到第三道闪光，她觉得仿佛是与自己的目光相遇，是用她独有的方式探究她自己的思想和心灵，清除那句谎言、任何谎言的存在，让心灵净化。她在赞美那道闪光的同时，也不带任何浮夸地赞美了自己，因为她坚定，她敏锐，她美丽，一如那道闪光……她把编针悬在手上，目不转睛地望着、望着，她的心灵深处升腾起一缕薄雾，飘浮在她的心湖之上，那是一位新娘在迎接她的心上人。

> 弗吉尼亚·伍尔夫：《到灯塔去》，马爱农译，
>
> 人民文学出版社，2003年，第56页

这"第三道闪光"实际上就是伍尔夫所书写的"灯塔"，它神秘的力量让拉姆齐夫人有了心灵的向度，特别是有了内心的自我反观与自我发现的能力。林黛玉身上的

灵性又何尝不是来自这"第三道闪光"？而《红楼梦》所带给我们的文学的力量又何尝不是这神秘的"第三道闪光"？回归《红楼梦》，对我来说，就是重新寻找和守护这道可以照亮生命和灵魂的光明，重新拥抱蕴含在文学之中的幸福。

我要感谢原北京三联的李昕老师，他是父亲多年的好朋友，二十多年前就作为责任编辑出版过父亲的著作，2008年出版此书，他又给我许多切实的鼓励和推动。我也要感谢2008年北京三联版本书的编辑Serena，非常感谢她此前认真的审阅工作。此外，我还要感谢我的表叔叶鸿基教授，他退休前是福建泉州黎明大学电子工程系的主任，专业水平很高，又热爱人文科学。当年我和父亲整理出对话稿后，他带着先睹为快的热情，在繁忙中立即为我们打印出来。父亲说，没有他的帮忙，我们的书稿可能会拖半年，得好好感谢他。因缘际会，在初版十多年后，感谢周青丰先生的大力推动，感谢上海三联推出父亲"悟读《红楼梦》"系列，而本书也得以修订重版。

刘剑梅

2008年7月初稿

2020年10月修订

图书在版编目（CIP）数据

共悟红楼 / 刘再复，刘剑梅著.—上海：上海三联书店，2021.4
ISBN 978-7-5426-6793-9

Ⅰ.①共… Ⅱ.①刘…②刘… Ⅲ.①《红楼梦》研究 Ⅳ.①I207.411
中国版本图书馆CIP数据核字（2019）第199703号

共悟红楼

著　者 / 刘再复　刘剑梅

责任编辑 / 朱静蔚
特约编辑 / 李志卿　项　玮
装帧设计 / 微言视觉｜苗庆东　周逸凡
监　制 / 姚　军
责任校对 / 曹雁林

出版发行 / 上海三联书店
　　　（200030）中国上海市徐汇区漕溪北路331号中金国际广场A座6楼
邮购电话 / 021-22895540
印　刷 / 河北鹏润印刷有限公司

版　次 / 2021年4月第1版
印　次 / 2021年4月第1次印刷
开　本 / 787×1092　1/32
字　数 / 220千字
印　张 / 12.5
书　号 / ISBN 978-7-5426-6793-9 / I·1547
定　价 / 68.00元

敬启读者，如发现本书有印装质量问题，请与印刷厂联系010-60278722。